爱阅读

5大要点延伸，精彩再现
极具阅读价值的“经典选本”

阅读领航
——快速洞悉全书结构，教你巧抓重点
阅读准备
——丰富全面的文学常识，助你加深理解
阅读指导
——名师全程陪伴，轻松享受快乐阅读
阅读链接
——分享心得感悟，更多精彩收入囊中
阅读训练
——考查阅读效果，真正实现读写贯通

阅读经典　获益一生

语文 爱阅读

无障碍 · 导读本

ZHUZIQING SANWEN

朱自清散文

朱自清 / 著

书香文雅 / 批注

中国教育出版传媒集团

高等教育出版社 · 北京

图书在版编目（CIP）数据

朱自清散文 / 朱自清著 ; 书香文雅批注 . -- 北京：高等教育出版社 , 2022.8

ISBN 978 - 7 - 04 - 057709 - 9

Ⅰ . ①朱… Ⅱ . ①朱… ②书… Ⅲ . ①散文集 - 中国 - 现代 Ⅳ . ① I266

中国版本图书馆 CIP 数据核字（2022）第 018539 号

策划编辑 王 羽 责任编辑 黄丽雯 封面设计 书香文雅
责任校对 吕红颖 责任印制 刁 毅

出版发行	高等教育出版社	网 址	http://www.hep.edu.cn
社 址	北京市西城区德外大街 4 号		http://www.hep.com.cn
邮政编码	100120	网上订购	http://www.hepmall.com.cn
印 刷	肥城新华印刷有限公司		http://www.hepmall.com
开 本	787mm × 1092mm 1/16		http://www.hepmall.cn
印 张	16.5		
字 数	279 千字	版 次	2022 年 8 月第 1 版
购书热线	010-58581118	印 次	2022 年 8 月第 1 次印刷
咨询电话	400-810-0598	定 价	35.80 元

物 料 号 57709-00

总　序

前不久，高等教育出版社“爱阅读”系列丛书总策划与我联系，说他们策划了一套“爱阅读”文库，读者对象主要是中小学生。这套丛书可以作为他们的课外阅读用书，希望我写篇序。作为一名语文教育工作者，在最近“双减”政策的大背景下，我为学生介绍这套优秀课外读物责无旁贷，也觉得更有意义。

一、“双减”以后怎么办？

前不久，中共中央办公厅、国务院办公厅印发了《关于进一步减轻义务教育阶段学生作业负担和校外培训负担的意见》，对减轻义务教育阶段学生作业负担和校外培训负担做出严格规定。我认为这是一件好事。曾几何时，我们的中小学生作业负担重，不少孩子不是在各种各样的培训班里，就是在去培训班的路上。孩子们“学”无宁日，备尝艰辛；家长们焦虑不安，苦不堪言。校外培训机构为了增强吸引力，到处挖墙脚；有些老师受利益驱使，不能安心从教，导致社会怨声载道。他们的行为破坏了教育生态，违背了教育规律，严重影响了我国教育改革发展。教育是什么？教育是唤醒，是点燃，是激发。而校外培训的噱头仅仅是提高考试成绩，让孩子在中高考中占得先机。他们的广告词是“提高一分，干掉千人”，大肆渲染“分数为王”。在这种理念冲击下，孩子们面对的是“分萧萧兮题海寒”，不得不深陷题海，机械刷题。假如只有一部分孩子上培训班，提高的可能是分数。但是，如果大多数孩子或者所有孩子都去上培训班，那提高的就不是分数，只能是分数线。教育的根本任务是立德树人，是培根铸魂，是启智增慧，是培养德智体美劳全面发展的社会主义建设者和接班人，是为中华民族伟大复兴提供人才，而不是培养只会考试的“机器”，更不能被资本所绑架。所以中央才“出重拳”“放实招”，减轻学生过重的课业负担，减轻家长过重的经济和精神负担。

“双减”政策出台后，学生们一片欢呼，好像是奴隶翻身得解放，再也不用在各种培训班之间奔波了，但对学校老师来说，这是一个新挑战，当然也是新机遇。学生在校时间增加，这部分增加的时间怎么安排？如何让学生利用好课外时间？这都考验着老师们的智慧。而开展丰富的课外活动正好可以解决这个难题。比如，热爱人文的，可以参加阅读写作、演讲辩论、传统文化、民风民俗等方面的社团活动；喜爱数理的，可以参加科普科幻、研究实验、统计测量、天文观测等方面的兴趣小组；学校也可以组织开展体育比赛、艺术体验（音乐、美术、书法、戏剧）和劳动教育等实践活动。当然这些活动应以培养学生的兴趣爱好为目的，以自愿参加为前提，既不能成为给学生"加码"的课时，也不是教师实施"题海战术"的手段。学校可以通过多方拓展资源开展课后服务，比如利用博物馆、图书馆、科技馆、陈列馆、少年宫、青少年活动中心，甚至校外培训机构的优质服务资源；还可组织志愿服务、社会调查等，促进学生全面发展。

二、课外阅读新机遇

近年来，新课标、新教材、新高考成为语文教育改革的热词。前不久，我在"朋友圈"看到一个视频，视频中说语文在中高考中的地位提高了，难度也加大了。这种说法有一定道理，但并不准确。说它有一定道理，是因为语文能力主要指一个人的阅读和写作能力，而阅读和写作又是一个人综合素养的体现。语文能力强，有利于学习别的学科。比如数学、物理中的应用题，如果阅读能力上不去，读不懂题干，便不能准确把握解题要领，也就没法准确答题。英语中的英译汉、汉译英题更是侧重考查学生的语言表达能力。历史题和政治题往往是通过阅读大段材料，让学生去分析、判断，从而得出自己的结论，并表述自己的观点或看法。从这个意义上说，语文在中高考中的地位提高是有一定道理的。说它不准确，有两个方面的原因：一是语文学科本来就重要，不是现在才变得重要的。之所以产生这种错觉，是因为过去在应试教育的背景下，语文的重要性被弱化了；二是语文考试的难度并没有增加，增加的只是阅读思维的宽度和广度，考试注重考查阅读理解、信息筛选、应用写作、语言表达、批判性思维、辩证思维等关键能力。可以说，实施真正的素质教育必须重视语文。因为语文是工具，是基础。不少家长和教师认为课外阅读浪费学习时间，这主要是教育观念问题。他们之所以有这种想法，无非是认为考试才是最终目的，希望孩子可以把更多时间用在刷题上。其实，他们只看到课标和教材的变化，以为考试还是过去那一套，没有看到考试评价已发生深刻变革。中共中央、国务院印发的《深化新时代教育评价改革总体方案》明确指出："稳步推进中高考改革，构建引导学生德智体美劳全面发展的考试内容体系，改变相对固化的试题形式，增强试题开放性，减少死记硬背和'机械刷题'现象。"显然就是要通过改革教育评价引领素质教育。新高考招生录取强调"两依据，一参考"，即以高考成绩和高中学业水平考试成绩为依据，以综合素质评价为参考。这也就是说，高考成绩不再是高校选拔新生的唯一标准，高校不只看谁考的分数高，而是看谁更有发展潜力，更有创造性，综合素质更高，从而实现由"招分"向"招人"的转变。这绝不是仅凭一张高考试卷能够区分出来的，"机械刷题"无助于全面发展，学生必须在课内学习的基础上，辅之以内容广泛的课外阅读，才能全面提高综合素养。

三、"爱阅读"助力成长

这套书是为中小学生读者量身打造的，符合《语文课程标准》倡导的"好读书、读好书、读整本的书"的课改理念，可以作为学生课内学习的有益补充。我一向认为，要学好语文，一要读好三本书，二要写好两篇文，三要养成四个好习惯。三本书指"有字之书""无字之书"和"心灵之书"，两篇文指规矩文和放胆文，四个好习惯指享受阅读的习惯、善于思考的习惯、乐于表达的习惯和自主学习的习惯。

对于中小学生来说，首先是读好"有字之书"。"有字之书"，有课本，有课外自读课本，还有“爱阅读”这样的课外读物。所以我们不能眉毛胡子一把抓，要区分不同的书，采取不同的读法。一般说来，有精读，有略读。精读需要字斟句酌，需要咬文嚼字，但费时费力。当然也不是所有的书都需要精读，可以根据自己的需要决定精读还是略读。新课标提倡中小学生进行整本书阅读，但是学生往往不能耐住性子读完一整本书。新课标提倡的整本书阅读，主要是针对过去的单篇教学来说的，并不是说每本书都要从头读到尾。教材设计的练习项目也是有弹性的、可选择的，不可能有统一的“阅读计划”。我的建议是，整本书阅读应把精读、略读与浏览结合起来，精读重在示范，略读重在博览，浏览略观大意即可，三者相辅相成，不宜偏于一隅。不仅如此，学生还可以把阅读与写作、读书与实践、课内与课外结合起来。整本书阅读重在掌握阅读方法，拓展阅读视野，培养读书兴趣，养成阅读习惯。

再说写好两篇文。学生读得多了，素养提高了，自然有话想说，有自己的观点和看法要发表。发表的形式可以是口头的，也可以是书面的，书面表达就是写作。写好两篇文，一篇规矩文，一篇放胆文。规矩文重打基础，放胆文更见才气。规矩文要求练好写作基本功，包括审题、立意、选材、结构等方法，掌握记叙文、议论文、说明文、应用文的基本要领和写作规矩。规矩文的写作要在教师的指导下进行。放胆文的写作可鼓励学生放飞自我、大胆想象，各呈创意、各展所长，着力训练应用写作能力、语言表达能力、批判性思维能力和辩证思维能力。放胆文可以多种多样，除了大作文外，也可以写小作文。有兴趣的，还可以进行文学创作，写诗歌、小说、散文、剧本等。

学习语文还要养成四个好习惯。第一，享受阅读的习惯。爱阅读比读什么更重要。每个同学都应该有自己的个性化书单，有的同学喜欢网络小说也没有关系，但需要防止沉迷其中，钻进“死胡同”。这套书就给中小学生课外阅读提供了大量古今中外的名家名作。第二，善于思考的习惯。在这个大众创业、万众创新的时代，创新人才的标准，已不再是把已有的知识烂熟于心，而是能够独立思考，敢于质疑，能够自己去发现问题、提出问题和解决问题，需要具有探究质疑能力、独立思考能力、批判性思维和辩证思维能力。第三，乐于表达的习惯。表达的乐趣在于说或写的过程，这个过程比说得好、写得完美的结果更重要。表达形式可以不拘一格，比如作文、日记、笔记、随语、漫画等。第四，自主学习的习惯。我的地盘我做主，我的语文我做主。不是为老师学，也不是为父母长辈学，而是为自己在精神上的成长学，为自己的未来学。

愿广大中小学生能借助这套书，真正爱上阅读，插上想象的翅膀，飞向未来的广阔天地！

顾之川

2021 年 10 月 15 日

于京东大运河畔之两不厌居

阅读领航

接受文学名著的滋养，读写贯通，读为写用，读写双升

作者介绍

阅读准备

“作者介绍”，走近作家，一睹作家风采；“创作背景”，了解作品创作的时代背景；“作品速览”，把握作品全貌、主题意蕴；“文学特色”，发掘作品深刻的文学价值，增进读者对作品的理解，提高阅读效率。

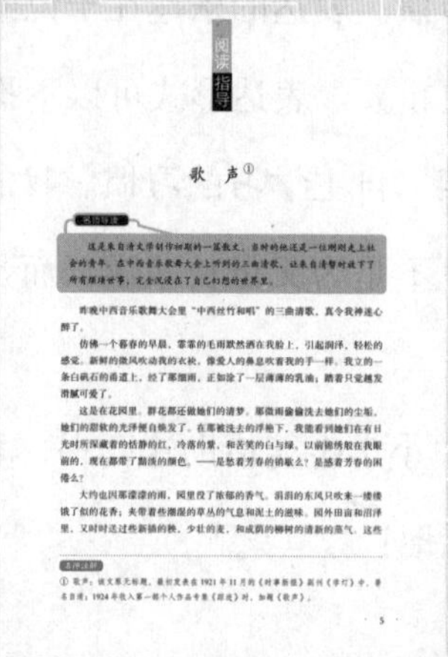
歌声①

阅读指导

“名师导读”，指引读者快速知晓章节内容，提高阅读兴趣；“名师点评”，名师妙语，见解独特，视角新颖；“名师注解”，帮助读者更好地理解原文；“精华赏析”，评点章节要旨，发人深省；“延伸思考”，开拓思维，启迪智慧；“知识拓展”，在轻松阅读中开阔视野。

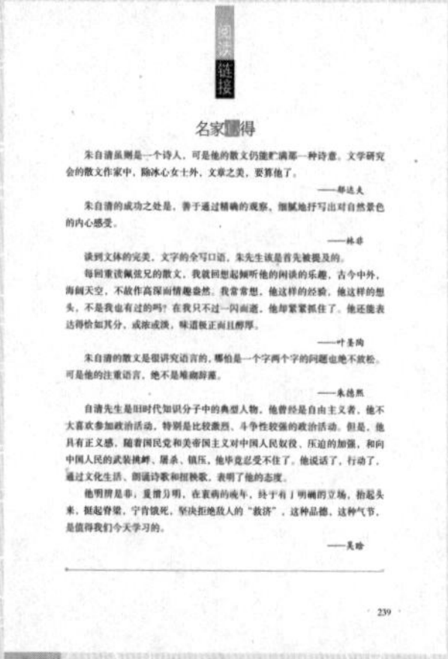
名家心得

阅读链接

“名家心得”，听听名家怎么说；“读者感悟”，看看别人怎么想，交流阅读体会；“延伸阅读”，帮读者丰富文学知识，增强艺术感受力。

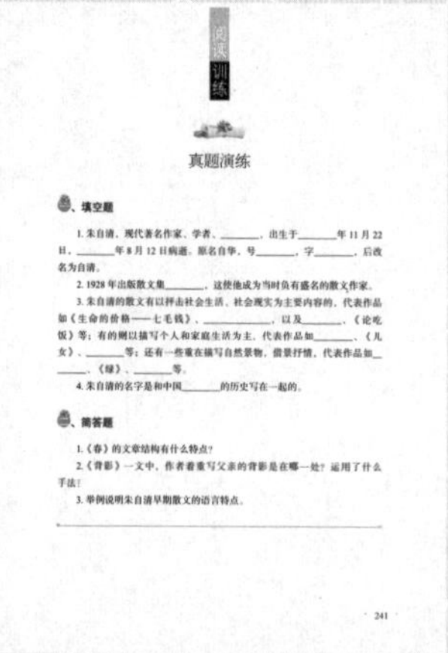
真题演练

阅读训练

“真题演练”，考查阅读能力，巩固阅读成果；“写作出击”，和读者一起回顾精彩名篇，书写内心真实感受，视野独特、内容丰富的写作知识，为读者的写作保驾护航！

荷塘月色【精读】

名师导读

一个仲夏之夜，“心里颇不宁静”的朱自清到清华园的荷塘边散步，月夜下的荷塘美景深深吸引了他，使他暂时忘却了纷繁复杂的现实。于是，朱自清写下了这篇广为人知的《荷塘月色》。

这几天心里颇不宁静。今晚在院子里坐着乘凉，忽然想起日日走过的荷塘，在这满月的光里，总该另有一番样子吧。月亮渐渐地升高了，墙外马路上孩子们的欢笑，已经听不见了；妻在屋里拍着闰儿①，迷迷糊糊地哼着眠歌。我悄悄地披了大衫，带上门出去。

沿着荷塘，是一条曲折的小煤屑路。这是一条幽僻的路；白天也少人走，夜晚更加寂寞。荷塘四面，长着许多树，蓊蓊郁郁②的。路的一旁，是些杨柳，和一些不知道名字的树。没有月光的晚上，这路上阴森森的，有些怕人。今晚却很好，虽然月光也还是淡淡的。

路上只我一个人，背着手踱着。这一片天地好像是我的；我也像超出了平常的自己，到了另一世界里。我爱热闹，也爱冷静；爱群居，也爱独处。像今晚上，一个人在这苍茫的月下，什么都可以想，什么都可以不想，便觉是个自由的人。白天里一定要做的事，一定要说的话，现在都可不理。这是独处的妙处，我且受用这无边的荷香月色好了。

曲曲折折的荷塘上面，弥望③的是田田的叶子。叶子出水很高，像亭亭的舞女的裙。层层的叶子中间，零星地点缀着些白花，有袅

> 文眼，定下了全文的感情基调。社会的剧烈震荡在作者心中激起了极大的波澜。

> 朱自清感慨平日里身不由己，只有这个时候才能暂得宽余，突出了他内心的矛盾、孤独以及对黑暗现实的不满。

> “且”字流露出作者得以暂得解脱的喜悦。

名师注解

① 闰儿：作者的次子。关于朱自清的子女情况详见《儿女》中的注释。
② 蓊蓊郁郁：形容草木蓬勃茂盛的样子。
③ 弥望：充满视野，满眼。

名师导读：指引读者快速知晓章节内容，提高阅读兴趣。

名师点评：名师妙语，见解独特，视角新颖。评点章节要旨，发人深省。

精华赏析

名师注解：帮助读者更好地理解原文。

延伸思考：开拓思维，启迪智慧。

知识拓展：在轻松阅读中开阔视野。

精华赏析

文章第四段对叶子和花的描写堪称经典。区区两百字就将荷叶的娇美姿态和花的婀娜芳香展现了出来。“叶子出水很高，像亭亭的舞女的裙”，形象的比喻将荷叶的轻盈、动感美具体生动地展现在读者面前，使读者产生一种身临其境之感。写荷花时，作者更是连用三个比喻，“正如一粒粒的明珠，又如碧天里的星星，又如刚出浴的美人”，呈现出不同状态下荷花的不同的美。“微风过处，送来缕缕清香，仿佛远处高楼上渺茫的歌声似的”，朱自清在这里运用了通感的手法，即用形象的语言，把一种感官的感觉移用到另一种感官上，从而使“清香”这一嗅觉感受被听觉器官所感知。文章第五段末尾句“但光与影有着和谐的旋律，如梵婀玲上奏着的名曲”，同样使用了通感这一手法。

延伸思考

1. 作者的情感先后发生了哪些变化？试着从文中找出这些变化的过程。
2. 文章末尾对“妻已睡熟好久了”这一情景的叙述是否多余？为什么？

知识拓展

《荷塘月色》创作背景解析

五四运动以后，随着革命斗争的深入，原来曾积极参加新文化运动的知识分子阶层开始发生分化，有的人高升，有的人引退，有的人堕落，有的人前进。1927 年的“四一二”反革命政变发生后，朱自清更是陷入了极度的不安和彷徨中，他不满现实的黑暗，但又没有勇气投入斗争。关于朱自清当时的思想情况，朱自清的夫人陈竹隐女士曾对他有过这样的描述，“大革命失败后，蒋介石统治了全国。佩弦当时没有找到正确的出路，四顾茫然”。1927 年

Yuedu Linghang

目录

爱阅读

朱自清散文

不容错过的经典

阅读准备

作者介绍

朱自清

朱自清（1898—1948），字佩弦，号秋实，生于江苏省东海县，因祖父、父亲定居扬州，故常自称扬州人。1920 年毕业于北京大学哲学系，后在江苏、浙江多所中学任教。在大学学习和中学任教时期就开始了新诗创作。朱自清是文学研究会的早期成员，是著名的诗人、散文作家、学者、民主人士。1923 年发表长诗《毁灭》，1928 年出版第一本散文集《背影》，1931 年留学英国，1932 年回国，1937 年抗日战争全面爆发后，朱自清随清华大学南下长沙，1938 年 3 月到昆明，任西南联大教授。

抗战胜利后，他热切地希望“有血有肉的活中国”早日出现。1945 年昆明发生一二·一惨案，1946 年 7 月李公朴、闻一多被暗杀，这深深地触动了朱自清，从此他坚定地战斗在争取民主与解放的道路上。1948 年 6 月 18 日，他在抗议美国扶植日本并拒绝领美国面粉的宣言上签名。朱自清的高风亮节，赢得了人民的敬仰，也赢得了毛泽东同志的高度评价。“闻一多拍案而起，横眉怒对国民党的手枪，宁可倒下去，不愿屈服。朱自清一身重病，宁可饿死，不领美国的‘救济粮’。”毛泽东在《别了，司徒雷登》一文中这样写道，“我们应当写闻一多颂，写朱自清颂，他们表现了我们民族的英雄气概”。

1946 年，朱自清回清华大学旧居，1948 年 8 月 12 日病逝。

创作背景

二十世纪二十年代初期，是朱自清文学创作的黄金时期。这时的朱自清奉行的是“刹那主义”，他说：“我第一要使生活底[①]各个过程都有它独立之意义和价值。——每一刹那有每一刹那的意义和价值。”他就是抱着这样的生活态度，创作了许多脍炙人口的散文名篇，这些散文被广为传诵，在当时被誉为“白话美文的模范”。

随后发生的四一二反革命政变（1927 年）对朱自清产生了很大的影响。虽然他标榜自己是奉行自由主义的学者，但是，他对当时的革命和反革命的斗争进行了深刻的思考，这些思考在他这一时期创作的作品中有所体现。

抗日战争期间，朱自清目睹了日本帝国主义的滔天罪行和中国人民所遭受的苦难，他的思想以及他的文风产生了巨大的变化，议论性的杂文明显增多。抗战胜利后，为了反对国民党的独裁统治，昆明、重庆等地的民主运动空前高涨。李公朴、闻一多等文人志士的死震撼了朱自清，他走出书房，毅然加入民主运动的行列。随着社会的变革，朱自清的文章也发生了巨变，他的气节深受人们的赞赏，人们称他有“完美的人格”。

特别说明

① 底：相当于“的”。注：本书选篇尊重原文，保留了很多现代汉语早期的用字和标点符号用法习惯，如“的”“底”“那”等字的使用及并列成分间逗号的使用等。

作品速览

朱自清创作的作品包括诗歌、散文、文艺批评、小说、学术研究等。1928年出版的散文集《背影》使他成为当时负有盛名的散文作家。朱自清的散文主要是叙事性和抒情性的小品文，其作品按题材可分为三类：一类描写自然景物，借景抒情，如《春》《桨声灯影里的秦淮河》《荷塘月色》《春晖的一月》《威尼斯》等。第二类是描写个人和家庭生活以及父子、夫妻人伦之情的，代表作品有《背影》《儿女》《给亡妇》《冬天》等。还有一类描写社会生活，抨击黑暗现实，代表作品有《白种人——上帝的骄子！》《执政府大屠杀记》《航船中的文明》《憎》等。朱自清的名篇《背影》《春》《荷塘月色》收录于不同时期中学语文教材中。

文学特色

朱自清的散文创作，从清秀隽永到质朴深厚再到激情深邃，都烙上了时代的印记，显示出了独特的风格。从取材上来讲，朱自清的散文同古今中外许多优美的散文一样，写的往往是身边的琐事。这些琐事，范围广泛，人生旅途的所历所感，无不涵盖其中。“先驱者告诉我们说自己的话。不幸这些自己往往是简单的，说来说去是那一套；终于说的听的都腻了。——我便是其中的一个。这些人自己其实并没有什么话，只是说些中外贤哲说过的和并世少年将说的话。真正有自己的话要说的是不多的几个人；因为真正一面生活一面吟味那生活的只有不多的几个人。”朱自清曾这样说过。朱自清选取生活中那些美好的、悲哀的、拨人心弦的生活琐事入文，既净化人们的感情，陶冶人们的心灵，又能在平凡中见真理，在琐细中见真情。

从思想上来说，朱自清追求“真”。他的抒情散文追求记人记事要“真”，状物写景要“真”，要给人一种身临其境之感，这样抒发的情感才更真挚动人。如《背影》中，作者使用白描的手法，描绘了一位步履蹒跚的父亲，尤其突出描写了特定环境中父亲的背影，这一细节让我们深深地感受到作者对父亲的怀念。在议论散文里，他也力主袒露心扉，把“真”思想、“真”见解表达出来，这样才能够使读者信服。而后期朱自清创作的思想性评论平易轻松地谈论人的修养问题，帮助很多青年人消解了人生路上的苦闷。

从形式上来说，朱自清追求“美”，他的散文以笔触细腻、语言清丽而著称，这样的特点得益于朱自清极强的语言运用能力。他善于使用诗化的语言、贴切新鲜的比喻、精准的动词，还格外注意融合现代口语词汇，运用大量叠音叠字，力求营造一种语言美。郁达夫就曾这样评价朱自清：“朱自清虽则是一个诗人，可是他的散文仍能够满贮着那一种诗意。文学研究会的散文作家中，除冰心女士外，文字之美，要算他。”

歌　声①

名师导读

这是朱自清文学创作初期的一篇散文。当时的他还是一位刚刚走上社会的青年。在中西音乐歌舞大会上听到的三曲清歌，让朱自清暂时放下了所有烦琐世事，完全沉浸在了自己幻想的世界里。

昨晚中西音乐歌舞大会里“中西丝竹和唱”的三曲清歌，真令我神迷心醉了。

仿佛一个暮春的早晨，霏霏的毛雨默然洒在我脸上，引起润泽，轻松的感觉。新鲜的微风吹动我的衣袂，像爱人的鼻息吹着我的手一样。我立的一条白矾石的甬道上，经了那细雨，正如涂了一层薄薄的乳油；踏着只觉越发滑腻可爱了。

这是在花园里。群花都还做她们的清梦。那微雨偷偷洗去她们的尘垢，她们的甜软的光泽便自焕发了。在那被洗去的浮艳下，我能看到她们在有日光时所深藏着的恬静的红，冷落的紫，和苦笑的白与绿。以前锦绣般在我眼前的，现在都带了黯淡的颜色。——是愁着芳春的销歇么？是感着芳春的困倦么？

大约也因那濛濛的雨，园里没了浓郁的香气。涓涓的东风只吹来一缕缕饿了似的花香；夹带着些潮湿的草丛的气息和泥土的滋味。园外田亩和沼泽里，又时时送过些新插的秧，少壮的麦，和成荫的柳树的清新的蒸气。这些

名师注解

① 歌声：该文原无标题，最初发表在1921年11月的《时事新报》副刊《学灯》中，署名自清；1924年收入第一部个人作品专集《踪迹》时，加题《歌声》。

虽非甜美，却能强烈地刺激我的鼻观，使我有愉快的倦怠之感。

看啊，那都是歌中所有的：我用耳，也用眼，鼻，舌，身，听着；也用心唱着。我终于被一种健康的麻痹袭取了，于是为歌所有。此后只由歌独自唱着，听着；世界上便只有歌声了。

一九二一年十一月三日，上海

精华赏析

歌声荡漾，醉入人的心扉，让人心花怒放；浸入广袤的大地，唤起大地无限生机。歌声，感人的歌声，清脆动人，催人奋进！作者善于运用比喻手法，例如，把“新鲜的微风”比作“爱人的鼻息”，把雨后的“白矾石的甬道”比作“涂了一层薄薄的乳油”，这些比喻能够唤起读者的联想，让读者形象地感知事物。文中也多处使用了拟人的手法，如“群花”做着“清梦”，甚至“愁着芳春的销歇”“感着芳春的困倦”。将人的情感赋予物上，这种人格化的描写方式能巧妙地传达出作者的情感，使这些物变得更加亲切、活泼。叠词的使用也为这篇散文增色不少，如“霏霏的”“薄薄的”“濛濛的”“涓涓的”等。

匆 匆【精读】

名师导读

《匆匆》创作于1922年，黑暗的社会现实和自己的热情相抵触，使朱自清在一番生机盎然的春景前不免产生了落寞的情绪，整篇散文充盈着一股淡淡的哀愁。在时间的匆匆里，诗人徘徊而又执着地追求着，但时间的匆匆与自己的一事无成所形成的鲜明对照，使他不得不反思生命的价值。

燕子去了，有再来的时候；杨柳枯了，有再青的时候；桃花谢了，有再开的时候。但是，聪明的，你告诉我，我们的日子为什么一去不复返呢？——是有人偷了他们罢：那是谁？又藏在何处呢？是他们自己逃走了罢：现在又到了哪里呢？

我不知道他们给了我多少日子；但我的手确乎是渐渐空虚了。在默默里算着，八千多日子已经从我手中溜去；像针尖上一滴水滴在大海里，我的日子滴在时间的流里，没有声音，也没有影子。我不禁头涔涔而泪潸潸了。

去的尽管去了，来的尽管来着；去来的中间，又怎样地匆匆呢？早上我起来的时候，小屋里射进两三方斜斜的太阳。太阳他有脚啊，轻轻悄悄地挪移了；我也茫茫然跟着旋转。于是——洗手的时候，日子从水盆里过去；吃饭的时候，日子从饭碗里过去；默默时，便从凝然的双眼前过去。我觉察他去的匆匆了，伸出手遮挽时，他又从遮挽着的手边过去，天黑时，我躺在床上，他便伶伶俐俐地从我

名师点评

开篇排比句式点明大自然可以周而复始，但时间一旦流逝便无法挽回。这两句话传达出作者对时间流逝的无奈和对逝去岁月的无限思念。

名师点评

相对于时间的洪流来说，“我”的那八千多个日子不过是针尖上的一滴水，轻易地从手中无声无息地溜走。“头涔涔而泪潸潸”表达了作者对时间流逝而自己一事无成的无奈。

名师点评

作者巧妙地把无形的时间具体化，让我们直接地感知时间的流逝，从而劝告我们要珍惜时间。

身上跨过，从我脚边飞去了。等我睁开眼和太阳再见，这算又溜走了一日。我掩着面叹息。但是新来的日子的影儿又开始在叹息里闪过了。

名师点评

面对时间的流逝，作者追问人生的意义。

在逃去如飞的日子里，在千门万户的世界里的我能做些什么呢？只有徘徊罢了，只有匆匆罢了；在八千多日的匆匆里，除徘徊外，又剩些什么呢？过去的日子如轻烟，被微风吹散了，如薄雾，被初阳蒸融了；我留着些什么痕迹呢？我何曾留着像游丝样的痕迹呢？我赤裸裸来到这世界，转眼间也将赤裸裸的回去罢？但不能平的，为什么偏要白白走这一遭啊？

你聪明的，告诉我，我们的日子为什么一去不复返呢？

一九二二年三月二十八日

精华赏析

人都徘徊过，茫然过，特别是青年人。徘徊不是坏事，但我们要在徘徊中寻找施展抱负的空间，让有意义的人生在匆匆的时间里留下一些痕迹。文章围绕“匆匆”二字，为我们刻画了时间流逝的痕迹，表达了作者对时间流逝的惋惜、无奈，以及对自己一事无成的反思。他提醒我们：时间总是在我们的不经意间溜走，我们应该珍惜时间，不要虚度了美好的光阴。

延伸思考

1. 收集整理有关珍惜时间的名言警句。
2. 在你的人生轨迹中，你打算留下怎样的痕迹？

桨声灯影里的秦淮河【精读】

名师导读

《桨声灯影里的秦淮河》为朱自清的成名作。他通过记叙夏夜与俞平伯一起泛舟秦淮河的种种见闻及感受，把昔日“纸醉金迷”如今却渐趋落寞的秦淮河呈现在人们的眼前。读《桨声灯影里的秦淮河》，在水、灯、月、影之间，我们看到了一条带着浓浓历史气息的秦淮河。

一九二三年八月的一晚①，我和平伯②同游秦淮河；平伯是初泛，我是重来了。我们雇了一只“七板子”，在夕阳已去，皎月方来的时候，便下了船。于是桨声汩——汩，我们开始领略那晃荡着蔷薇色的历史的秦淮河的滋味了。

名师点评：开篇交代时间、同游者和所搭乘的游船，简洁而直奔主题。

秦淮河里的船，比北京万甡园③，颐和园的船好，比西湖的船好，比扬州瘦西湖的船也好。这几处的船不是觉着笨，就是觉着简陋、局促；都不能引起乘客们的情韵，如秦淮河的船一样。秦淮河的船约略可分为两种：一是大船；一是小船，就是所谓“七板子”。大船舱口阔大，可容二三十人。里面陈设着字画和光洁的红木家具，

名师注解

① 一九二三年八月的一晚：此时间不准确。1923 年 7 月 28 日至 31 日，朱自清和俞平伯同游南京的清凉山、秦淮河等地。分手时相约，各自以“桨声灯影里的秦淮河”为题写一篇散文。

② 平伯：俞平伯（1900 — 1990），浙江湖州人，诗人、作家、学者。俞平伯此时与朱自清为北京大学的同学，俞长朱一届。此后二人诗书往来，唱和山水，共遣文字。1923 年 7 月底，朱俞二人同游南京秦淮河。兴后，写文作诗留念。

③ 万甡园：即动物园。

桌上一律嵌着冰凉的大理石面。窗格雕镂颇细，使人起柔腻之感。窗格里映着红色蓝色的玻璃；玻璃上有精致的花纹，也颇悦人目。“七板子”规模虽不及大船，但那淡蓝色的栏杆，空敞的舱，也足系人情思。而最出色处却在它的舱前。舱前是甲板上的一部，上面有弧形的顶，两边用疏疏的栏杆支着。里面通常放着两张藤的躺椅。躺下，可以谈天，可以望远，可以顾盼两岸的河房。大船上也有这个，但在小船上更觉清隽罢了。舱前的顶下，一律悬着灯彩；灯的多少，明暗，彩苏的精粗，艳晦，是不一的，但好歹总还你一个灯彩。这灯彩实在是最能钩人的东西。夜幕垂垂地下来时，大小船上都点起灯火。从两重玻璃里映出那辐射着的黄黄的散光，反晕出一片朦胧的烟霭；透过这烟霭，在黯黯的水波里，又逗起缕缕的明漪。在这薄霭和微漪里，听着那悠然的间歇的桨声，谁能不被引入他的美梦去呢？只愁梦太多了，这些大小船儿如何载得起呀？我们这时模模糊糊的谈着明末的秦淮河的艳迹，如《桃花扇》及《板桥杂记》里所载的。我们真神往了。我们仿佛亲见那时华灯映水，画舫凌波的光景了。于是我们的船便成了历史的重载了。我们终于恍然秦淮河的船所以雅丽过于他处，而又有奇异的吸引力的，实在是许多历史的影像使然了。

名师点评

细致入微的写实手法，让读者产生身临其境之感。

名师点评

表现了秦淮河游船的历史性，呼应上文。试着找出所呼应的句子。

秦淮河的水是碧阴阴的；看起来厚而不腻，或者是六朝金粉所凝么？我们初上船的时候，天色还未断黑，那漾漾的柔波是这样的恬静，委婉，使我们一面有水阔天空之想，一面又憧憬着纸醉金迷之境了。等到灯火明时，阴阴的变为沉沉了：黯淡的水光，像梦一般；那偶然闪烁着的光芒，就是梦的眼睛了。我们坐在舱前，因了那隆起的顶棚，仿佛总是昂着首向前走着似的；于是飘飘然如御风而行的我们，看着那些自在的湾泊着的船，船里走马灯般的人物，便像是下界一般，迢迢的远了，又像在雾里看花，尽朦朦胧胧的。这时我们已过了利涉桥，望见东关头了。沿路听见断续的歌声：有从沿河的妓楼飘来的，有从河上船里渡来的。我们明知那些歌声，只是些因袭的言词，从生涩的歌喉里机械的[1]发出来的；但它们经了夏夜的微风的吹漾和水波的摇拂，袅娜着到我们耳边的时候，已经不单是她们的歌声，而混着微风和河水的密语了。于是我们不得不被牵惹着，震撼着，相与浮沉于这歌声里了。从东关头转湾，不久就到大中桥。大中桥共有三个桥拱，都很阔大，俨然是三座门儿；使我们觉得我们的船和船里的我们，在桥下过去时，真是太无颜色了。桥砖是深褐色，表明它的历史的长久；但都完好无缺，令人太息[2]于古昔工程的坚美。桥上两旁都是木壁的房子，中间应该有街路？这些房子都破旧了，多年烟熏的迹，遮没了当年的美丽。我想象秦淮河的极盛时，在这样宏阔的桥上，特地盖了房子，必然是髹漆[3]得富富丽丽的；晚间必然是灯火通明的。现在却只剩下一片黑沉沉！但是桥上造着房子，毕竟使我们多少可以想见往日的繁华；这也慰情聊胜无了。过了大中桥，便到了灯月交辉，笙歌彻夜的秦淮河；这才是秦淮河的真面目哩。

名师点评

从“生涩的歌喉里机械的发出来的”“因袭的言词”中，作者感受到了歌妓的为生计忙碌，为后文与歌妓的相遇埋下伏笔。

名师点评

承上启下。

大中桥外，顿然空阔，和桥内两岸排着密密的人家的大异了。一眼望去，疏疏的林，淡淡的月，衬着蓝蔚的天，颇像荒江野渡光景；那边呢，郁丛丛的，阴森森的，又似乎藏着无边的黑暗：令人几乎不信那是繁华的秦淮河了。但是河中眩晕着的灯光，纵横着的画舫，悠扬着的笛韵，夹着那吱吱的胡琴声，终于使我们认识绿如茵陈酒的秦淮水了。此地天裸露着的多些，故觉夜来的独迟些；从清清的水影里，我们感到的只是薄薄的夜——这正是秦淮河的夜。大中桥外，本来还有一座复成桥，是船夫口中的我们的游踪尽处，或也是秦淮河繁华的尽处了。我的脚曾踏过复成桥的脊，在十三四岁的时候。但是两次游秦淮河，却都不曾见着复成桥的面；明知总在前途的，却常觉得有些虚无缥缈似的。我想，不见倒也好。这时正是盛夏。我们下船后，借着新生的晚凉和河上的微风，暑气已渐渐消散；到了此地，豁

名师点评

对应文章开头“平伯是初泛，我是重来了”。

名师注解

① 的：此处应为“地”，原文如此。本书选篇中“的”“地”“得”等保留原文用法。

② 太息：长叹。

③ 髹漆：用漆涂物。髹，读 xiū。

然开朗，身子顿然轻了——习习的清风荏苒在面上，手上，衣上，这便又感到了一缕新凉了。南京的日光，大概没有杭州猛烈；西湖的夏夜老是热蓬蓬的[①]，水像沸着一般，秦淮河的水却尽是这样冷冷地绿着。任你人影的憧憧，歌声的扰扰，总像隔着一层薄薄的绿纱面幂似的；它尽是这样静静的，冷冷的绿着。我们出了大中桥，走不上半里路，船夫便将船划到一旁，停了桨由它宕着。他以为那里正是繁华的极点，再过去就是荒凉了；所以让我们多多赏鉴一会儿。他自己却静静的蹲着。他是看惯这光景的了，大约只是一个无可无不可。这无可无不可，无论是升的沉的，总之，都比我们高了。

名师点评

"静静"二字用得好。是船夫没有了兴致，还是因为想不打扰客人"多多赏鉴"，抑或是其他什么原因，让读者玩味。

那时河里闹热极了；船大半泊着，小半在水上穿梭似的来往。停泊着的都在近市的那一边，我们的船自然也夹在其中。因为这边略略的挤，便觉得那边十分的疏了。在每一只船从那边过去时，我们能画出它的轻轻的影和曲曲的波，在我们的心上；这显着是空，且显着是静了。那时处处都是歌声和凄厉的胡琴声，圆润的喉咙，确乎是很少的。但那生涩的，尖脆的调子能使人有少年的，粗率不拘的感觉，也正可快我们的意。况且多少隔开些儿听着，因为想象与渴慕的做美，总觉更有滋味；而竞发的喧嚣，抑扬的不齐，远近的杂沓，和乐器的嘈嘈切切，合成另一意味的谐音，也使我们无所适从，如随着大风而走。这实在因为我们的心枯涩久了，变为脆弱；故偶然润泽一下，便疯狂似的不能自主了。但秦淮河确也腻人。即如船里的人面，无论是和我们一堆儿泊着的，无论是从我们眼前过去的，总是模模糊糊的，甚至渺渺茫茫的；任你张圆了眼睛，揩净了眦垢[②]，也是枉然。这真够人想呢。在我们停泊的地方，灯光原是纷然的；不过这些灯光都是黄而有晕的。黄已经不能明了，再加上了晕，便更不成了。灯愈多，晕就愈甚；在繁星般的黄的交错里，秦淮河仿佛笼上了一团光雾。光

名师点评

结合所学的物理知识想一想，朱自清解释的"灯光是浑的，月色是清的"有没有道理？

名师注解

① 西湖的夏夜老是热蓬蓬的：朱自清于1921年12月14日与叶圣陶、伯唐夜游西湖（详见散文《冬天》）；于1922年6月与俞平伯等人畅游西湖三天；于1922年7月1日至3日在杭州西湖船上参加少年中国学会第四次会员大会。由此，朱自清以南京秦淮比杭州西湖，是很自然的事。

② 眦垢：俗称眼屎。

芒与雾气腾腾的晕着，什么都只剩了轮廓了；所以人面的详细的曲线，便消失于我们的眼底了。但灯光究竟夺不了那边的月色；灯光是浑的，月色是清的，在浑沌的灯光里，渗入了一派清辉，却真是奇迹！那晚月儿已瘦削了两三分。她晚妆才罢，盈盈的上了柳梢头。天是蓝得可爱，仿佛一汪水似的；月儿便更出落得精神了。岸上原有三株两株的垂杨树，淡淡的影子，在水里摇曳着。它们那柔细的枝条浴着月光，就像一支支美人的臂膊，交互的缠着，挽着；又像是月儿披着的发。而月儿偶然也从它们的交叉处偷偷窥看我们，大有小姑娘怕羞的样子。岸上另有几株不知名的老树，光光的立着；在月光里照起来，却又俨然是精神矍铄的老人。远处——快到天际线了，才有一两片白云，亮得现出异彩，像美丽的贝壳一般。白云下便是黑黑的一带轮廓；是一条随意画的不规则的曲线。这一段光景，和河中的风味大异了。但灯与月竟能并存着，交融着，使月成了缠绵的月，灯射着渺渺的灵辉；这正是天之所以厚秦淮河，也正是天之所以厚我们了。

名师点评

形象的拟人，贴切的比喻，将天、月、影巧妙地融合在一起，给人以美的享受。

名师点评

套用船夫对待大中桥外风景态度的那句话，作者“天之所以厚我们”的心情“正是繁华的极点”，而下文“再过去就是荒凉了”。

这时却遇着了难解的纠纷。秦淮河上原有一种歌妓，是以歌为业的。从前都在茶舫上，唱些大曲之类。每日午后一时起；什么时候止，却忘记了。晚上照样也有一回。也在黄晕的灯光里。我从前过南京时，曾随着朋友去听过两次。因为茶舫里的人脸太多了，觉得不大适意，终于听不出所以然。前年听说歌妓被取缔了，不知怎的，颇涉想了几次——却想不出什么。这次到南京，先到茶舫上去看看，觉得颇是寂寥，令我无端的怅怅了。不料她们却仍在秦淮河里挣扎着，不料她们竟会纠缠到我们，我于是很张皇了。她们也乘着“七板子”，她们总是坐在舱前的。舱前点着石油汽灯，光亮炫人眼目：坐在下面的，自然是纤毫毕见了——引诱客人们的力量，也便在此了。舱里躲着乐工等人，映着汽灯的余辉蠕动着；他们是永远不被注意的。每船的歌妓大约都是二人；天色一黑，她们的船就在大中桥外往来不息的兜生意。无论行着的船，泊着的船，都要来兜揽的。这都是我后来推想出来的。那晚不知怎样，忽然轮着我们的船了。我们的船好好的停着，一只歌舫划向我们来了；渐渐和我们的船并着了。铄铄的灯光逼得我们皱起了眉头；我们的风尘色全给它托出来了，这使我踧踖不安了。那时一个伙计跨过船来，拿

名师点评

这一段自白体现了作者当时的矛盾心理以及他的人道主义精神。作者一方面认为歌妓是一个不正当的行业，接近歌妓就是一种不正当的行为，所以受了“道德律的压迫”，拒绝了她们；另一方面，他又认为“卖歌和卖淫不同，听歌和狎妓不同”，应该对她们的窘境报以同情，而这拒绝又伤害了她们。

着摊开的歌折，就近塞向我的手里，说，“点几出吧！”他跨过来的时候，我们船上似乎有许多眼光跟着。同时相近的别的船上也似乎有许多眼睛炯炯的向我们船上看着。我真窘了！我也装出大方的样子，向歌妓们瞥了一眼，但究竟是不成的！我勉强将那歌折翻了一翻，却不曾看清了几个字；便赶紧递还那伙计，一面不好意思地说，“不要。我们……不要。”他便塞给平伯。平伯掉转头去，摇手说，“不要！”那人还腻着不走。平伯又回过脸来，摇着头道，“不要！”于是那人重到我处。我窘着再拒绝了他。他这才有所不屑似的走了。我的心立刻放下，如释了重负一般。我们就开始自白了。

我说我受了道德律的压迫，拒绝了她们；心里似乎很抱歉的。这所谓抱歉，一面对于她们，一面对于我自己。她们于我们虽然没有很奢的希望；但总有些希望的。我们拒绝了她们，无论理由如何充足，却使她们的希望受了伤；这总有几分不做美了。这是我觉得很怅怅的。至于我自己，更有一种不足之感。我这时被四面的歌声诱惑了，降服了；但是远远的，远远的歌声总仿佛隔着重衣搔痒似的，越搔越搔不着痒处。我于是憧憬着贴耳的妙音了。在歌舫划来时，我的憧憬，变为盼望；我固执的盼望着，有如饥渴。虽然从浅薄的经验里，也能够推知，那贴耳的歌声，将剥去了一切的美妙；但一个平常的人像我的，谁愿凭了理性之力去丑化未来呢？我宁愿自己骗着了。不过我的社会感性是很敏锐的；我的思力能拆穿道德律的西洋镜，而我的感情却终于被它压服着，我于是有所顾忌了，尤其是在众目昭彰的时候。道德律的力，本来是民众赋予的；在民众的面前，自然更显出它的威严了。我这时一面盼望，一面却感到了两重的禁制：一，在通俗的意义上，接近妓者总算一种不正当的行为；二，妓是一种不健全的职业，我们对于她们，应有哀矜勿喜之心，不应赏玩的去听她们的歌。在众目睽睽之下，这两种思想在我心里最为旺盛。她们暂时压倒了我的听歌的盼望，这便成就了我的灰色的拒绝。那时的心实在异常状态中，觉得颇是昏乱。歌舫去了，暂时宁靖[①]之后，我的思绪又如潮涌了。两个相反的意思在我心头往复：卖歌和卖淫不同，听歌和狎

名师注解

① 宁靖：即宁静，安静。

妓不同，又干道德甚事？——但是，但是，她们既被逼的以歌为业，她们的歌必无艺术味的；况她们的身世，我们究竟该同情的。所以拒绝倒也是正办。但这些意思终于不曾撇开我的听歌的盼望。它力量异常坚强；它总想将别的思绪踏在脚下。从这重重的争斗里，我感到了浓厚的不足之感。这不足之感使我的心盘旋不安，起坐都不安宁了。唉！我承认我是一个自私的人！平伯呢，却与我不同。他引周启明先生的诗，"因为我有妻子，所以我爱一切的女人，因为我有子女，所以我爱一切的孩子。"他的意思可以见了。他因为推及的同情，爱着那些歌妓，并且尊重着她们，所以拒绝了她们。在这种情形下，他自然以为听歌是对于她们的一种侮辱。但他也是想听歌的，虽然不和我一样，所以在他的心中，当然也有一番小小的争斗；争斗的结果，是同情胜了。至于道德律，在他是没有什么的；因为他很有蔑视一切的倾向，民众的力量在他是不大觉着的。这时他的心意的活动比较简单，又比较松弱，故事后还怡然自若；我却不能了。这里平伯又比我高了。

名师点评

俞平伯认为自己是同情歌妓的，拒绝正是对她们的一种尊重。

名师点评

作者认为船夫在对待风景的态度上，比他和俞平伯高；又认为在事物扰心的问题上，俞平伯比自己高。从这两处的"高"中，体会作者的性格、经历、处事的态度。

在我们谈话中间，又来了两只歌舫。伙计照前一样的请我们点戏，我们照前一样的拒绝了。我受了三次窘，心里的不安更甚了。清艳的夜景也为之减色。船夫大约因为要赶第二趟生意，催着我们回去；我们无可无不可的答应了。我们渐渐和那些晕黄的灯光远了，只有些月色冷清清的随着我们的归舟。我们的船竟没个伴儿，秦淮河的夜正长哩！到大中桥近处，才遇着一只来船。这是一只载妓的板船，黑漆漆的没有一点光。船头上坐着一个妓女；暗里看出，白地小花的衫子，黑的下衣。她手里拉着胡琴，口里唱着青衫的调子。她唱得响亮而圆转；当她的船箭一般驶过去时，余音还袅袅的在我们耳际，使我们倾听而向往。想不到在弩末的游踪里，还能领略到这样的清歌！这时船过大中桥了，森森的水影，如黑暗张着巨口，要将我们的船吞了下去。我们回顾那渺渺的黄光，不胜依恋之情；我们感到了寂寞了！这一段地方夜色甚浓，又有两头的灯火招邀着；桥外的灯火不用说了，过了桥另有东关头疏疏的灯火。我们忽然仰头看见依人的素月，不觉深悔归来之早了！走过东关头，有一两只大船湾泊着，又有几只船向我们来着。嚣嚣的一阵歌声人语，仿佛笑我们无伴的孤舟哩。东关头转湾，河上的夜色更浓了；临水的妓楼上，时时从帘缝里

名师点评

这一次变成了"我们无可无不可"，而船夫不再"静静的""让我们多多赏鉴一会儿"。想一想，为什么作者说"船夫大约因为要赶第二趟生意"？这一趟生意做得如何？

名师点评

找一找，作者几次写孤舟无伴？

名师点评

对比来时在"东关头转湾"的所见所感，体会一下作者所说的"不得不被牵惹着，震撼着，相与浮沉于这歌声里了"。

名师点评

桨声再一次地"汩——汩"响在我们的耳边。我们听到了什么呢？

射出一线一线的灯光；仿佛黑暗从酣睡里眨了一眨眼。我们默然的对着，静听那汩——汩的桨声，几乎要入睡了；朦胧里却温寻着适才的繁华的余味。我那不安的心在静里愈显活跃了！这时我们都有了不足之感，而我的更其浓厚。我们却又不愿回去，于是只能由懊悔而怅惘了。船里便满载着怅惘了。直到利涉桥下，微微嘈杂的人声，才使我豁然一惊；那光景却又不同。右岸的河房里，都大开了窗户，里面亮着晃晃的电灯，电灯的光射到水上，蜿蜒曲折，闪闪不息，正如跳舞着的仙女的臂膊。我们的船已在她的臂膊里了；如睡在摇篮里一样，倦了的我们便又入梦了。那电灯下的人物，只觉像蚂蚁一般，更不去萦念。这是最后的梦；可惜是最短的梦！黑暗重复落在我们面前，我们看见傍岸的空船上一星两星的，枯燥无力又摇摇不定的灯光。我们的梦醒了，我们知道就要上岸了；我们心里充满了幻灭的情思。

一九二三年十月十一日作完，于温州

精华赏析

这是一篇结构严谨、语言优美的游记性写景抒情散文，全文以"桨声灯影"为线索，按照时空顺序，记录了整个夜游的过程。朱自清从迷人的秦淮河入夜写起，将自己的情感融入带着历史气息的秦淮河月夜风景中。在灯光、水色、月夜、歌声中，我们体会到了秦淮河的厚重与空灵。而在后半部分的"写人"中，作者的情感开始发生变化，由同情到依恋，由依恋再到寂寞，甚至到最后"心里充满了幻灭的情思"，这些情感的变化与作者眼中的"景"紧紧结合在了一起。纵观全文，朱自清通过这篇散文表达了自己对现实不满、渴求平和安宁而不得的苦闷心情。《桨声灯影里的秦淮河》可与俞平伯同名散文对照品读，品一品两位作者的性格、心情和处世态度。

延伸思考

1. 这篇散文的"文眼"是什么？

2. 请梳理一下作者写了多少种灯光，以及作者是怎样形容这些灯光的。再结合"汩——汩的桨声"体会一下本文的题目。

温州的踪迹【精读】

名师导读

1924年春，朱自清根据自己在温州时的见闻写了这组散文，共四篇。这四篇散文在内容上互不相干，写法上也不大相同。《“月朦胧，鸟朦胧，帘卷海棠红”》是对马孟容所画横幅的赏评，第二篇《绿》和第三篇《白水漈》则是在温州赏玩之后的游记，第四篇《生命的价格——七毛钱》则是对所见社会现象的感时杂谈。

（一） “月朦胧，鸟朦胧，帘卷海棠红”①

这是一张尺多宽的小小的横幅，马孟容君画的。上方的左角，斜着一卷绿色的帘子，稀疏而长；当纸的直处三分之一，横处三分之二。帘子中央，着一黄色的，茶壶嘴似的钩儿——就是所谓软金钩么？“钩弯”垂着双穗，石青色；丝缕微乱，若小曳于轻风中。纸右一圆月，淡淡的青光遍满纸上；月的纯净，柔软与平和，如一张睡美人的脸。从帘的上端向右斜伸而下，是一枝交缠的海棠花。花叶扶疏，上下错落着，共有五丛；或散或密，都玲珑有致。叶嫩绿色，仿佛掐得出水似的；在月光中掩映着，微微有浅深之别。花正盛开，红艳欲流；黄色的雄蕊历历的，闪闪的。衬托在丛绿之间，格外

名师注解

① 1923年2月，朱自清在位于温州的浙江省立第十中学和省立第十师范（一学期之后并入省立第十中学为师范部）任教。一年之后，应省立第四中学校长经亨颐聘请，去宁波任教。朱自清与马孟容为第十中学的同事。朱教国文，马教美术。两家住得近，常往来。听说朱自清要辞教，马孟容知道朱自清爱好海棠，特画一幅作为临别纪念。朱自清作此文充当题画诗。马孟容（1892－1932），浙江温州人，美术家。

觉着妖娆了。枝欹斜而腾挪，如少女的一只臂膊。枝上歇着一对黑色的八哥，背着月光，向着帘里。一只歇得高些，小小的眼儿半睁半闭的，似乎在入梦之前，还有所留恋似的。那低些的一只别过脸来对着这一只，已缩着颈儿睡了。帘下是空空的，不着一些痕迹。

试想在圆月朦胧之夜，海棠是这样的妩媚而嫣润；枝头的好鸟为什么却双栖而各梦呢？在这夜深人静的当儿，那高踞着的一只八哥儿，又为何尽撑着眼皮儿不肯睡去呢？他到底等什么来着？舍不得那淡淡的月儿么？舍不得那疏疏的帘儿么？不，不，不，您得到帘下去找，您得向帘中去找——您该找着那卷帘人了？他的情韵风怀，原是这样这样的哟！朦胧的岂独月呢；岂独鸟呢？但是，咫尺天涯，教我如何耐得？我拼着千呼万唤；你能够出来么？

这页画布局那样经济，设色那样柔活[①]，故精彩足以动人。虽是区区尺幅，而情韵之厚，已足沦肌浃髓而有余。我看了这画，霍然而惊；留恋之怀，不能自已。故将所感受的印象细细写出，以志这一段因缘。但我于中西的画都是门外汉，所说的话不免为内行所笑。——那也只好由他了。

一九二四年二月一日，温州作

名师点评

张元如在《朱自清先生在温州》一文中记述朱自清如何揣摩马孟容的画意。以美人喻花，以花比美人，古已有之。让鸟儿不肯睡去，让海棠、月色妩媚，“原来皆为画中另有一玉人在哪！”这几处文字使用了比喻、拟人的手法，生动形象地展现了朱自清在看到这幅画之后所产生的联想。

（二）绿[②]

我第二次到仙岩[③]的时候，我惊诧于梅雨潭的绿了。

梅雨潭是一个瀑布潭。仙岩有三个瀑布，梅雨瀑最低。走到山边，便听见哗哗哗哗的声音；抬起头，镶在两条湿湿的黑边儿里的，一带白而发亮的水便呈现于眼前了。我们先到梅雨亭。梅雨亭正对着那条瀑布；坐在亭边，不必仰头，便可见它的全体了。亭下深深的便是梅雨潭。这个亭踞在突出的一角的岩石上，上下都空空儿的；

名师点评

开门见山地点出了梅雨潭的特点。

名师注解

① 柔活：即柔和。

② 1923 年重阳节前后，朱自清与马公愚等四人游仙岩梅雨潭。马公愚（1893－1969），浙江温州人，书法家。朱自清在第十中学时的同事。

③ 仙岩：山名，瑞安的胜迹。瑞安有龙须潭、雷潭和梅雨潭，以梅雨潭景色为最。

仿佛一只苍鹰展着翼翅浮在天宇中一般。三面都是山，像半个环儿拥着；人如在井底了。这是一个秋季的薄阴的天气。微微的云在我们顶上流着；岩面与草丛都从润湿中透出几分油油的绿意。而瀑布也似乎分外的响了。那瀑布从上面冲下，仿佛已被扯成大小的几绺；不复是一幅整齐而平滑的布。岩上有许多棱角；瀑流经过时，作急剧的撞击，便飞花碎玉般乱溅着了。那溅着的水花，晶莹而多芒；远望去，像一朵朵小小的白梅，微雨似的纷纷落着。据说，这就是梅雨潭之所以得名了。但我觉得像杨花，格外确切些。轻风起来时，点点随风飘散，那更是杨花了。——这时偶然有几点送入我们温暖的怀里，便倏的钻了进去，再也寻它不着。

梅雨潭闪闪的绿色招引着我们；我们开始追捉她那离合的神光了。揪着草，攀着乱石，小心探身下去，又鞠躬过了一个石穹门，便到了汪汪一碧的潭边了。瀑布在襟袖之间；但我的心中已没有瀑布了。我的心随潭水的绿而摇荡。那醉人的绿呀！仿佛一张极大极大的荷叶铺着，满是奇异的绿呀。我想张开两臂抱住她；但这是怎样一个妄想呀。——站在水边，望到那面，居然觉着有些远呢！这平铺着，厚积着的绿，着实可爱。她松松的皱缬着，像少妇拖着的裙幅；她轻轻的摆弄着，像跳动的初恋的处女的心；她滑滑的明亮着，像涂了“明油”一般，有鸡蛋清那样软，那样嫩，令人想着所曾触过的最嫩的皮肤；她又不杂些儿尘滓，宛然一块温润的碧玉，只清清的一色——但你却看不透她！我曾见过北京什刹海拂地的绿杨，脱不了鹅黄的底子，似乎太淡了。我又曾见过杭州虎跑寺近旁高峻而深密的“绿壁”，丛叠着无穷的碧草与绿叶的，那又似乎太浓了。其余呢，西湖的波太明了，秦淮河的也太暗了。可爱的，我将什么来比拟你呢？我怎么比拟得出呢？大约潭是很深的，故能蕴蓄着这样奇异的绿；仿佛蔚蓝的天融了一块在里面似的，这才这般的鲜润呀。——那醉人的绿呀！我若能裁你以为带，我将赠给那轻盈的舞女；她必能临风飘举了。我若能挹你以为眼，我将赠给那善歌的盲妹；她必明眸善睐了。我舍不得你；我怎舍得你呢？我用手

名师点评

对比描写，突出梅雨潭的绿浓淡适宜，明暗适度，是一种奇异醉人的绿。

名师点评

作者以自己的常识来解释潭水之绿。读者不妨想一想，查一查，潭、湖、河有什么区别？深入体会这几处景致各自的风姿。

拍着你，抚摩着你，如同一个十二三岁的小姑娘。我又掬你入口，便是吻着她了。我送你一个名字，我从此叫你“女儿绿”，好么？

名师点评：由第三人称转化成第二人称，直接表达作者对绿的爱意，凸显了作者对绿炽热而奔放的倾慕。

我第二次到仙岩的时候，我不禁惊诧于梅雨潭的绿了。

一九二四年二月八日，温州作

（三） 白水漈

几个朋友①伴我游白水漈。

这也是个瀑布；但是太薄了，又太细了。有时闪着些许的白光；等你定睛看去，却又没有——只剩一片飞烟而已。从前有所谓“雾縠②”，大概就是这样了。所以如此，全由于岩石中间突然空了一段；水到那里，无可凭依，凌虚飞下，便扯得又薄又细了。当那空处，最是奇迹。白光嬗为飞烟，已是影子，有时却连影子也不见。有时微风过来，用纤手挽着那影子，它便袅袅的成了一个软弧；但她的手才松，它又像橡皮带儿似的，立刻伏伏贴贴的缩回来了。我所以猜疑，或者另有双不可知的巧手，要将这些影子织成一个幻网。——微风想夺了她的，她怎么肯呢？

幻网里也许织着诱惑；我的依恋便是个老大的证据。

一九二四年三月十六日，宁波作

（四） 生命的价格——七毛钱

生命本来不应该有价格的；而竟有了价格！人贩子，老鸨，以至近来的绑票土匪，都就他们的所有物，标上参差的价格，出卖于

名师注解

① 几个朋友：逢周末和假日，朱自清邀请金溟若等喜爱文学的学生结伴郊游。包括白水漈在内的温州近郊各处，都留下了朱自清师生的足迹。朱自清曾把《白水漈》写成条幅送给未能同往的学生马星野。金溟若（1905－1970），浙江瑞安人，作家、翻译家。马星野（1909－1991），浙江平阳人，新闻家。

② 縠：读 hú，指绉纱一类的丝织品。

人；我想将来许还有公开的人市场呢！在种种“人货”里，价格最高的，自然是土匪们的票了，少则成千，多则成万；大约是有历史以来，“人货”的最高的行情了。其次是老鸨们所有的妓女，由数百元到数千元，是常常听到的。最贱的要算是人贩子的货色！他们所有的，只是些男女小孩，只是些“生货”，所以便卖不起价钱了。

人贩子只是“仲买人”，他们还得取给于“厂家”，便是出卖孩子们的人家。“厂家”的价格才真是道地呢！《青光》里曾有一段记载，说三块钱买了一个丫头；那是移让过来的，但价格之低，也就够令人惊诧了！“厂家”的价格，却还有更低的！三百钱，五百钱买一个孩子，在灾荒时不算难事！但我不曾见过。我亲眼看见的一条最贱的生命，是七毛钱买来的！这是一个五岁的女孩子。一个五岁的“女孩子”卖七毛钱，也许不能算是最贱；但请您细看：将一条生命的自由和七枚小银元各放在天平的一个盘里，您将发现，正如九头牛与一根牛毛一样，两个盘儿的重量相差实在太远了！

我见这个女孩，是在房东家里。那时我正和孩子们吃饭；妻走来叫我看一件奇事，七毛钱买来的孩子！孩子端端正正的坐在条凳上；面孔黄黑色，但还丰润；衣帽也还整洁可看。我看了几眼，觉得和我们的孩子也没有什么差异；我看不出她的低贱的生命的符记——如我们看低贱的货色时所容易发见的符记。我回到自己的饭桌上，看看阿九和阿菜[①]，始终觉得和那个女孩没有什么不同！但是，我毕竟发见[②]真理了！我们的孩子所以高贵，正因为我们不曾出卖他们，而那个女孩所以低贱，正因为她是被出卖的；这就是她只值七毛钱的缘故了！呀，聪明的真理！

妻告诉我这孩子没有父母，她哥嫂将她卖给房东家姑爷开的银匠店里的伙计，便是带着她吃饭的那个人。他似乎没有老婆，手头很窘的，而且喜欢喝酒，是一个糊涂的人！我想这孩子父母若还在世，或者还舍不得卖她，至少也要迟几年卖她；因为她究竟是可怜可怜的小羔羊。到了哥嫂的手里，情形便不同了！家里总不宽裕，多一张嘴吃饭，多费些布做衣，是显而易见的。将来人大了，由哥嫂卖出，究竟是为难的；说不定还得找补些儿，才能送出

名师注解

① 阿九和阿菜：朱自清的长子和长女。阿九时年不足6岁，阿菜时年不足4岁。关于朱自清的子女情况详见《儿女》中的注释。

② 发见：即发现。

去。这可多么冤呀！不如趁小的时候，谁也不注意，做个人情，送了干净！您想，温州不算十分穷苦的地方，也没碰着大荒年，干什么得了七个小毛钱，就心甘情愿的将自己的小妹子捧给人家呢？说等钱用？谁也不信！七毛钱了得什么急事！温州又不是没人买的！大约买卖两方本来相知；那边恰要个孩子顽[①]儿，这边也乐得出脱，便半送半卖的含糊定了交易。我猜想那时伙计向袋里一摸一股脑儿掏了出来，只有七毛钱！哥哥原也不指望着这笔钱用，也就大大方方收了完事。于是财货两交，那女孩便归伙计管业了！

这一笔交易的将来，自然是在运命手里；女儿本姓"碰"，由她去碰罢了！但可知的，运命决不加惠于她！第一幕的戏已启示于我们了！照妻所说，那伙计必无这样耐心，抚养她成人长大！他将像豢养小猪一样，等到相当的肥壮的时候，便卖给屠户，任他宰割去；这其间他得了赚头，是理所当然的！但屠户是谁呢？在她卖做丫头的时候，便是主人！"仁慈的"主人只宰割她相当的劳力，如养羊而剪它的毛一样。到了相当的年纪，便将她配人。能够这样，她虽然被揿[②]在丫头坯里，却还算不幸中之幸哩。但在目下这钱世界里，如此大方的人究竟是少的；我们所见的，十有六七是刻薄人！她若卖到这种人手里，他们必拶[③]榨她过量的劳力。供不应求时，便骂也来了，打也来了！等她成熟时，却又好转卖给人家作妾；平常拶榨的不够，这儿又找补一个尾子！偏生这孩子模样儿又不好；入门不能得丈夫的欢心，容易遭大妇的凌虐，又是显然的！她的一生，将消磨于眼泪中了！也有些主人自己收婢作妾的；但红颜白发，也只空断送了她的一生！和前例相较，只是五十步与百步而已。——更可危的，她若被那伙计卖在妓院里，老鸨才真是个令人肉颤的屠户呢！我们可以想到：她怎样逼她学弹学唱，怎样驱遣她去做粗活！怎样用藤筋打她，用针刺她！怎样督责她承欢卖笑！她怎样吃残羹冷饭！怎样打熬着不得睡觉！怎样终于生了一身毒疮！她的相貌使她只能做下等妓女；她的沦落风尘是终生的！她的悲剧也是终生的！——唉！七毛钱竟买了你的全生命——你的血肉之躯竟抵不上

名师点评

第二人称具有便于对话、抒情、呼告的作用，可以增强文章的感染力。这里由第三人称突然转换成第二人称，突出了作者对女孩悲惨命运的深切同情和对黑暗社会的极度愤慨。这是作者的呼告，也是作者对黑暗社会的控诉和猛烈的抨击。

名师注解

① 顽：玩耍，同"玩"。现代汉语早期习惯用法。后同。

② 揿：读 qìn，方言，"按"的意思。

③ 拶：读 zā，"逼迫"之意。

区区七个小银元么？生命真太贱了！生命真太贱了！

因此想到自己的孩子的运命，真有些胆寒！钱世界里的生命市场存在一日，都是我们孩子的危险！都是我们孩子的侮辱！您有孩子的人呀，想想看，这是谁之罪呢？这是谁之责呢？

一九二四年四月九日，宁波作

名师点评

有了儿女的朱自清，考虑得似乎多起来了。

精华赏析

《“月朦胧，鸟朦胧，帘卷海棠红”》，诗中有画，画中有诗，诗感人，画勾人。这篇散文集语言美、意境美、情感美于一身，表达了朱自清参悟后的兴奋与欣喜。

《绿》，在作者的笔下，梅雨潭的绿，绿得醉人，绿得可人，绿得怡人。它是作者心中的“女儿绿”，是心意的物化。作者借景怡情，久久流连。

《白水漈》，短短二百来字，就将白水漈瀑布的薄、细、轻盈之态形象地展现在读者面前，可谓“妙观逸想，绘形传神”。

《生命的价格——七毛钱》，一个五岁的小女孩以七毛钱的价格被卖掉，这一奇怪的现象让朱自清对金钱社会所存在的“人钱交易”发出了控诉。朱自清一下子由一个抒情诗人转变成了一个“不必定以斗士的姿态出现而不失为斗士的人”，他的同情与愤怒鲜明地展现了他的爱憎情感。

春晖的一月①

名师导读

生在城市，长在城市的朱自清初来春晖中学时，一切都是新鲜的，就连走在煤屑路上发出的噪声也给他“多少清新的趣味”。在这里的一个月，朱自清感受到了春晖的山清水秀、人与人之间的和谐真诚。作者如实表达了自己在这里的感受，不加任何虚饰，文章读来亲切感人。

去年在温州，常常看到本刊②，觉得很是欢喜。本刊印刷的形式，也颇别致，更使我有一种美感。今年到宁波时，听许多朋友说，白马湖的风景怎样怎样好，更加向往。虽然于什么艺术都是门外汉，我却怀抱着爱“美”的热诚，三月二日③，我到这儿上课来了。在车上看见，“春晖中学校”的路牌，白地黑字的，小秋千架似的路牌，我便高兴。出了车站，山光水色，扑面而来，若许我抄前人的话，我真是“应接不暇”了。于是我便开始了春晖的第一日。

走向春晖，有一条狭狭的煤屑路。那黑黑的细小的颗粒，脚踏上去，便发出一种摩擦的噪音，给我多少清新的趣味。而最系我心的，是那小小的木桥。桥黑色，由这边慢慢地隆起，到那边又慢慢的低下去，故看去似乎很长。

名师注解

① 春晖的一月：本文可与《白马湖》一文对照阅读，体会朱自清与春晖中学的同事、学生的友谊和对春晖的感情。

② 本刊：指《春晖》。本文发表于1924年4月《春晖》第二十七期，署名朱自清。

③ 三月二日：1924年2月下旬，朱自清离开温州浙江省立第十中学，应宁波浙江省立第四中学校长兼上虞县白马湖私立春晖中学校长经亨颐之聘，只身在两校任教。在第四中学教高中文科国文和科学概论，在春晖中学教国文。1924年3月2日，朱自清第一次在位于白马湖的春晖中学授课。经亨颐（1877－1938），浙江上虞人，教育家、书画家。

我最爱桥上的栏杆，那变形的卍纹的栏杆；我在车站门口早就看见了，我爱它的玲珑！桥之所以可爱，或者便因为这栏杆哩。我在桥上逗留了好些时。这是一个阴天。山的容光，被云雾遮了一半，仿佛淡妆的姑娘。但三面映照起来，也就青得可以了，映在湖里，白马湖里，接着水光，却另有一番妙景。我右手是个小湖，左手是个大湖。湖有这样大，使我自己觉得小了。湖水有这样满，仿佛要漫到我的脚下。湖在山的趾边，山在湖的唇边；他俩这样亲密，湖将山全吞下去了。吞的是青的，吐的是绿的，那软软的绿呀，绿的是一片，绿的却不安于一片；它无端的皱起来了。如絮的微痕，界出无数片的绿；闪闪闪闪的，像好看的眼睛。湖边系着一只小船，四面却没有一个人，我听见自己的呼吸。想起"野渡无人舟自横"的诗，真觉物我双忘了。

好了，我也该下桥去了；春晖中学校还没有看见呢。弯了两个弯儿，又过了一重桥。当面有山挡住去路；山旁只留着极狭极狭的小径。挨着小径，抹过山角，豁然开朗；春晖的校舍和历落的几处人家，都已在望了。远远看去，房屋的布置颇疏散有致，决无拥挤、局促之感。我缓缓走到校前，白马湖的水也跟我缓缓的流着。我碰着丏尊①先生。他引我过了一座水门汀的桥，便到了校里。校里最多的是湖，三面潺潺的流着；其次是草地，看过去芊芊的一片。我是常住城市的人，到了这种空旷的地方，有莫名的喜悦！乡下人初进城，往往有许多的惊异，供给笑话的材料；我这城里人下乡，却也有许多的惊异——我的可笑，或者竟不下于初进城的乡下人。闲言少叙，且说校里的房屋、格式、布置固然疏落有味，便是里面的用具，也无一不显出巧妙的匠意；决无笨伯的手泽。晚上我到几位同事家去看，壁上有书有画，布置井井，令人耐坐。这种情形正与学校的布置，自然界的布置是一致的。美的一致，一致的美，是春晖给我的第一件礼物。

有话即长，无话即短，我到春晖教书，不觉已一个月了。在这一个月里，我虽然只在春晖登了十五日（我在宁波四中②兼课），但觉甚是亲密。因为在这里，真能够无町畦。我看不出什么界线，因而也用不着什么防备，什么顾忌；我只照我所喜欢的做就是了。这就是自由了。从前我到别处教书时，总

名师注解

① 丏尊：即夏丏尊。在《白马湖》中，朱自清用更多的文字描述了他与夏丏尊的交往。关于夏丏尊的情况详见《白马湖》中的注释。

② 宁波四中：当时位于宁波的浙江省立第四中学的简称。

要做几个月的“生客”，然后才能坦然。对于“生客”的猜疑，本是原始社会的遗形物，其故在于不相知。这在现社会，也不能免的。但在这里，因为没有层叠的历史，又结合比较的单纯，故没有这种习染。这是我所深愿的！这里的教师与学生，也没有什么界限。在一般学校里，师生之间往往隔开一无形界限[①]，这是最足减少教育效力的事！学生对于教师，“敬鬼神而远之”；教师对于学生，尔为尔，我为我，休戚不关，理乱不闻！这样两橛的形势，如何说得到人格感化？如何说得到“造成健全人格”？这里的师生却没有这样情形。无论何时，都可自由说话；一切事务，常常通力合作。校里只有协治会而没有自治会。感情既无隔阂，事务自然都开诚布公，无所用其躲闪。学生因无须矫情饰伪，故甚活泼有意思。又因能顺全天性，不遭压抑；加以自然界的陶冶：故趣味比较纯正。——也有太随便的地方，如有几个人上课时喜欢谈闲天，有几个人喜欢吐痰在地板上，但这些总容易矫正的。——春晖给我的第二件礼物是真诚，一致的真诚。

春晖是在极幽静的乡村地方，往往终日看不见一个外人！寂寞是小事；在学生的修养上却有了问题。现在的生活中心，是城市而非乡村。乡村生活的修养能否适应城市的生活，这是一个问题。此地所说适应，只指两种意思：一是抵抗诱惑，二是应付环境——明白些说，就是应付人，应付物。乡村诱惑少，不能养成定力；在乡村是好人的，将来一入城市做事，或者竟抵挡不住。从前某禅师在山中修道，道行甚高；一旦入闹市，“看见粉白黛绿，心便动了”。这话看来有理，但我以为其实无妨。就一般人而论，抵抗诱惑的力量大抵和性格、年龄、学识、经济力等有“相当”的关系。除经济力与年龄外，性格、学识，都可用教育的力量提高它，这样增加抵抗诱惑的力量。提高的意思，说得明白些，便是以高等的趣味替代低等的趣味；养成优良的习惯，使不良的动机不容易有效。用了这种方法，学生达到高中毕业的年龄，也总该有相当的抵抗力了；入城市生活又何妨？（不及初中毕业时者，因初中毕业，仍须续入高中，不必自己挣扎，故不成问题。）有了这种抵抗力，虽还有经济力可以作祟，但也不能有大效。前面那禅师所以不行，一因他过的是孤独的生活，故反动力甚大，一因他只知克制，不知替代；故外力一强，

名师注解

① 界限：同上文“界线”，原文如此。

便“虎兕出于神”了！这岂可与现在这里学生的乡村生活相提并论呢？至于应付环境，我以为应付物是小问题，可以随时指导；而且这与乡村，城市无大关系。我是城市的人，但初到上海，也曾因不会乘电车而跌了一跤，跌得皮破血流；这与乡下诸公又差得几何呢？若说应付人，无非是机心！什么“逢人只说三分话，未可全抛一片心”，便是代表的教训。教育有改善人心的使命；这种机心，有无养成的必要，是一个问题。姑不论这个，要养成这种机心，也非到上海这种地方去不成；普通城市正和乡村一样，是没有什么帮助的。凡以上所说，无非要使大家相信，这里的乡村生活的修养，并不一定不能适应将来城市的生活。况且我们还可以举行旅行，以资调剂呢。况且城市生活的修养，虽自有它的好处；但也有流弊。如诱惑太多，年龄太小或性格未佳的学生，或者转易陷溺——那就不但不能磨练定力，反早早的将定力丧失了！所以城市生活的修养不一定比乡村生活的修养有效。——只有一层，乡村生活足以减少少年人的进取心，这却是真的！

说到我自己，却甚喜欢乡村的生活，更喜欢这里的乡村的生活。我是在狭的笼的城市里生长的人，我要补救这个单调的生活，我现在住在繁嚣的都市里，我要以闲适的境界调和它。我爱春晖的闲适！闲适的生活可说是春晖给我的第三件礼物！

我已说了我的“春晖的一月”；我说的都是我要说的话。或者有人说，赞美多而劝勉少，近乎“戏台里喝彩”！假使这句话是真的，我要切实声明：我的多赞美，必是情不自禁之故，我的少劝勉，或是观察时期太短之故。

一九二四年四月十二日夜作

精华赏析

对于春晖中学的描写，作者并没有将注意力全部放在山清水秀的自然环境上，也有一些对人文关系的思考。

在第四自然段中，作者就赞扬了地处乡村的春晖中学一直保持的人与人之间的真诚。现代文明一方面给人类带来现代思想观念和生活方式，但另一方面也造成了人与人之间的情感走向“漠然”，从而影响“健全人格的造成”，从作者所述的在别处教书的感受就能看出这一点。而在春晖中学，人与人之间没有界限，无须互相防备，没有猜忌，真正“能够无町畦”，每个人能自由地按自己的天性发展，作者在这里收获了“一致的真诚”。当然，朱自清也看到，闭塞的生活可能会让学生们难以适应现代生活，或容易在现代生活中迷失自己，但他并未就此否定这里的生活，他认为“教育有改善人心的使命”，能够弥补这些不足。

延伸思考

你怎样看待教育具有“改善人心的使命”和可以“抵抗诱惑”的能力？

旅行杂记

名师导读

1924年暑假，朱自清前往南京参加中华教育改进社召开的第三届年会。本打算增长见识的他，发现所谓的教育改进会不过是一场闹剧，故作《旅行杂记》一文，讽刺那些沽名钓誉的“教育改革家”们。

这次中华教育改进社[①]在南京开第三届年会[②]，我也想观观光；故“不远千里”的从浙江赶到上海，决于七月二日附赴会诸公的车尾而行。

一、殷勤的招待

七月二日正是浙江与上海的社员乘车赴会的日子。在上海这样大车站里，多了几十个改进社社员，原也不一定能够显出甚么异样；但我却觉得确乎是不同了，“一时之盛”的光景，在车站的一角上，是显然可见的。这是在茶点室的左边；那里丛着一群人，正在向两位特派的招待员接洽。壁上贴着一张黄色的磅纸，写着龙蛇飞舞的字：“二等四元□，三等二元□。”两位招待员开始执行职务了；这时已是六点四十分，离开车还有二十分钟了。招待员所应做的第一大事，自然是买车票。买车票是大家都会的，买半票却非由他们二位来“优待”一下不可。“优待”可真不是容易的事！他们实行“优待”的时候，要向每个人取名片，票价[③]，——还得找钱。他们往还于茶点室和售票处之间，少说些，足有二十次！他们手里是拿着一叠名片和钞票洋钱；

名师注解

① 中华教育改进社：五四运动后一个重要的教育社团。该社团大力引进国外先进的教育理论，以此作为中国教育改革的借鉴。核心成员有蔡元培、胡适、蒋梦麟、陶孟和、陶行知等。

② 在南京开第三届年会：1924年7月3日，中华教育改进社第三届年会在南京东南大学召开。朱自清从宁波四中借道上海，与方光焘同去南京。朱自清旁听此次年会。

③ 票价：应为“算票价”，原文如此。

眼睛总是张望着前面，仿佛遗失了什么，急急寻觅一样；面部筋肉平板地紧张着；手和足的运动都像不是他们自己的。好容易费了二虎之力，居然买了几张票，凭着名片分发了。每次分发时，各位候补人都一拥而上。等到得不着票子，便不免有了三三两两的怨声了。那两位招待员买票事大，却也顾不得这些。可是钟走得真快，不觉七点还欠五分了。这时票子还有许多人没买着，大家都着急；而招待员竟不出来！有的人急忙寻着他们，情愿取回了钱，自买全票；有的向他们顿足舞手的责备着。他们却只是忙着照名片退钱，一言不发。——真好性儿！于是大家三步并作两步，自己去买票子；这一挤非同小可！我除照付票价外，还出了一身大汗，才弄到一张三等车票。这时候对两位招待员的怨声真载道了："这样的饭桶！""真饭桶！""早做什么事的？""六点钟就来了，还是自己买票，冤不冤！"我猜想这时候两位招待员的耳朵该有些儿热了。其实我倒能原谅他们，无论招待的成绩如何，他们的眼睛和腿总算忙得可以了，这也总算是殷勤了；他们也可以对得起改进社了，改进社也可以对得起他们的社员了。——上车后，车就开了；有人问，"两个饭桶来了没有？""没有吧！"车是开了。

二、"躬逢其盛"

七月二日的晚上，花了约莫一点钟的时间，才在大会注册组买了一张旁听的标识。这个标识很不漂亮，但颇有实用。七月三日早晨的年会开幕大典，我得躬逢其盛，全靠着它呢。

七月三日的早晨，大雨倾盆而下。这次大典在中正街公共讲演厅举行。该厅离我所住的地方有六七里路远；但我终于冒了狂风暴雨，乘了黄包车赴会。在这一点上，我的热心决不下于社员诸君的。

到了会场门首，早已停着许多汽车，马车；我知道这确乎是大典了。走进会场，坐定细看，一切都很从容，似乎离开会的时间还远得很呢！——虽然规定的时间已经到了。楼上正中是女宾席，似乎很是寥寥；两旁都是军警席——正和楼下的两旁一样。一个黑色的警察，间着一个灰色的兵士，静默的立着。他们大概不是来听讲的，因为既没有赛磁的社员徽章，又没有和我一样的旁听标识，而且也没有真正的"席"——坐位。（我所谓"军警席"，是就实际而言，当时场中并无此项名义，合行声明。）听说督军省长都要"驾临"该场；

他们原是保卫“两长”来的，他们原是监视我们来的，好一个武装的会场！

那时“两长”未到，盛会还未开场；我们忽然要做学生了！一位教员风的女士走上台来，像一道光闪在听众的眼前；她请大家练习《尽力中华》歌。大家茫然的立起，跟着她唱。但“出其不意，攻其不备”，有些人不敢高唱，有些人竟唱不出。所以唱完的时候，她温和地笑着向大家说：“这回太低了，等等再唱一回。”她轻轻的鞠了躬，走了。等了一等，她果然又来了。说完“一——二——三——四”之后，《尽力中华》的歌声果然很响地起来了。她将左手插在腰间，右手上下的挥着，表示节拍；挥手的时候，腰部以上也随着微微的向左右倾侧，显出极为柔软的曲线；她的头略略偏右仰着，嘴唇轻轻的动着，嘴唇以上，尽是微笑。唱完时，她仍笑着说，“好些了，等等再唱。”再唱的时候，她拍着两手，发出清脆的响，其余和前回一样。唱完，她立刻又“一——二——三——四”的要大家唱。大家似乎很惊愕，似乎她真看得大家和学生一样了；但是半秒钟的惊愕与不耐以后，终于又唱起来了——自然有一部分人，因疲倦而休息。于是大家的临时的学生时代告终。不一会，场中忽然纷扰，大家的视线都集中在东北角上；这是齐督军，韩省长来了，开会的时间真到了！

空空的讲坛上，这时竟济济一台了。正中有三张椅子，两旁各有一排椅子。正中的三人是齐燮元，韩国钧，另有一个西装少年；后来他演说，才知是“高督办”——就是讳“恩洪”的了——的代表。这三人端坐在台的正中，使我联想到大雄宝殿上的三尊佛像；他们虽坦然的坐着，我却无端的为他们“惶恐”着。——于是开会了，照着秩序单进行。详细的情形，有各报记述可看，毋庸在下再来饶舌。现在单表齐燮元，韩国钧和东南大学校长郭秉文博士的高论。齐燮元究竟是督军兼巡阅使，他的声音是加倍的洪亮；那时场中也特别肃静——齐燮元究竟与众不同呀！他咬字眼儿真咬得清白；他的话是“字本位”，是一个字一个字吐出来的。字与字间的时距，我不能指明，只觉比普通人说话延长罢了；最令我惊异而且焦躁的，是有几句说完之后。那时我总以为第二句应该开始了，岂知一等不来，二等不至，三等不到；他是在唱歌呢，这儿碰着全休止符了！等到三等等完，四拍拍毕，第二句的第一个字才姗姗的来了。这其间至少有一分钟；要用主观的计时法，简直可说足有五分钟！说来说去，究竟他说的是什么呢？我恭恭敬敬的答道：半篇八股！他用拆字法将“中华教育改进社”一题拆为四段：先做“教育”二字，是为第一股；次做“教育改进”，是为第二股；“中华教育改进”是第三股；加上“社”字，是第四股。层层递进，如他由督军而升巡阅使一样。齐燮元本是廪贡生，这类文章本是他的拿手戏；只因时代维新，不免也要改良一番，才好应世；八股只剩了四股，大约便是为此了。最教我不忘记的，是他说完后的那一鞠躬。那一鞠躬真是与众不同，鞠下去时，上半身全与讲桌平行，我们只看见他一头的黑发；他然后慢慢的立起退下。这其间费了普通人三个一鞠躬的时间，是的的确确的。接着便是韩国钧了。他有一篇改进社开会词，是开会前已分发了的。里面曾有一节，论及现在学风的不良，颇有痛心疾首之概。我很想听听他的高见。但他却不曾照本宣扬，他这时另有一番说话。他也经过了许多时间；但不知是我的精神不济，还是另有原因，我毫没有领会他的意思。只有煞尾的时候，他提高了喉咙，我也竖起了耳朵，这才听见他的警句了。他说：“现在政治上南北是不统一的。今天到会诸君，却南北都有，同以研究教育为职志，毫无畛域之见。可见统一是要靠文化的，不能靠武力！”这最后一句话确是漂亮，赢得如雷的掌声和许多轻微的赞叹。他便在掌声里退下，这时我们所注意的，是在他肘腋之旁的齐燮元；可惜我眼睛不佳，不能看到他面部的变化，因而他的心情也不能详说：这是很遗憾的。于是——是我行文的“于是”，不是事实的“于是”，请注意——来了郭秉文博士。他说，我只记得他说，“青年的思想应稳健，正确。”旁边有一位告诉我说：“这是齐燮元的话。”但我却发见了，这也是韩国钧的话，便是开会辞里所说的。究竟是谁的话呢？或者是“英雄所见，大略相同”么？这却要请问郭博士自己了。但我不能明白：什么思想才算正确和稳健呢？郭博士的演说里不曾下注脚，我也只好终于莫测高深了。

还有一事，不可不记。在那些点缀会场的警察中，有一个瘦长的，始终笔直的站着，几乎不曾移过一步，真像石像一般，有着可怕的静默。我最佩服他那昂着的头和垂着的手；那天真苦了他们三位了！另有一个警官，也颇可观。他那肥硕的身体，凸出的肚皮，老是背着的双手，和那微微仰起的下巴，高高翘着的仁丹胡子，以及胸前累累挂着的徽章——那天场中，这后两件是他所独有的——都显出他的身分[①]和骄傲。他在楼下左旁往来的徘徊着，似乎在督率着他的部下。我不能忘记他。

名师注解

① 身分：即身份。

三、第三人称

七月□[1]日，正式开会。社员全体大会外，便是许多分组会议。我们知道全体大会不过是那么回事，值得注意的是后者。我因为也忝然的做了国文教师，便决然无疑地投到国语教学组旁听。不幸听了一次，便生了病，不能再去。那一次所议的是"采用他，她，牠案"（大意如此，原文忘记了）；足足议了两个半钟头，才算不解决地解决了。这次讨论，总算详细已极，无微不至；在讨论时，很有几位英雄，舌本翻澜，妙绪环涌，使得我茅塞顿开，摇头佩服。这不可以不记。

其实我第一先应该佩服提案的人！在现在大家已经"采用""他，她，牠"的时候，他才从容不迫地提出了这件议案，真可算得老成持重，"不敢为天下先"，确遵老子遗训的了。在我们礼义之邦，无论何处，时间先生总是要先请一步的；所以这件议案不因为他的从容而被忽视，反因为他的从容而被尊崇，这就是所谓"让德"。且看当日之情形，谁不兴高而采烈？便可见该议案的号召之力了。本来呢，"新文学"里的第三人称代名词也太分歧了！既"她""伊"之互用，又"牠""它"之不同，更有"佢""彼"之流，窜跳其间；于是乎乌烟瘴气，一塌糊涂！提案人虽只为辨"性"起见，但指定的三字，皆属于也字系统，俨然有正名之意。将来"也"字系统若竟成为正统，那开创之功一定要归于提案人的。提案人有如彼的力量，如此的见解，怎不教人佩服？

讨论的中心点是在女人，就是在"她"字。"人"让他站着，"牛"也让它站着；所饶不过的是"女"人，就是"她"字旁边立着的那"女"人！于是辩论开始了。一位教师说，"据我的'经验'，女学生总不喜欢'她'字——男人的'他'，只标一个'人'字旁，女子的'她'，却特别标一个'女'字旁，表明是个女人；这是她们所不平的！我发出的讲义，上面的'他'字，她们常常要将'人'字旁改成'男'字旁，可以见她们报复的意思了。"大家听了，都微微笑着，像很有味似的。另一位却起来驳道，"我也在女学堂教书，却没有这种情形！"海格尔的定律不错，调和派来了，他说，"这本来有两派；用文言的欢喜用'伊'字，如周作人先生便是；用白

名师注解

① 表日期不详。

话的欢喜用‘她’字，‘伊’字用的少些；其实两个字都是一样的。”“用文言的欢喜用‘伊’字，”这句话却有意思！文言里间或有“伊”字看见，这是真理；但若说那些“伊”都是女人，那却不免委屈了许多男人！周作人先生提倡用“伊”字也是实，但只是用在白话里；我可保证，他决不曾有什么“用文言”的话！而且若是主张“伊”字用于文言，那和主张人有两只手一样，何必周先生来提倡呢？于是又冤枉了周先生！——调和终于无效，一位女教师立起来了。大家都倾耳以待，因为这是她们的切身问题，必有一番精当之论！她说话快极了，我听到的警句只是，“历来加‘女’字旁的字都是不好的字；‘她’字是用不得的！”一位“他”立刻驳道，“‘好’字岂不是‘女’字旁么？”大家都大笑了，在这大笑之中，忽有苍老的声音：“我看‘他’字譬如我们普通人坐三等车；‘她’字加了‘女’字旁，是请她们坐二等车，有什么不好呢？”这回真哄堂了，有几个人笑得眼睛亮晶晶的，眼泪几乎要出来；真是所谓“笑中有泪”了。后来的情形可有些模糊，大约便在谈笑中收了场；于是乎一幕喜剧告成。

“二等车”，“三等车”这一个比喻，真是新鲜，足为修辞学开一崭新的局面，使我有永远的趣味。从前贾宝玉说男人的骨头是泥做的，女人的骨头是水做的，至今传为佳话；现在我们的辩士又发明了这个“二三等车”的比喻，真是媲美前修，启迪来学了。但这个“二三等之别”究竟也有例外；我离开南京那一晚，明明在三等车上看见三个“她”！我想：“她”“她”“她”何以不坐二等车呢？难道客气不成？——那位辩士的话应该是不错的！

一九二四年七月十四日，温州

精华赏析

作者在这篇散文中用到了反语，如第一部分题目为“殷勤的招待”，而事实却是与会人员自己招待自己，朱自清更是“出了一身大汗，才弄到一张三等车票”。如此费心劳神的努力，却换来一场毫无意义、枯燥无聊的演讲，失望、扫兴的情绪不免体现在文中。作者对督军齐燮元素描般的描写将所谓的改革教育家的无聊、空虚、庸俗，活灵活现地表现了出来，字里行间蕴含着无限的讥讽。

海行杂记

名师导读

1926年，朱自清自北京南归，在从天津搭乘轮船时，见识到这条“帝国主义”轮船的肮脏。不仅如此，在这条船上他还受尽了宁波茶房的窝囊气。与其他散文不同的是，这篇散文采用第二人称“你”的口吻和直接对话的形式，使全文读起来更加平易自然。

这回从北京南归，在天津搭了通州轮船，便是去年曾被盗劫的。盗劫的事，似乎已很渺茫；所怕者船上的肮脏，实在令人不堪耳。这是英国公司的船；这样的肮脏似乎尽够玷污了英国国旗的颜色。但英国人说：这有什么呢？船原是给中国人乘的，肮脏是中国人的自由，英国人管得着！英国人要乘船，会去坐在大菜间[①]里，那边看看是什么样子？那边，官舱以下的中国客人是不许上去的，所以就好了。是的，这不怪同船的几个朋友要骂这只船是“帝国主义”的船了。“帝国主义的船”！我们到底受了些什么“压迫”呢？有的，有的！

我现在且说茶房[②]吧。

我若有常常恨着的人，那一定是宁波的茶房了。他们的地盘，一是轮船，二是旅馆。他们的团结，是宗法社会而兼梁山泊式的；所以未可轻侮，正和别的“宁波帮”一样。他们的职务本是照料旅客；但事实正好相反，旅客从他们得着的只是侮辱，恫吓，与欺骗罢了。中国原有“行路难”之叹，那是因交通不便的缘故；但在现在便利的交通之下，即老于行旅的人，也还时时发出这种叹声，这又为什么呢？茶房与码头工人之艰于应付，我想比仅仅的

名师注解

① 大菜间：方言，旧时餐厅的包厢。

② 茶房：旧时茶馆、旅店、车船、剧场等处的供应茶水及做杂务的工役。

交通不便，有时更显其“难”吧！所以从前的“行路难”是唯物的；现在的却是唯心的。这固然与社会的一般秩序及道德观念有多少关系，不能全由当事人负责任；但当事人的“性格恶”实也占着一个重要的地位的。

我是乘船既多，受侮不少，所以姑说轮船里的茶房。你去定舱位的时候，若遇着乘客不多，茶房也许会冷脸相迎；若乘客拥挤，你可就倒楣了。他们或者别转脸，不来理你；或者用一两句比刀子还尖的话，打发你走路——譬如说：“等下趟吧。”他说得如此轻松，凭你急死了也不管。大约行旅的人总有些异常，脸上总有一副着急的神气。他们是以逸待劳的，乐得和你开开玩笑，所以一切反应总是懒懒的，冷冷的；你愈急，他们便愈乐了。他们于你也并无仇恨，只想玩弄玩弄，寻寻开心罢了，正和太太们玩弄叭儿狗一样。所以你记着：上船定舱位的时候，千万别先高声呼唤茶房。你不是急于要找他们说话么？但是他们先得训你一顿，虽然只是低低的自言自语：“啥事体啦？哇啦哇啦的！”接着才响声说，“噢，来哉，啥事体啦？”你还得记着：你的话说得愈慢愈好，愈低愈好；不要太客气，也不要太不客气。这样你便是门槛里的人，便是内行；他们固然不见得欢迎你，但也不会玩弄你了。——只冷脸和你简单说话；要知道这已算承蒙青眼，应该受宠若惊的了。

定好了舱位，你下船是愈迟愈好；自然，不能过了开船的时候。最好开船前两小时或一小时到船上，那便显得你是一个有“涵养工夫”的，非急莘莘的“阿木林”①可比了。而且茶房也得上岸去办他自己的事，去早了倒绊住了他；他虽然可托同伴代为招呼，但总之麻烦了。为了客人而麻烦，在他们是不值得，在客人是不必要；所以客人便只好受“阿木林”的待遇了。有时船于明早十时开行，你今晚十点上去，以为晚上总该合式②了；但也不然。晚上他们要打牌，你去了足以扰乱他们的清兴；他们必也恨恨不平的。这其间有一种“分”，一种默喻的“规矩”，有一种“门槛经”，你得先做若干次“阿木林”，才能应付得“恰到好处”呢。

开船以后，你以为茶房闲了，不妨多呼唤几回。你若真这样做时，又该受教训了。茶房日里要谈天，料理私货；晚上要抽大烟，打牌，哪有闲工夫

名师注解

① 阿木林：方言，指容易上当受骗的人，傻瓜。上海人常用来形容某人不谙世道，做事不灵活，为人迟钝。

② 合式：即“合适”。

来伺候你！他们早上给你舀一盆脸水，日里给你开饭，饭后给你拧手巾；还有上船时给你摊开铺盖，下船时给你打起铺盖：好了，这已经多了，这已经够了。此外若有特别的事要他们做时，那只算是额外效劳。你得自己走出舱门，慢慢地叫着茶房，慢慢地和他说，他也会照你所说的做，而不加损害于你。最好是预先打听了两个茶房的名字，到这时候悠然叫着，那是更其有效的。但要叫得大方，仿佛很熟悉的样子，不可有一点讷讷。叫名字所以更其有效者，被叫者觉得你有意和他亲近（结果酒资不会少给），而别的茶房或竟以为你与这被叫者本是熟悉的，因而有了相当的敬意；所以你第二次第三次叫时，别人往往会帮着你叫的。但你也只能偶尔叫他们；若常常麻烦，他们将发见，你到底是"阿木林"而冒充内行，他们将立刻改变对你的态度了。至于有些人睡在铺上高声朗诵的叫着"茶房"的，那确似乎搭足了架子；在茶房眼中，其为"阿"字号无疑了。他们于是忿然的答应："啥事体啦？哇啦啦！"但走来倒也会走来的。你若再多叫两声，他们又会说："啥事体啦？茶房当山歌唱！"除非你真麻木，或真生了气，你大概总不愿再叫他们了吧。

"子入太庙，每事问，"至今传为美谈。但你入轮船，最好每事不必问。茶房之怕麻烦，之懒惰，是他们的特征；你问他们，他们或说不晓得，或故意和你开开玩笑，好在他们对客人们，除行李外，一切是不负责任的。大概客人们最普遍的问题，"明天可以到吧？""下午可以到吧？"一类。他们或随便答复，或说，"慢慢来好啰，总会到的。"或简单的说，"早呢！"总是不得要领的居多。他们的话常常变化，使你不能确信；不确信自然不问了。他们所要的正是耳根清净呀。

茶房在轮船里，总是盘踞在所谓"大菜间"的吃饭间里。他们常常围着桌子闲谈，客人也可插进一两个去。但客人若是坐满了，使他们无处可坐，他们便恨恨了；若在晚上，他们老实不客气将电灯灭了，让你们暗中摸索去吧。所以这吃饭间里的桌子竟像他们专利的。当他们围桌而坐，有几个固然有话可谈；有几个却连话也没有，只默默坐着，或者在打牌。我似乎为他们觉着无聊，但他们也就这样过去了。他们的脸上充满了倦怠，嘲讽，麻木的气分，仿佛下工夫练就了似的。最可怕的就是这满脸：所谓"诡诡然拒人于千里之外"者，便是这种脸了。晚上映着电灯光，多少遮过了那灰滞的颜色；他们也开始有了些生气。他们搭了铺抽大烟，或者拖开桌子打牌。他们抽了大烟，渐有笑语；他们打牌，往往通宵达旦——牌声，争论声充满那小小的

“大菜间”里。客人们，尤其是抱了病，可睡不着了；但于他们有甚么相干呢？活该你们洗耳恭听呀！他们也有不抽大烟，不打牌的，便搬出香烟画片来一张张细细赏玩；这却是“雅人深致”了。

我说过茶房的团结是宗法社会而兼梁山泊式的，但他们中间仍不免时有战氛。浓郁的战氛在船里是见不着的；船里所见，只是轻微淡远的罢了。“唯口出好兴戎”，茶房的口，似乎很值得注意。他们的口，一例是练得极其尖刻的；一面自然也是地方性使然。他们大约是“宁可输在腿上，不肯输在嘴上”。所以即使是同伴之间，往往因为一句有意的或无意的，不相干的话，动了真气，抡眉竖目的恨恨半天而不已。这时脸上全失了平时冷静的颜色，而换上热烈的狰狞了。但也终于只是口头“恨恨”而已，真个拔拳来打，举脚来踢的，倒也似乎没有。语云，“君子动口，小人动手；”茶房们虽有所争乎，殆仍不失为君子之道也。有人说，“这正是南方人之所以为南方人”，我想，这话也有理。茶房之于客人，虽也“不肯输在嘴上”，但全是玩弄的态度，动真气的似乎很少；而且你愈动真气，他倒愈可以玩弄你。这大约因为对于客人，是以他们的团体为靠山的；客人总是孤单的多，他们“倚众欺”起来，不怕你不就范的：所以用不着动真气。而且万一吃了客人的亏，那也必是许多同伴陪着他同吃的，不是一个人失了面子；又何必动真气呢？克实说来，客人要他们动真气，还不够资格哪！至于他们同伴间的争执，那才是切身的利害，而且单枪匹马做去，毫无可恃的现成的力量；所以便是小题，也不得不大做了。

茶房若有向客人微笑的时候，那必是收酒资的几分钟了。酒资的数目照理虽无一定，但却有不成文的谱。你按着谱斟酌给与，虽也不能得着一声“谢谢”，但言语的压迫是不会来的了。你若给得太少，离谱太远，他们会始而嘲你，继而骂你，你还得加钱给他们；其实既受了骂，大可以不加的了，但事实上大多数受骂的客人，慑于他们的威势，总是加给他们的。加了以后，还得听许多唠叨才罢。有一回，和我同船的一个学生，本该给一元钱的酒资的，他只给了小洋四角。茶房狠狠力争，终不得要领，于是说：“你好带回去做车钱吧！”将钱向铺上一撂，忿然而去。那学生后来终于添了一些钱重交给他；他这才默然拿走，面孔仍是板板的，若有所不屑然。——付了酒资，便该打铺盖了；这时仍是要慢慢来的，一急还是要受教训，虽然你已给过酒资了。铺盖打好以后，茶房的压迫才算是完了，你再预备受码头工人和旅馆茶房的压迫吧。

我原是声明了叙述通州轮船中事的，但却做了一首“诅茶房文”；在这里，我似乎有些自己矛盾。不，“天下老鸦一般黑，”我们若很谨慎地将这句话只用在各轮船里的宁波茶房身上，我想是不会悖谬的。所以我虽就一般立说，通州轮船的茶房却已包括在内；特别指明与否，是无关重要的。

一九二六年七月，白马湖

延伸思考

朱自清从哪些方面描写、论述茶房的为人处世的？文中刻画了茶房什么样的本性特征？请举例说明。产生茶房这一种人的土壤和原因是什么？

荷塘月色【精读】

名师导读

一个仲夏之夜，“心里颇不宁静”的朱自清到清华园的荷塘边散步，月夜下的荷塘美景深深吸引了他，使他暂时忘却了纷繁复杂的现实。于是，朱自清写下了这篇广为人知的《荷塘月色》。

这几天心里颇不宁静。今晚在院子里坐着乘凉，忽然想起日日走过的荷塘，在这满月的光里，总该另有一番样子吧。月亮渐渐地升高了，墙外马路上孩子们的欢笑，已经听不见了；妻在屋里拍着闰儿①，迷迷糊糊地哼着眠歌。我悄悄地披了大衫，带上门出去。

名师点评：文眼，定下了全文的感情基调。社会的剧烈震荡在作者心中激起了极大的波澜。

沿着荷塘，是一条曲折的小煤屑路。这是一条幽僻的路；白天也少人走，夜晚更加寂寞。荷塘四面，长着许多树，蓊蓊郁郁②的。路的一旁，是些杨柳，和一些不知道名字的树。没有月光的晚上，这路上阴森森的，有些怕人。今晚却很好，虽然月光也还是淡淡的。

路上只我一个人，背着手踱着。这一片天地好像是我的；我也像超出了平常的自己，到了另一世界里。我爱热闹，也爱冷静；爱群居，也爱独处。像今晚上，一个人在这苍茫的月下，什么都可以想，什么都可以不想，便觉是个自由的人。白天里一定要做的事，一定要说的话，现在都可不理。这是独处的妙处，我且受用这无边的荷香月色好了。

名师点评：朱自清感慨平日里身不由己，只有这个时候才能暂得宽余，突出了他内心的矛盾、孤独以及对黑暗现实的不满。

名师点评：“且”字流露出作者得以暂得解脱的喜悦。

曲曲折折的荷塘上面，弥望③的是田田的叶子。叶子出水很高，像亭亭的舞女的裙。层层的叶子中间，零星地点缀着些白花，有袅

名师注解

① 闰儿：作者的次子。关于朱自清的子女情况详见《儿女》中的注释。

② 蓊蓊郁郁：形容草木蓬勃茂盛的样子。

③ 弥望：充满视野，满眼。

娜[①]地开着的，有羞涩地打着朵儿的；正如一粒粒的明珠，又如碧天里的星星，又如刚出浴的美人。微风过处，送来缕缕清香，仿佛远处高楼上渺茫的歌声似的。这时候叶子与花也有一丝的颤动，像闪电般，霎时传过荷塘的那边去了。叶子本是肩并肩密密地挨着，这便宛然有了一道凝碧的波痕。叶子底下是脉脉[②]的流水，遮住了，不能见一些颜色；而叶子却更见风致了。

名师点评 通感手法。

月光如流水一般，静静地泻在这一片叶子和花上。薄薄的青雾浮起在荷塘里。叶子和花仿佛在牛乳中洗过一样；又像笼着轻纱的梦。虽然是满月，天上却有一层淡淡的云，所以不能朗照；但我以为这恰是到了好处——酣眠固不可少，小睡也别有风味的。月光是隔了树照过来的，高处丛生的灌木，落下参差的斑驳[③]的黑影，峭楞楞如鬼一般；弯弯的杨柳的稀疏的倩影，却又像是画在荷叶上。塘中的月色并不均匀；但光与影有着和谐的旋律，如梵婀玲[④]上奏着的名曲。

名师点评 一个“泻”字将静态的画面动态化，能够唤起读者对流水的想象，进而使读者感受到月光流动的轻柔之美。

荷塘的四面，远远近近，高高低低都是树，而杨柳最多。这些树将一片荷塘重重围住；只在小路一旁，漏着几段空隙，像是特为月光留下的。树色一例是阴阴的，乍看像一团烟雾；但杨柳的丰姿，便在烟雾里也辨得出。树梢上隐隐约约的是一带远山，只有些大意罢了。树缝里也漏着一两点路灯光，没精打采的，是渴睡人的眼。这时候最热闹的，要数树上的蝉声与水里的蛙声；但热闹是它们的，我什么也没有。

忽然想起采莲的事情来了。采莲是江南的旧俗，似乎很早就有，而六朝时为盛；从诗歌里可以约略知道。采莲的是少年的女子，她们是荡着小船，唱着艳歌[⑤]去的。采莲人不用说很多，还有看采莲的

名师注解

① 袅娜：指草木柔软细长，也形容女子体态轻盈柔美。

② 脉脉：这里形容水没有声音，好像饱含深情的样子。

③ 斑驳：原指一种颜色中掺杂有别的颜色，这里有深浅不一的意思。

④ 梵婀（ē）玲：英语“violin”的音译，即小提琴。

⑤ 艳歌：描写男女爱情的歌曲。

人。那是一个热闹的季节，也是一个风流[①]的季节。梁元帝《采莲赋》里说得好：

于是妖童媛女，荡舟心许[②]；鹢首[③]徐回，兼传羽杯；棹[④]将移而藻挂，船欲动而萍开。尔其纤腰束素，迁延顾步；夏始春余，叶嫩花初，恐沾裳而浅笑，畏倾船而敛裾[⑤]。

名师点评

思考作者为什么在这里说“早已无福消受了”。

可见当时嬉游的光景了。这真是有趣的事，可惜我们现在早已无福消受了。

于是又记起《西洲曲》[⑥]里的句子：

采莲南塘秋，莲花过人头；低头弄莲子，莲子清如水。

今晚若有采莲人，这儿的莲花也算得“过人头”了；只不见一些流水的影子，是不行的。这令我到底惦着江南了。——这样想着，猛一抬头，不觉已是自己的门前；轻轻地推门进去，什么声息也没有，妻已睡熟好久了。

一九二七年七月，北京清华园

名师注解

① 风流：这里指年轻男女不拘礼法地表露自己的爱情。

② 妖童媛女，荡舟心许：艳丽的少男和美貌的少女，摇着小船互相默默地传情。妖，艳丽。媛女，美女。许，默认。

③ 鹢首：古时画鹢于船头，所以把船头叫鹢首。鹢，yì，古书上记载的一种水鸟。

④ 棹：读 zhào，桨。

⑤ 敛裾：敛，收束。裾，读 jū，衣襟。

⑥《西洲曲》：南朝乐府诗，描写一个青年女子思念意中人的痛苦。

精华赏析

文章第四段对叶子和花的描写堪称经典。区区两百字就将荷叶的娇美姿态和花的婀娜芳香展现了出来。“叶子出水很高，像亭亭的舞女的裙”，形象的比喻将荷叶的轻盈、动感美具体生动地展现在读者面前，使读者产生一种身临其境之感。写荷花时，作者更是连用三个比喻，“正如一粒粒的明珠，又如碧天里的星星，又如刚出浴的美人”，呈现出不同状态下荷花的不同的美。“微风过处，送来缕缕清香，仿佛远处高楼上渺茫的歌声似的”，朱自清在这里运用了通感的手法，即用形象的语言，把一种感官的感觉移用到另一种感官上，从而使“清香”这一嗅觉感受被听觉器官所感知。文章第五段末尾句“但光与影有着和谐的旋律，如梵婀玲上奏着的名曲”，同样使用了通感这一手法。

延伸思考

1. 作者的情感先后发生了哪些变化？试着从文中找出这些变化的过程。
2. 文章末尾对“妻已睡熟好久了”这一情景的叙述是否多余？为什么？

知识拓展

《荷塘月色》创作背景解析

五四运动以后，随着革命斗争的深入，原来曾积极参加新文化运动的知识分子阶层开始发生分化，有的人高升，有的人引退，有的人堕落，有的人前进。1927 年的“四一二”反革命政变发生后，朱自清更是陷入了极度的不安和彷徨中，他不满现实的黑暗，但又没有勇气投入斗争。关于朱自清当时的思想情况，朱自清的夫人陈竹隐女士曾对他有过这样的描述，“大革命失败后，蒋介石统治了全国。佩弦当时没有找到正确的出路，四顾茫然”。1927 年

7月正值朱自清极端苦闷的时期，他觉得心上的阴影越来越大。他知道“只有参加革命或反革命，才能解决这惶惶然”，但当时的他这两条路都没有走。他先前曾这样说过：“我只是在行为上主张一种日常生活中的中和主义。”这时的他还没能摆脱这种思想，又顾虑着“妻子儿女一大家，都指生活”。所以，他最终选择了逃避。《荷塘月色》就是在这样的背景中创作的。

白马湖①

名师导读

白马湖水清湖秀，风景怡人。在微风飘萧的春日，让我们跟着朱自清的脚步到那个令人难以忘怀的白马湖游览一番，感受那山、那水，细细体味作者对白马湖的喜爱。

今天是个下雨的日子，这使我想起了白马湖；因为我第一回到白马湖，正是微风飘萧的春日。

白马湖在甬绍铁道的驿亭站，是个极小极小的乡下地方。在北方说起这个名字，管保一百个人一百个人不知道。但那却是一个不坏的地方。这名字先就是一个不坏的名字。据说从前（宋时？）有个姓周的骑白马入湖仙去，所以有这个名字。这个故事也是一个不坏的故事。假使你乐意搜集，或也可编成一本小书，交北新书局印去。

白马湖并非圆圆的或方方的一个湖，如你所想到的，这是曲曲折折大大小小许多湖的总名。湖水清极了，如你所能想到的，一点儿不含糊像镜子。沿铁路的水，再没有比这里清的，这是公论。遇到旱年的夏季，别处湖里都长了草，这里却还是一清如故。白马湖最大的，也是最好的一个，便是我们住过的屋的门前那一个。那个湖不算小，但湖口让两面的山包抄住了。外面

名师注解

① 白马湖：从20世纪20年代开始，一批新文化名士——夏丏尊、朱自清、匡互生、丰子恺、朱光潜、刘薰宇、巴人、冯三昧等就先后在浙江省绍兴市白马湖畔的私立春晖中学执教，蔡元培、何香凝、陈望道、张闻天、柳亚子、张大千、俞平伯、叶圣陶、李叔同、刘大白等也先后来到白马湖讲学、交流。他们才华横溢，共同追觅着人间的真善美，在美丽的湖光山色中，创作了一批独具一格、以清淡艺术风味著称的小品散文，为春晖中学赢得了“北南开，南春晖”的美誉。

只见微微的碧波而已，想不到有那么大的一片。湖的尽里头，有一个三四十户人家的村落，叫做西徐岙，因为姓徐的多。这村落与外面本是不相通的，村里人要出来得撑船。后来春晖中学在湖边造了房子，这才造了两座玲珑的小木桥，筑起一道煤屑路，直通到驿亭车站。那是窄窄的一条人行路，蜿蜒曲折的，路上虽常不见人，走起来却不见寂寞——尤其在微雨的春天，一个初到的来客，他左顾右盼，是只有觉得热闹的。

春晖中学在湖的最胜处，我们住过的屋也相去不远，是半西式。湖光山色从门里从墙头进来，到我们窗前、桌上。我们几家接连着；丏翁[①]的家最讲究。屋里有名人字画，有古瓷，有铜佛，院子里满种着花。屋子里的陈设又常常变换，给人新鲜的受用。他有这样好的屋子，又是好客如命，我们便不时地上他家里喝老酒。丏翁夫人的烹调也极好，每回总是满满的盘碗拿出来，空空的收回去。白马湖最好的时候是黄昏。湖上的山笼着一层青色的薄雾，在水面映着参差的模糊的影子。水光微微地暗淡，像是一面古铜镜。轻风吹来，有一两缕波纹，但随即平静了。天上偶见几只归鸟，我们看着它们越飞越远，直到不见为止。这个时候便是我们喝酒的时候。我们说话很少；上了灯话才多些，但大家都已微有醉意。是该回家的时候了。若有月光也许还得徘徊一会；若是黑夜，便在暗里摸索醉着回去。

白马湖的春日自然最好。山是青得要滴下来，水是满满的、软软的。小马路的两边，一株间一株地种着小桃与杨柳。小桃上各缀着几朵重瓣的红花，像夜空的疏星。杨柳在暖风里不住地摇曳。在这路上走着，时而听见锐而长的火车的笛声是别有风味的。在春天，不论是晴是雨，是月夜是黑夜，白马湖都好。——雨中田里菜花的颜色最早鲜艳；黑夜虽什么不见，但可静静地受用春天的力量。夏夜也有好处，有月时可以在湖里划小船，四面满是青霭。船上望别的村庄，像是蜃楼海市，浮在水上，迷离惝恍的；有时听见人声或犬吠，大有世外之感。若没有月呢，便在田野里看萤火。那萤火不是一星半点的，如你们在城中所见；那是成千成百的萤火。一片儿飞出来，像金线网似的，又像耍着许多火绳似的。只有一层使我愤恨。那里水田多，蚊子太多，

名师注解

① 丏翁：指夏丏尊（1886－1946），浙江上虞人，作家、语文学家、教育家。朱自清与夏丏尊、丰子恺、朱光潜等人既是春晖中学的同事，也是好友。

而且几乎全闪闪烁烁是疟蚊子。我们一家都染了疟病，至今三四年了，还有未断根的。蚊子多足以减少露坐夜谈或划船夜游的兴致，这未免是美中不足了。

离开白马湖是三年前的一个冬日。前一晚“别筵”上，有丏翁与云君，我不能忘记丏翁，那是一个真挚豪爽的朋友。但我也不能忘记云君，我应该这样说，那是一个可爱的——孩子。

七月十四日，北平

延伸思考

1. 仔细品味第五自然段“山是青得要滴下来，水是满满的、软软的”一句，分析“滴”字的妙用。

2. 第五自然段“黑夜虽什么不见，但可静静地受用春天的力量”一句中“春天的力量”指什么？结合你对春天的感受，谈谈你对这句话的理解。

春【精读】

名师导读

在大自然的怀抱中，朱自清发现了美和希望，于是欣喜万状地写下了这篇著名的散文精品《春》。

名师点评

词的叠用，把作者“盼春”的急切心情呼唤了出来。

盼望着，盼望着，东风来了，春天的脚步近了。

一切都像刚睡醒的样子，欣欣然张开了眼。山朗润起来了，水涨起来了，太阳的脸红起来了。

名师点评

这“偷偷”“钻”两个词用得好，生动地表现了小草的活力。在这幅春草图中，作者有意加入孩子玩耍的画面，意在突出整幅图画的生机勃勃之感。

小草偷偷地从土里钻出来，嫩嫩的，绿绿的。园子里，田野里，瞧去，一大片一大片满是的。坐着，躺着，打两个滚，踢几脚球，赛几趟跑，捉几回迷藏。风轻悄悄的，草绵软软的。

桃树、杏树、梨树，你不让我，我不让你，都开满了花赶趟儿。红的像火，粉的像霞，白的像雪。花里带着甜味，闭了眼，树上仿佛已经满是桃儿、杏儿、梨儿！花下成千成百的蜜蜂嗡嗡地闹着，大小的蝴蝶飞来飞去。野花遍地是：杂样儿，有名字的，没名字的，散在草丛里，像眼睛，像星星，还眨呀眨的。

名师点评

用蜂飞蝶舞衬托花之繁、花之鲜、花之香，同时使整个场面有动有静，有声有色有味。

“吹面不寒杨柳风”，不错的，像母亲的手抚摸着你。风里带来些新翻的泥土的气息，混着青草味，还有各种花的香，都在微微润湿的空气里酝酿。鸟儿将窠巢安在繁花嫩叶当中，高兴起来了，呼朋引伴地卖弄清脆的喉咙，唱出宛转的曲子，与轻风流水应和着。牛背上牧童的短笛，这时候也成天在嘹亮地响。

雨是最寻常的，一下就是三两天。可别恼，看，像牛毛，像花针，像细丝，密密地斜织着，人家屋顶上全笼着一层薄烟。树叶子却绿得发亮，小草也青得逼你的眼。傍晚时候，上灯了，一点点黄晕的光，烘托出一片安静而和平的夜。乡下去，小路上，石桥边，撑起伞慢慢走着的人；还有地里工作的农夫，披着蓑，戴着笠的。他们的草屋，稀稀疏疏的在雨里静默着。

名师点评

三个“像”字，写出了春雨的细密绵长。描写文字形象、凝练而易懂。

天上风筝渐渐多了，地上孩子也多了。城里乡下，家家户户，老老小小，他们也赶趟儿似的，一个个都出来了。舒活舒活筋骨，抖擞抖擞精神，各做各的一份事去。“一年之计在于春”；刚起头儿，有的是工夫，有的是希望。

名师点评

表达了作者对未来生活的憧憬，鼓励人们要奋发向上。

春天像刚落地的娃娃，从头到脚都是新的，它生长着。

春天像小姑娘，花枝招展的，笑着，走着。

春天像健壮的青年，有铁一般的胳膊和腰脚，他领着我们上前去。

一九三三年七月

精华赏析

朱自清使用多种修辞手法为我们描绘了一个万物复苏、欣欣向荣、多姿多彩的春天。这里有生机勃勃的春草、繁茂香甜的春花、温柔暖和的春风，也有绵长细密的春雨，人们在这样的环境里迎接着春天，迎接着新的生活。大自然如此美好，生命如此美好。文章最后的三个比喻句，以人的成长经历形象地赞颂了春的“新鲜”“美丽”和“力量”，进一步揭示了春的创造力和孕育的美好希望，颇有“一唱三叹”之妙。

延伸思考

1. 在春雨图中，作者这样写道：“树叶子却绿得发亮，小草也青得逼你的眼。”其中的“逼”字用得好吗？为什么？

2. 你眼中的春天是什么样子的？请试着写一篇有关“春”的小作文。

看 花

名师导读

尽管自小生活在以园林著称的城市里，“我”却丝毫没有养成“看花”的爱好。后来也是因为“栀子花的香，浓而不烈，清而不淡”，“我”才爱上了花。在之后的成长岁月中，“我”与花开始了不同境遇的邂逅，与花结下了种种不解之缘。

生长在大江北岸一个城市里，那儿的园林本是著名的，但近来却很少；似乎自幼就不曾听见过“我们今天看花去”一类话，可见花事是不盛的。有些爱花的人，大都只是将花栽在盆里，一盆盆搁在架上；架子横放在院子里。院子照例是小小的，只够放下一个架子；架上至多搁二十多盆花罢了。有时院子里依墙筑起一座“花台”，台上种一株开花的树；也有在院子里地上种的。但这只是普通的点缀，不算是爱花。

家里人似乎都不甚爱花；父亲只在领我们上街时，偶然和我们到“花房”里去过一两回。但我们住过一所房子，有一座小花园，是房东家的。那里有树，有花架（大约是紫藤花架之类），但我当时还小，不知道那些花木的名字；只记得爬在墙上的是蔷薇而已。园中还有一座太湖石堆成的洞门；现在想来，似乎也还好的。在那时由一个顽皮的少年仆人领了我去，却只知道跑来跑去捉蝴蝶；有时掐下几朵花，也只是随意挼①弄着，随意丢弃了。至于领略花的趣味，那是以后的事：夏天的早晨，我们那地方有乡下的姑娘在各处街巷，沿门叫着，“卖栀②子花来。”栀子花不是什么高品，但我喜欢那白而晕黄的颜色和那肥肥的个儿，正和那些卖花的姑娘有着相似的韵味。栀子花

名师注解

① 挼：读 ruó，揉搓。

② 栀：读 zhī。

的香，浓而不烈，清而不淡，也是我乐意的。我这样便爱起花来了。也许有人会问，“你爱的不是花吧？”这个我自己其实也已不大弄得清楚，只好存而不论了。

在高小的一个春天，有人提议到城外F寺里吃桃子去，而且预备白吃；不让吃就闹一场，甚至打一架也不在乎。那时虽远在五四运动以前，但我们那里的中学生却常有打进戏园看白戏的事。中学生能白看戏，小学生为什么不能白吃桃子呢？我们都这样想，便由那提议人纠合了十几个同学，浩浩荡荡地向城外而去。到了F寺，气势不凡地呵叱着道人们（我们称寺里的工人为道人），立刻领我们向桃园里去。道人们踌躇着说：“现在桃树刚才开花呢。”但是谁信道人们的话？我们终于到了桃园里。大家都丧了气，原来花是真开着呢！这时提议人P君便去折花。道人们是一直步步跟着的，立刻上前劝阻，而且用起手来。但P君是我们中最不好惹的；“说时迟，那时快”，一眨眼，花在他的手里，道人已跪在一旁了。那一园子的桃花，想来总该有些可看；我们却谁也没有想着去看。只嚷着，“没有桃子，得沏茶喝！”道人们满肚子委屈地引我们到“方丈”里，大家各喝一大杯茶。这才平了气，谈谈笑笑地进城去。大概我那时还只懂得爱一朵朵的栀子花，对于开在树上的桃花，是并不了然的；所以眼前的机会，便从眼前错过了。

以后渐渐念了些看花的诗，觉得看花颇有些意思。但到北平读了几年书，却只到过崇效寺①一次；而去得又嫌早些，那有名的一株绿牡丹还未开呢。北平看花的事很盛，看花的地方也很多；但那时热闹的似乎也只有一班诗人名士，其余还是不相干的。那正是新文学运动的起头，我们这些少年，对于旧诗和那一班诗人名士，实在有些不敬；而看花的地方又都远不可言，我是一个懒人，便干脆地断了那条心了。后来到杭州做事，遇见了Y君，他是新诗人兼旧诗人，看花的兴致很好。我和他常到孤山去看梅花。孤山的梅花是古今有名的，但太少；又没有临水的，人也太多。有一回坐在放鹤亭上喝茶，来了一个方面有须，穿着花缎马褂的人，用湖南口音和人打招呼道，“梅花盛开嗒！”“盛”字说得特别重，使我吃了一惊；但我吃惊的也只是说在他

名师注解

① 崇效寺：北京名刹。唐代贞观元年刘济舍宅修建，初名崇孝寺；宋代毁于战火；元代至正年间旧址复修，赐名崇效寺。民国年间，崇效寺以墨、绿二色牡丹闻名京城。寺址位于北京白广路南侧路西崇效胡同，今仅存藏经阁。

嘴里“盛”这个声音罢了，花的盛不盛，在我倒并没有什么的。

有一回，Y来说，灵峰寺有三百株梅花；寺在山里，去的人也少。我和Y，还有N君，从西湖边雇船到岳坟，从岳坟入山。曲曲折折走了好一会，又上了许多石级，才到山上寺里。寺甚小，梅花便在大殿西边园中。园也不大，东墙下有三间净室，最宜喝茶看花；北边有座小山，山上有亭，大约叫“望海亭”吧，望海是未必，但钱塘江与西湖是看得见的。梅树确是不少，密密地低低地整列着。那时已是黄昏，寺里只我们三个游人；梅花并没有开，但那珍珠似的繁星似的骨都儿，已经够可爱了；我们都觉得比孤山上盛开时有味。大殿上正做晚课，送来梵呗的声音，和着梅林中的暗香，真叫我们舍不得回去。在园里徘徊了一会，又在屋里坐了一会，天是黑定了，又没有月色，我们向庙里要了一个旧灯笼，照着下山。路上几乎迷了道，又两次三番地狗咬；我们的Y诗人确有些窘了，但终于到了岳坟。船夫远远迎上来道：“你们来了，我想你们不会冤我呢！”在船上，我们还不离口地说着灵峰的梅花，直到湖边电灯光照到我们的眼。

Y回北平去了，我也到了白马湖。那边是乡下，只有沿湖与杨柳相间着种了一行小桃树，春天花发时，在风里娇媚地笑着。还有山里的杜鹃花也不少。这些日日在我们眼前，从没有人像煞有介事地提议，“我们看花去”。但有一位S君，却特别爱养花；他家里几乎是终年不离花的。我们上他家去，总看他在那里不是拿着剪刀修理枝叶，便是提着壶浇水。我们常乐意看着。他院子里一株紫薇花很好，我们在花旁喝酒，不知多少次。白马湖住了不过一年，我却传染了他那爱花的嗜好。但重到北平时①，住在花事很盛的清华园里，接连过了三个春，却从未想到去看一回。只在第二年秋天，曾经和孙三先生②在园里看过几次菊花。“清华园之菊”是著名的，孙三先生还特地写了

名师注解

① 但重到北平时：1925年8月，朱自清只身前往北京，经俞平伯、胡适推荐，在清华学校大学部任国文教授。朱自清在清华大学工作直到终老。

② 孙三先生：指孙福熙（1898－1962），浙江绍兴人，散文家、美术家。1919年孙福熙在北京与二哥孙伏园结识鲁迅等。1920年经蔡元培介绍到法国学习。1925年回国，出版散文集、小说集等。曾受朱自清邀请，赏游清华学校，后写《清华园之菊》一文并绘菊若干收录在1927年出版的《北京乎》一书中。1934年至1937年，在上海、南京、广州、北京等地举办画展。

一篇文，画了好些画。但那种一盆一干一花的养法，花是好了，总觉没有天然的风趣。直到去年春天，有了些余闲，在花开前，先向人问了些花的名字。一个好朋友是从知道姓名起的，我想看花也正是如此。恰好Y君也常来园中，我们一天三四趟地到那些花下去徘徊。今年Y君忙些，我便一个人去。我爱繁花老干的杏，临风婀娜的小红桃，贴梗累累如珠的紫荆；但最恋恋的是西府海棠。海棠的花繁得好，也淡得好；艳极了，却没有一丝荡意。疏疏的高干子，英气隐隐逼人。可惜没有趁着月色看过；王鹏运有两句词道：“只愁淡月朦胧影，难验微波上下潮。”我想月下的海棠花，大约便是这种光景吧。为了海棠，前两天在城里特地冒了大风到中山公园去，看花的人倒也不少；但不知怎的，却忘了畿辅先哲祠[1]。Y告我那里的一株，遮住了大半个院子；别处的都向上长，这一株却是横里伸张的。花的繁没有法说；海棠本无香，昔人常以为恨，这里花太繁了，却酝酿出一种淡淡的香气，使人久闻不倦。Y告我，正是刮了一日还不息的狂风的晚上；他是前一天去的。他说他去时地上已有落花了，这一日一夜的风，准完了。他说北平看花，是要赶着看的：春光太短了，又晴的日子多；今年算是有阴的日子了，但狂风还是逃不了的。我说北平看花，比别处有意思，也正在此。这时候，我似乎不甚菲薄那一班诗人名士了。

一九三〇年四月

延伸思考

朱自清在文末说道：“这时候，我似乎不甚菲薄那一班诗人名士了。”你怎样理解这句话？

名师注解

① 畿辅先哲祠：直隶历代先贤的祠堂。光绪五年（1879）由李鸿藻、沈桂芬商定，张之洞操办修建。清末民初为名流雅士畅谈幽游之所。

冬　天【精读】

名师导读

一提到冬天，我们想到的往往是冰天雪地的自然之景，是阴沉寒冷的自然氛围。而朱自清笔下的冬天却洋溢着浓浓的暖意，一股股温暖人心的气息带给我们不一样的冬天的感受。

名师点评：开门见山之笔，应时当令的白水煮豆腐一下子把我们带到冬天的氛围中去。

名师点评：一“站”一“仰”，一“觑”一“伸”，一“夹”一“放”，细致的动作描写精彩地展现了父亲给我们夹豆腐的情景。

名师点评：一笔写出南方冬天的湿寒，写尽家庭生活之情趣。

名师点评：一个“掉”字足见期待，足见童真。

说起冬天，忽然想到豆腐。是一“小洋锅”（铝锅）白煮豆腐，热腾腾的。水滚着，像好些鱼眼睛，一小块一小块豆腐养在里面，嫩而滑，仿佛反穿的白狐大衣。锅在“洋炉子”（煤油不打气炉）上，和炉子都熏得乌黑乌黑，越显出豆腐的白。这是晚上，屋子老了，虽点着“洋灯”，也还是阴暗。围着桌子坐的是父亲跟我们哥儿三个。“洋炉子”太高了，父亲得常常站起来，微微地仰着脸，觑着眼睛，从氤氲的热气里伸进筷子，夹起豆腐，一一地放在我们的酱油碟里。我们有时也自己动手，但炉子实在太高了，总还是坐享其成的多。这并不是吃饭，只是玩儿。父亲说晚上冷，吃了大家暖和些。我们都喜欢这种白水豆腐；一上桌就眼巴巴望着那锅，等着那热气，等着热气里从父亲筷子上掉下来的豆腐。

又是冬天，记得是阴历十一月十六晚上，跟S君P君在西湖里坐小划子。S君刚到杭州教书，事先来信说：“我们要游西湖，不管它是冬天。”那晚月色真好，现在想起来还像照在身上。本来前一晚是“月当头”；也许十一月的月亮真有些特别吧。那时九点多了，湖上似乎只有我们一只划子。有点风，月光照着软软的水波；当间那一溜儿反光，像新砑的银子。湖上的山只剩了淡淡的影子。山下偶尔有一两星灯火。S君口占两句诗道：“数星灯火认渔村，淡墨轻描远黛痕。”我们都不大说话，只有均匀的桨声。我渐渐地快睡着了。P君“喂”了一下，才抬起眼皮，看见他在微笑。船夫问要不要上净寺去；是阿弥陀佛生日，那边蛮热闹的。到了寺里，殿上灯烛辉煌，满是佛婆念佛的声音，好像醒了一场梦。这已是十多年前的事了。S君还常常通着信，P君听说转变了好几次，前年是在一个特税局里收特税了，以后便没有消息。

在台州过了一个冬天，一家四口子。台州是个山城，可以说在一个大谷里。只有一条二里长的大街。别的路上白天简直不大见人；晚上一片漆黑。偶尔人家窗户里透出一点灯光，还有走路的拿着的火把；但那是少极了。我们住在山脚下。有的是山上松林里的风声，跟天上一只两只的鸟影。夏末到那里，春初便走，却好像老在过着冬天似的；可是即便真冬天也并不冷。我们住在楼上，书房临着大路；路上有人说话，可以清清楚楚地听见。但因为走路的人太少了，间或有点说话的声音，听起来还只当远风送来的，想不到就在窗外。我们是外路人，除上学校去之外，常只在家里坐着。妻也惯了那寂寞，只和我们爷儿们守着。外边虽老是冬天，家里却老是春天。有一回我上街去，回来的时候，楼下厨房的大方窗开着，并排地挨着她们母子三个；三张脸都带着天真微笑地向着我。似乎台州空空的，只有我们四人；天地空空的，也只有我们四人。那时是民国十年，妻刚从家里出来，满自在。现在她死了快四年了，我却还老记着她那微笑的影子。

无论怎么冷，大风大雪，想到这些，我心上总是温暖的。

一九三三年二月

名师点评

特写镜头，对比描写，以外界的空虚衬托当时内心的充实。这个镜头里隐含了作者此时内心的孤寂以及对妻子的怀念。

名师点评

朱自清怀念亡妻的文章很多，从点点滴滴的行文可以看出朱自清的心绪。可以结合《给亡妇》《择偶记》等回忆文章，体会他们的夫妻之情。

精华赏析

作者使用蒙太奇的手法，将不同时间、不同地域的三个生活镜头融合在了一起。通过记叙冬日里和家人一起吃煮豆腐、与朋友游西湖、与妻儿在台州过冬三件事，告诉我们即使是寒冷的冬天，我们的身边依然有着春天般的温暖。朴素干净的文字，温暖人心的细节，略带忧伤的情怀，加上精彩的动静描绘，巧妙的虚实掩映，朱自清让读者看到了一个温馨暖人的冬天。

延伸思考

在文中，作者还用了情景交融这一写作技巧。请你试着找出相应的语句并加以点评。

潭柘寺　戒坛寺

名师导读

因看不懂“潭柘寺”这个名字和好奇“腾挪夭矫”的松，1934年3月31日和4月1日，朱自清去了潭柘寺和戒坛寺。一路同行的有新妇陈竹隐和中文系同学。经历狼狈不堪的窘境，一众先后抵达了两个目的地。作者在行文上没有刻意安排，也没有精心雕琢，而是通过平平淡淡的语言叙述了整个游览过程。朱自清的散文平易自然、朴素丰富的特点在这里得到了充分展现。值得一提的是，这篇耗时两日完成的游记不乏诙谐、自嘲之色。

早就知道潭柘寺，戒坛寺。在商务印书馆的《北平指南》上，见过潭柘的铜图，小小的一块，模模糊糊的，看了一点没有想去的意思。后来不断地听人说起这两座庙；有时候说路上不平静，有时候说路上红叶好。说红叶好的劝我秋天去；但也有人劝我夏天去。有一回骑驴上八大处，赶驴的问逛过潭柘没有，我说没有。他说潭柘风景好，那儿满是老道，他去过，离八大处七八十里地，坐轿骑驴都成。我不大喜欢老道的装束，尤其是那满蓄着的长头发，看上去啰里啰唆，龌里龌龊的。更不想骑驴走七八十里地，因为我知道驴子与我都受不了。真打动我的倒是“潭柘寺”这个名字。不懂不是？就是不懂的妙。躲懒的人念成“潭拓寺”，那更莫名其妙了。这怕是中国文法的花样；要是来个欧化，说是“潭和柘的寺”，那就用不着咬嚼或吟味了。还有在一部诗话里看见近人咏戒台松的七古，诗腾挪夭矫，想来松也如此。所以去。但是在夏秋之前的春天，而且是早春；北平的早春是没有花的。

这才认真打听去过的人。有的说住潭柘好，有的说住戒坛好。有的人说路太难走，走到了筋疲力尽，再没兴致玩儿；有人说走路有意思。又有人说，去时坐了轿子，半路上前后两个轿夫吵起来，把轿子搁下，直说不抬了。于是心中暗自决定，不坐轿，也不走路；取中道，骑驴子。又按普通说法，总是潭柘寺在前，戒坛寺在后，想着戒坛寺一定远些；于是决定住潭柘，因为一天回不来，必得住。门头沟下车时，想着人多，怕雇不着许多驴，但是并不然——雇驴的时候，才知道戒坛去便宜一半，那就是说近一半。这时候自己忽然逞起能来，要走路。走吧。

这一段路可够瞧的。像是河床，怎么也挑不出没有石子的地方，脚底下老是绊来绊去的，教人心烦。又没有树木，甚至于没有一根草。这一带原是煤窑，拉煤的大车往来不绝，尘土里饱和着煤屑，变成黯淡的深灰色，教人看了透不出气来。走一点钟光景。自己觉得已经有点办不了，怕没有走到便筋疲力尽；幸而山上下来一条驴，如获至宝似地雇下，骑上去。这一天东风特别大。平常骑驴就不稳，风一大真是祸不单行。山上东西都有路，很窄，下面是斜坡；本来从西边走，驴夫看风势太猛，将驴拉上东路。就这么着，有一回还几乎让风将驴吹倒；若走西边，没有准儿会驴我同归哪。想起从前人画风雪骑驴图，极是雅事；大概那不是上潭柘寺去的。驴背上照例该有些诗意，但是我，下有驴子，上有帽子眼镜，都要照管；又有迎风下泪的毛病，常要掏手巾擦干。当其时真恨不得生出第三只手来才好。

东边山峰渐起，风是过不来了；可是驴也骑不得了，说是坎儿多。坎儿可真多。这时候精神倒好起来了：崎岖的路正可以练腰脚，处处要眼到心到脚到，不像平地上。人多更有点竞赛的心理，总想走上最前头去，再则这儿的山势虽然说不上险，可是突兀，丑怪，巉刻的地方有的是。我们说这才有点儿山的意思；老像八大处那样，真教人气闷闷的。于是一直走到潭柘寺后门；这段坎儿路比风里走过的长一半，小驴毫无用处，驴夫说："咳，这不过给您做个伴儿！"

墙外先看见竹子，且不想进去。又密，又粗，虽然不够绿。北平看竹子，真不易。又想到八大处了，大悲庵殿前那一溜儿，薄得可怜，细得也可怜，比起这儿，真是小巫见大巫了。进去过一道角门，门旁突然亭亭地矗立着两竿粗竹子，在墙上紧紧地挨着；要用批文章的成语，这两竿竹子足称得起"天外飞来之笔"。

正殿屋角上两座琉璃瓦的鸱吻，在台阶下看，值得徘徊一下。神话说殿基本是青龙潭，一夕风雨，顿成平地，涌出两鸱吻。只可惜现在的两座太新鲜，与神话的朦胧幽秘的境界不相称。但是还值得看，为的是大得好，在太

阳里嫩黄得好，闪亮得好；那拴着的四条黄铜链子也映衬得好。寺里殿很多，层层折折高上去，走起来已经不平凡，每殿大小又不一样，塑像摆设也各出心裁。看完了，还觉得无穷无尽似的。正殿下延清阁是待客的地方，远处群山像屏障似的。屋子结构甚巧，穿来穿去，不知有多少间，好像一所大宅子。可惜尘封不扫，我们住不着。话说回来，这种屋子原也不是预备给我们这末多人挤着住的。寺门前一道深沟，上有石桥；那时没有水，若是现在去，倚在桥上听潺潺的水声，倒也可以忘我忘世。过桥四株马尾松，枝枝覆盖，叶叶交通，另成一个境界。西边小山上有个古观音洞。洞无可看，但上去时在山坡上看潭柘的侧面，宛如仇十洲的《仙山楼阁图》；往下看是陡峭的沟岸，越显得深深无极，潭柘简直有海上蓬莱的意味了。寺以泉水著名，到处有石槽引水长流，倒也涓涓可爱。只是流觞亭雅得那样俗，在石地上楞刻着蚯蚓般的槽；那样流觞，怕只有孩子们愿意干。现在兰亭的"流觞曲水"也和这儿的一鼻孔出气，不过规模大些。晚上因为带的铺盖薄，冻得睁着眼，却听了一夜的泉声；心里想要不冻着，这泉声够多清雅啊！寺里并无一个老道，但那几个和尚，满身铜臭，满眼势利，教人老不能忘记，倒也麻烦的。

第二天清早，二十多人满雇了牲口，向戒坛而去，颇有浩浩荡荡之势。我的是一匹骡子，据说稳得多。这是第一回，高高兴兴骑上去。这一路要翻罗喉岭。只是土山，可是道儿窄，又曲折；虽不高，老那么凸凸凹凹的。许多处只容得一匹牲口过去。平心说，是险点儿。想起古来用兵，从间道袭敌人，许也是这种光景吧。

戒坛在半山上，山门是向东的。一进去就觉得平旷；南面只有一道低低的砖栏，下边是一片平原，平原尽处才是山，与众山屏蔽的潭柘气象便不同。进二门，更觉得空阔疏朗，仰看正殿前的平台，仿佛汪洋千顷。这平台东西很长，是戒坛最胜处，眼界最宽，教人想起"振衣千仞冈"的诗句。三株名松都在这里。"卧龙松"与"抱塔松"同是偃仆的姿势，身躯奇伟，鳞甲苍然，有飞动之意。"九龙松"老干槎枒，如张牙舞爪一般。若在月光底下，森森然的松影当更有可看。此地最宜低徊流连，不是匆匆一览所可领略。潭柘以层折胜，戒坛以开朗胜；但潭柘似乎更幽静些。戒坛的和尚，春风满面，却远胜于潭柘的；我们之中颇有悔不该住潭柘的。戒坛后山上也有个观音洞。洞宽大而深，大家点了火把嚷嚷闹闹地下去；半里光景的洞满是油烟，满是声音。洞里有石虎，石龟，上天梯，海眼等等，无非是凑凑人的热闹而已。

还是骑骡子。回到长辛店的时候，两条腿几乎不是我的了。

一九三四年八月三日作

延伸思考

朱自清为什么极写登山时的艰难?

南 京

名师导读

南京是一个让人流连忘返的地方，朱自清从游人的角度为我们详细介绍了这个六朝古都。鸡鸣寺、玄武湖、清凉山、莫愁湖，还有秦淮河，都让作者深有感触。明故宫的瓦砾、雨花台的石子、长江边的燕子矶、“新名胜”中山陵，一个历史气息浓厚的南京呈现在读者面前。现在就让我们跟着朱自清游览一番吧！

南京是值得留连的地方，虽然我只是来来去去，而且又都在夏天。也想夸说夸说，可惜知道的太少；现在所写的，只是一个旅行人的印象罢了。

逛南京像逛古董铺子，到处都有些时代侵蚀的遗痕。你可以摩挲，可以凭吊，可以悠然遐想；想到六朝的兴废，王谢的风流，秦淮的艳迹。这些也许只是老调子，不过经过自家一番体贴，便不同了。所以我劝你上鸡鸣寺去，最好选一个微雨天或月夜。在朦胧里，才酝酿着那一缕幽幽的古味。你坐在一排明窗的豁蒙楼上，吃一碗茶，看面前苍然蜿蜒着的台城。台城外明净荒寒的玄武湖就像大涤子的画。豁蒙楼一排窗子安排得最有心思，让你看的一点不多，一点不少。寺后有一口灌园的井，可不是那陈后主和张丽华躲在一堆儿的“胭脂井”。那口胭脂井不在路边，得破费点工夫寻觅。井栏也不在井上；要看，得老远地上明故宫遗址的古物保存所去。

从寺后的园地，拣着路上台城；没有垛子，真像平台一样。踏在茸茸的草上，说不出的静。夏天白昼有成群的黑蝴蝶，在微风里飞；这些黑蝴蝶上下旋转地飞，远看像一根粗的圆柱子。城上可以望南京的每一角。这时候若有个熟悉历代形势的人，给你指点，隋兵是从这角进来的，湘军是从那角进来的，你可以想象异样装束的队伍，打着异样的旗帜，拿着异样的武器，汹汹涌涌地进来，远远仿佛还有哭喊之声。假如你记得一些金陵怀古的诗词，趁这时候暗诵几回，也可印证印证，许更能领略作者当日的情思。

从前可以从台城爬出去，在玄武湖边；若是月夜，两三个人，两三个零落的影子，歪歪斜斜地挪移下去，够多好。现在可不成了，得出寺，下山，绕着大弯儿出城。七八年前，湖里几乎长满了苇子，一味地荒寒，虽有好月光，也不大能照到水上；船又窄，又小，又漏，教人逛着愁着。这几年大不同了，一出城，看见湖，就有烟水苍茫之意；船也大多了，有藤椅子可以躺着。水中岸上都光光的；亏得湖里有五个洲子点缀着，不然便一览无余了。这里的水是白的，又有波澜，俨然长江大河的气势，与西湖的静绿不同，最宜于看月，一片空蒙，无边无界。若在微醺之后，迎着小风，似睡非睡地躺在藤椅上，听着船底汩汩的波响与不知何方来的箫声，真会教你忘却身在那里。五个洲子似乎都局促无可看，但长堤宛转相通，却值得走走。湖上的樱桃最出名。据说樱桃熟时，游人在树下现买，现摘，现吃，谈着笑着，多热闹的。

清凉山在一个角落里，似乎人迹不多。扫叶楼的安排与豁蒙楼相仿佛，但窗外的景象不同。这里是滴绿的山环抱着，山下一片滴绿的树；那绿色真是扑到人眉宇上来。若许我再用画来比，这怕像王石谷的手笔了。在豁蒙楼上不容易坐得久，你至少要上台城去看看。在扫叶楼上却不想走；窗外的光景好像满为这座楼而设，一上楼便什么都有了。夏天去确有一股“清凉”味。这里与豁蒙楼全有素面吃，又可口，又贱。

莫愁湖在华严庵里。湖不大，又不能泛舟，夏天却有荷花荷叶，临湖一带屋子，凭栏眺望，也颇有远情。莫愁小像，在胜棋楼下，不知谁画的，大约不很古吧；但脸子开得秀逸之至，衣褶也柔活之至，大有“挥袖凌虚翔”的意思；若让我题，我将毫不踌躇地写上“仙乎仙乎”四字。另有石刻的画像，也在这里，想来许是那一幅画所从出；但生气反而差得多。这里虽也临湖，因为屋子深，显得阴暗些；可是古色古香，阴暗得好。诗文联语当然多，只记得王湘绮的半联云：“莫轻他北地胭脂，看艇子初来，江南儿女无颜色。”气概很不错。所谓胜棋楼，相传是明太祖与徐达下棋，徐达胜了，太祖便赐给他这一所屋子。太祖那样人，居然也会做出这种雅事来了。左手临湖的小阁却敞亮得多，也敞亮得好。有曾国藩画像，忘记是谁横题着“江天小阁坐人豪”一句。我喜欢这个题句，“江天”与“坐人豪”，景象阔大，使得这屋子更加开朗起来。

秦淮河我已另有记。但那文里所说的情形，现在已大变了。从前读《桃花扇》《板桥杂记》一类书，颇有沧桑之感；现在想到自己十多年前身历的情形，怕也会有沧桑之感了。前年看见夫子庙前旧日的画舫，那样狼狈的样子，又在老万全酒栈看秦淮河水，差不多全黑了，加上巴掌大，透不出气的所谓秦淮小公园，简直有些厌恶，再别提做什么梦了。贡院原也在秦淮河上，现在早拆得只剩一点儿了。民国五年父亲带我去看过，已经荒凉不堪，号舍里草都长满了。父亲曾经办过江南闱差，熟悉考场的情形，说来头头是道。他说考生入场时，都有送场的，人很多，门口闹嚷嚷的。天不亮就点名，搜夹带。大家都归号。似乎直到晚上，头场题才出来，写在灯牌上，由号军扛着在各号里走。所谓“号”，就是一条狭长的胡同，两旁排列着号舍，口儿上写着什么天字号，地字号等等的。每一号舍之大，恰好容一个人坐着；从前人说是像轿子，真不错。几天里吃饭，睡觉，做文章，都在这轿子里；坐的伏的各有一块硬板，如是而已。官号稍好一些，是给达官贵人的子弟预备的，但得补褂朝珠地入场，那时是夏秋之交，天还热，也够受的。父亲又说，乡试时场外有兵巡逻，防备通关节。场内也竖起黑幡，叫鬼魂们有冤报冤，有仇报仇；我听到这里，有点毛骨悚然。现在贡院已变成碎石路；在路上走的人，怕很少想起这些事情的了吧？

明故宫只是一片瓦砾场，在斜阳里看，只感到李太白《忆秦娥》的“西风残照，汉家陵阙”二语的妙。午门还残存着，遥遥直对洪武门的城楼，有万千气象。古物保存所便在这里，可惜规模太小，陈列得也无甚次序。明孝陵道上的石人石马，虽然残缺零乱，还可见泱泱大风；享殿并不巍峨，只陵下的隧道，阴森袭人，夏天在里面待着，凉风沁人肌骨。这陵大概是开国时草创的规模，所以简朴得很；比起长陵，差得真太远了。然而简朴得好。

雨花台的石子，人人皆知；但现在怕也捡不着什么了。那地方毫无可看。记得刘后村的诗云：“昔年讲师何处在，高台犹以‘雨花’名。有时宝向泥寻得，一片山无草敢生。”我所感的至多也只如此。还有，前些年南京枪决囚人都在雨花台下，所以洋车夫遇见别的车夫和他争先时，常说，“忙什么！赶雨花台去！”这和从前北京车夫说“赶菜市口儿”一样。现在时移势异，这种话渐渐听不见了。

燕子矶在长江里看，一片绝壁，危亭翼然，的确惊心动魄。但到了上边，逼窄污秽，毫无可以盘桓之处。燕山十二洞，去过三个。只三台洞层层折折，由幽入明，别有匠心，可是也年久失修了。

南京的新名胜，不用说，首推中山陵。中山陵全用青白两色，以象征青天白日，与帝王陵寝用红墙黄瓦的不同。假如红墙黄瓦有富贵气，那青琉璃瓦的享堂，青琉璃瓦的碑亭却有名贵气。从陵门上享堂，白石台阶不知多少级，但爬得够累的；然而你远看，决想不到会有这么多的台阶儿。这是设计的妙处。德国波慈达姆无愁宫前的石阶，也同此妙。享堂进去也不小；可是远处看，简直小得可以，和那白石的飞阶不相称，一点儿压不住，仿佛高个儿戴着小尖帽。近处山角里一座阵亡将士纪念塔，粗粗的，矮矮的，正当着一个青青的小山峰，让两边儿的山紧紧抱着，静极，稳极。——谭墓没去过，听说颇有点丘壑。中央运动场也在中山陵近处，全仿外洋的样子。全国运动会时，也不知有多少照相与描写登在报上；现在是时髦的游泳的地方。

若要看旧书，可以上江苏省立图书馆去。这在汉西门龙蟠里，也是一个角落里。这原是江南图书馆，以丁丙①的善本书室藏书为底子；词曲的书特别多。此外中央大学图书馆近年来也颇有不少书。中央大学是个散步的好地方。宽大，干净，有树木；黄昏时去兜一个或大或小的圈儿，最有意思。后面有个梅庵，是那会写字的清道人的遗迹。这里只是随宜地用树枝搭成的小小的屋子。庵前有一株六朝松，但据说实在是六朝桧；桧阴遮住了小院子，真是不染一尘。

南京茶馆里干丝很为人所称道。但这些人必没有到过镇江，扬州，那儿的干丝比南京细得多，又从来不那么甜。我倒是觉得芝麻烧饼好，一种长圆的，刚出炉，既香，且酥，又白，大概各茶馆都有。咸板鸭才是南京的名产，要热吃，也是香得好；肉要肥要厚，才有咬嚼。但南京人都说盐水鸭更好，大约取其嫩，其鲜；那是冷吃的，我可不知怎样，老觉得不大得劲儿。

一九三四年八月十二日作

名师注解

① 丁丙：丁丙（1832－1899）与兄丁申（1829－1887）世称“双丁”，与瞿镛、陆心源、杨以增并称清末四大藏书家。

延伸思考

把握全文记叙的脉络，理清记叙的顺序，是阅读游记散文的方法。请试着理出《南京》一文的脉络。

扬州的夏日【精读】

名师导读

朱自清开篇即说自己对扬州的“憎恶也许掩住了他的爱好”，唯有扬州的夏日“只会想着”，这样“故弄玄虚”的手法怎能不吸引我们去一探究竟呢？跟着朱自清沿着蜿蜒的护城河随意游览，各著名景点的特色得以一一展现，那水上的船、北门外的茶馆还给我们带来了悠然自得的气息。读到“又得浮生平日闲”一句，谁又能说他对扬州的“憎恶也许掩住了他的爱好”呢？

扬州从隋炀帝以来，是诗人文士所称道的地方；称道的多了，称道得久了，一般人便也随声附和起来。直到现在，你若向人提起扬州这个名字，他会点头或摇头说：“好地方！好地方！”特别是没去过扬州而念过些唐诗的人，在他心里，扬州真像蜃楼海市一般美丽；他若念过《扬州画舫录》一类书，那更了不得了。但在一个久住扬州像我的人，他却没有那么多美丽的幻想，他的憎恶也许掩住了他的爱好；他也许离开了三四年并不去想它。若是想呢，——你说他想什么？女人；不错，这似乎也有名，但怕不是现在的女人吧？——他也只会想着扬州的夏日，虽然与女人仍然不无关系的。

> **名师点评** 朱自清为何一反常人之思，说出这一番话来？不妨找来他同样写扬州的《说扬州》《我是扬州人》两篇文章对照读一读。

北方和南方一个大不同，在我看，就是北方无水而南方有。诚然，北方今年大雨，永定河，大清河甚至决了堤防，但这并不能算是有水；北平的三海和颐和园虽然有点儿水，但太平衍了，一览而尽，船又那么笨头笨脑的。有水的仍然是南方。扬州的夏日，好处大半便在水上——有人称为“瘦西湖”，这个名字真是太“瘦”了，假西湖之名以行，“雅得这样俗”，老实说，我是不喜欢的。下船的地方便是护城河，曼衍开去，曲曲折折，直到平山堂，——这是你们熟悉的名字——有七八里河道，还有许多杈杈桠桠的支流。这条河其实也没有顶大的好处，只是曲折而有些幽静，和别处不同。

名师点评

总分结构，使文章脉络清晰。

沿河最著名的风景是小金山，法海寺，五亭桥；最远的便是平山堂了。金山你们是知道的，小金山却在水中央。在那里望水最好，看月自然也不错——可是我还不曾有过那样福气。“下河”的人十之九是到这儿的，人不免太多些。法海寺有一个塔，和北海的一样，据说是乾隆皇帝下江南，盐商们连夜督促匠人造成的。法海寺著名的自然是这个塔；但还有一桩，你们猜不着，是红烧猪头。夏天吃红烧猪头，在理论上也许不甚相宜；可是在实际上，挥汗吃着，倒也不坏的。五亭桥如名字所示，是五个亭子的桥。桥是拱形，中一亭最高，两边四亭，参差相称；最宜远看，或看影子，也好。桥洞颇多，乘小船穿来穿去，另有风味。平山堂在蜀冈上。登堂可见江南诸山淡淡的轮廓；“山色有无中”一句话，我看是恰到好处，并不算错。这里游人较少，闲坐在堂上，可以永日。沿路光景，也以闲寂胜。从天宁门或北门下船。蜿蜒的城墙，在水里倒映着苍黝的影子，小船悠然地撑过去，岸上的喧扰像没有似的。

船有三种：大船专供宴游之用，可以挟妓[①]或打牌。小时候常跟了父亲去，在船里听着谋得利洋行的唱片。现在这样乘船的大概少了吧？其次是“小划子”，真像一瓣西瓜，由一个男人或女人用竹篙撑着。乘的人多了，便可雇两只，前后用小凳子跨着：这也可算得“方舟”了。后来又有一种“洋划”，比大船小，比“小划子”大，上支布篷，可以遮日遮雨。“洋划”渐渐地多，大船渐渐地少，然而“小划子”总是有人要的。这不独因为价钱最贱，也因为它的伶俐。一个人坐在船中，让一个人站在船尾上用竹篙一下一下地撑着，简直是一首唐诗，或一幅山水画。而有些好事的少年，愿意自己撑船，也非“小划子”不行。“小划子”虽然便宜，却也有些分别。譬如说，你们也可想到的，女人撑船总要贵些；姑娘撑的自然

名师点评

瘦西湖的船娘与秦淮河的歌妓，都在记述风土中掺入一丝灰色的无语。体会一下《扬州的夏日》与《桨声灯影里的秦淮河》在这方面描写上的异同。

名师注解

① 挟妓：即狎妓。

更要贵啰。这些撑船的女子，便是有人说过的“瘦西湖上的船娘”。船娘们的故事大概不少，但我不很知道。据说以乱头粗服，风趣天然为胜；中年而有风趣，也仍然算好。可是起初原是逢场作戏，或尚不伤廉惠；以后居然有了价格，便觉意味索然了。

北门外一带，叫做下街，“茶馆”最多，往往一面临河。船行过时，茶客与乘客可以随便招呼说话。船上人若高兴时，也可以向茶馆中要一壶茶，或一两种“小笼点心”，在河中喝着，吃着，谈着。回来时再将茶壶和所谓小笼，连价款一并交给茶馆中人。撑船的都与茶馆相熟，他们不怕你白吃。扬州的小笼点心实在不错：我离开扬州，也走过七八处大大小小的地方，还没有吃过那样好的点心；这其实是值得惦记的。茶馆的地方大致总好，名字也颇有好的。如香影廊，绿杨村，红叶山庄，都是到现在还记得的。绿杨村的幌子，挂在绿杨树上，随风飘展，使人想起“绿杨城郭是扬州”的名句。里面还有小池，丛竹，茅亭，景物最幽。这一带的茶馆布置都历落有致，迥非上海，北平方方正正的茶楼可比。

“下河”总是下午。傍晚回来，在暮霭朦胧中上了岸，将大褂折好搭在腕上，一手微微摇着扇子；这样进了北门或天宁门走回家中。这时候可以念“又得浮生半日闲”那一句诗了。

精华赏析

朱自清说“扬州的夏日，好处大半便在水上”，南方的水与北方的水是完全不同的，虽然作者并未对扬州的湖光水色进行刻意描绘，然而平淡的描述中依然蕴含着扬州之水富于情韵的意味。这就是作者对扬州之夏的独特感觉，也就是朱自清眼中雅趣横生的扬州。这篇散文将朱自清早期散文的情致和后期散文口语化的语言风格巧妙地融合在了一起，既有唐诗的神韵，又有宋诗的哲理。褒贬之中我们感受到了作者深切的思乡之情以及对精神自由的向往。

延伸思考

请搜集、整理古代描写、赞美扬州的诗歌，大家比一比，看谁整理得更全面。

蒙自[1]杂记

名师导读

蒙自城小、人少，但也有不少好处。仅仅住在这里几个月，朱自清就对它产生了深厚的感情，并一直念念不忘。大街上好吃干净的糖粥，贴合人家姓氏的门对儿，雄伟的火把节，风景别致的南湖，以及蒙自最好的地方——联大，这一切都让朱自清对在此地的生活渐渐地感到有了“意思”。

我在蒙自住过五个月，我的家也在那里住过两个月。我现在常常想起这个地方，特别是在人事繁忙的时候。

> 名师点评：在繁忙时想起，正好说明了蒙自的地小、人少、景静及人好，既由此引出下文，也引起了读者阅读的兴趣。

蒙自小得好，人少得好。看惯了大城的人，见了蒙自的城圈儿会觉得像玩具似的，正像坐惯了普通火车的人，乍踏上个碧石小火车，会觉得像玩具似的一样。但是住下来，就渐渐觉得有意思。城里只有一条大街，不消几趟就走熟了。书店，文具店，点心店，电筒店，差不多闭了眼可以找到门儿。城外的名胜去处，南湖，湖里的崧岛，军山，三山公园，一下午便可走遍，怪省力的。不论城里城外，在路上走，有时候会看不见一个人。整个儿天地仿佛是自己的；自我扩展到无穷远，无穷大。这教我想起了台州和白马湖，在那两处住的时候，也有这种静味。

大街上有一家卖糖粥的，带着卖煎粑粑。桌子凳子乃至碗匙等都很干净，又便宜，我们联大[2]师生照顾的特别多。掌柜是个四川

名师注解

① 蒙自：位于云南省东南部，红河州东部。

② 联大：1938 年到 1946 年，北京大学、清华大学和南开大学在云南昆明联合办学，合组国立西南联合大学。

名师点评

这里对雷掌柜的特写有一定的用意，他是蒙自人的缩影，代表了蒙自人身上纯朴的特质。

人，姓雷，白发苍苍的。他脸上常挂着微笑，却并不是巴结顾客的样儿。他爱点古玩什么的，每张桌子上，竹器瓷器占着一半儿；糖粥和粑粑便摆在这些桌子上吃。他家里还藏着些“精品”，高兴的时候，会特地去拿来请顾客赏玩一番。老头儿有个老伴儿，带一个伙计，就这么活着，倒也自得其乐。我们管这个铺子叫“雷稀饭”，管那掌柜的也叫这名儿；他的人缘儿是很好的。

城里最可注意的是人家的门对儿[①]。这里许多门对儿都切合着人家的姓。别地方固然也有这么办的，但没有这里的多。散步的时候边看边猜，倒很有意思。但是最多的是抗战的门对儿。昆明也有，不过按比例说，怕不及蒙自的多；多了，就造成一种氛围气，叫在街上走的人不忘记这个时代的这个国家。这似乎也算利用旧形式宣传抗战建国，是值得鼓励的。眼前旧历年就到了，这种抗战春联，大可提倡一下。

蒙自的正式宣传工作，除党部的标语外，教育局的努力，也值得记载。他们将一座旧戏台改为演讲台，又每天张贴油印的广播消息。这都是有益民众的。他们的经费不多，能够逐步做去，是很有希望的。他们又帮忙北大的学生办了一所民众夜校。报名的非常踊跃，但因为教师和座位的关系，只收了二百人。夜校办了两三个月，学生颇认真，成绩相当可观。那时蒙自的联大要搬到昆明来，便只得停了。教育局长向我表示很可惜；看他的态度，他说的是真心话。蒙自的民众相当的乐意接受宣传。联大的学生曾经来过一次灭蝇运动。四五月间蒙自苍蝇真多。有一位朋友在街上笑了一下，一张口便飞进一个去。灭蝇运动之后，街上许多食物铺子，备了冷布罩子，虽然简陋，不能不说是进步。铺子的人常和我们说，“这是你们来了之后才有的呀。”可见他们是很虚心的。

蒙自有个火把节，四乡是在阴历六月二十四晚上，城里是二十五晚上。那晚上城里人家都在门口烧着芦秆或树枝，一处处一堆堆熊熊的火光，围着些男男女女大人小孩；孩子们手里更提着烂布浸油的火球儿晃来晃去的，跳着叫着，冷静的城顿然热闹起来。

名师注解

① 门对儿：贴在门上的对联。

这火是光，是热，是力量，是青年。四乡地方空阔，都用一棵棵小树烧；想象着一片茫茫的大黑暗里涌起一团团的热火，光景够雄伟的。四乡那些夷人，该更享受这个节，他们该更热烈的跳着叫着罢。这也许是个祓除节，但暗示着生活力的伟大，是个有意义的风俗；在这抗战时期，需要鼓舞精神的时期，它的意义更是深厚。

名师点评

通过如火的人民力量的描绘，表现了作者对蒙自的怀念以及对抗战必然胜利的信心。

南湖在冬春两季水很少，有一半简直干得不剩一点二滴儿。但到了夏季，涨得溶溶滟滟的，真是返老还童一般。湖堤上种了成行的由加利树；高而直的干子，不差什么也有“参天”之势。细而长的叶子，像惯于拂水的垂杨，我一站到堤上禁不住想到北平的什刹海。再加上崧岛那一带田田的荷叶，亭亭的荷花，更像什刹海了。崧岛是个好地方，但我看还不如三山公园曲折幽静。这里只有三个小土堆儿。几个朴素小亭儿。可是回旋起伏，树木掩映，这儿那儿更点缀着一些石桌石墩之类；看上去也罢，走起来也罢，都让人有点余味可以咀嚼似的。这不能不感谢那位李崧军长。南湖上的路都是他的军士筑的，崧岛和军山也是他重新修整的；而这个小小的公园，更见出他的匠心。这一带他写的匾额很多。他自然不是书家，不过笔势瘦硬，颇有些英气。

名师点评

叠字叠词的使用，增加了节奏感、音乐性。

联大租借了海关和东方汇理银行旧址，是蒙自最好的地方。海关里高大的由加利树，和一片软软的绿草是主要的调子，进了门不但心胸一宽，而且周身觉得润润的。树头上好些白鹭，和北平太庙里的“灰鹤”是一类，北方叫做“老等”。那洁白的羽毛，那伶俐的姿态，耐人看，一清早看尤好。在一个角落里有一条灌木林的甬道，夜里月光从叶缝里筛下来，该是顶有趣的。另一个角落长着些芒果树和木瓜树，可惜太阳力量不够，果实结得不肥，但沾着点热带味，也叫人高兴。银行里花多，遍地的颜色，随时都有，不寂寞。最艳丽的要数叶子花。花是浊浓的紫，脉络分明活像叶，一丛丛的，一片片的，真是“浓得化不开”。花开的时候真久。我们四月里去，它就开了，八月里走，它还没谢呢。

名师点评

这句话表现了月光透过叶缝洒落在地面上，形成众多斑点的情形。一个“筛”字将静态的月光写活了，使整个画面有了一种动态的美感。

一九三九年二月五—六日作

延伸思考

仔细阅读第六自然段，想一想，它在全文中有什么样的作用？其中蕴含了作者怎样的思想感情？

背　影【精读】

名师导读

朱自清同刚刚被解职的父亲回家奔丧。丧事结束后，父亲前往南京谋事，作者则回北平念书，父子二人在南京的浦口车站依依惜别。在站台上，父亲执意要去买橘子，看着父亲蹒跚的背影，作者心中感到一阵酸楚。

我与父亲不相见已二年余了，我最不能忘记的是他的背影。那年冬天[①]，祖母死了，父亲的差使也交卸了，正是祸不单行的日子，我从北京到徐州，打算跟着父亲奔丧回家。到徐州见着父亲，看见满院狼藉的东西，又想起祖母，不禁簌簌[②]地流下眼泪。父亲说，“事已如此，不必难过，好在天无绝人之路！”

回家变卖典质，父亲还了亏空；又借钱办了丧事。这些日子，家中光景很是惨淡[③]，一半为了丧事，一半为了父亲赋闲[④]。丧事完毕，父亲要到南京谋事，我也要回北京念书，我们便同行。

名师注解

① 那年冬天：1917年，朱自清的父亲朱鸿钧在徐州榷运局任局长掌管盐务，因为在徐州纳妾，惹得潘姓姨太太争风大闹而惊动官务。朱鸿钧除被撤职外，又花钱打点潘氏以致亏空五百元。这年冬天，朱自清祖母吴氏不堪家变而辞世。正在北京大学念书的朱自清到徐州与父亲会合，一同回扬州，借钱料理后事。朱家自此彻底败落。

② 簌簌：纷纷落下的样子。

③ 惨淡：凄凉、萧条；不景气。

④ 赋闲：没有职业在家闲着。

到南京时，有朋友约去游逛，勾留[1]了一日；第二日上午便须渡江到浦口，下午上车北去。父亲因为事忙，本已说定不送我，叫旅馆里一个熟识的茶房陪我同去。他再三嘱咐茶房，甚是仔细。但他终于不放心，怕茶房不妥帖；颇踌躇了一会。其实我那年已二十岁，北京已来往过两三次，是没有甚么要紧的了。他踌躇了一会，终于决定还是自己送我去。我两三回劝他不必去；他只说，“不要紧，他们去不好！”

名师点评

急于谋事的父亲尽管顶着巨大的生存压力，依然坚持亲自送儿子，可见在他的心里儿子最重要。朴素平淡的语言中往往也蕴含着真挚的爱，这样一句简洁的话中深含了父亲对儿子浓浓的爱。

我们过了江，进了车站。我买票，他忙着照看行李。行李太多了，得向脚夫行些小费，才可过去。他便又忙着和他们讲价钱。我那时真是聪明过分，总觉他说话不大漂亮，非自己插嘴不可。但他终于讲定了价钱；就送我上车。他给我拣定了靠车门的一张椅子；我将他给我做的紫毛大衣铺好坐位。他嘱我路上小心，夜里要警醒些，不要受凉。又嘱托茶房好好照应我。我心里暗笑他的迂[2]；他们只认得钱，托他们真是白托！而且我这样大年纪的人，难道还不能料理自己么？唉，我现在想想，那时真是太聪明了！

名师点评

第三、四两段中，作者写自己年已二十岁，写自己非插嘴帮腔不可。想一想，为什么在对父亲细致地为自己送行打理的叙述中，插入对自己“聪明过分”的描写？能达到什么样的艺术效果？

我说道，“爸爸，你走吧。”他望车外看了看，说，“我买几个橘子去。你就在此地，不要走动。”我看那边月台的栅栏外有几个卖东西的等着顾客。走到那边月台，须穿过铁道，须跳下去又爬上去。父亲是一个胖子，走过去自然要费事些。我本来要去的，他不肯，只好让他去。我看见他戴着黑布小帽，穿着黑布大马褂，深青布棉袍，蹒跚地走到铁道边，慢慢探身下去，尚不大难。可是他穿过铁道，要爬上那边月台，就不容易了。他用两手攀着上面，两脚再向上缩；他肥胖的身子向左微倾，显出努力的样子。这时我看见他的背影，我的泪很快地流下来了。我赶紧拭干了泪，怕他看见，也怕别人看见。我再向外看时，他已抱了朱红的橘子望回走了。过铁道时，他先将橘子散放在地上，自己慢慢爬下，再抱起橘子走。到这边时，我赶紧去搀他。他和我走到车上，将橘子一股脑儿放在

名师点评

这是本文的高潮之处，也是本文的主体所在。细节化的描写，突出父亲攀爬时的艰难，进而突出父亲对儿子深沉的爱。体会“缩”“微倾”的用词之准。

名师注解

① 勾留：短时间停留。

② 迂：言行守旧，不适应新时代。

我的皮大衣上。于是扑扑衣上的泥土，心里很轻松似的，过一会说，“我走了；到那边来信！”我望着他走出去。他走了几步，回过头看见我，说，“进去吧，里边没人。”等他的背影混入来来往往的人里，再找不着了，我便进来坐下，我的眼泪又来了。

近几年来，父亲和我都是东奔西走，家中光景是一日不如一日。他少年出外谋生，独力支持，做了许多大事。那知老境却如此颓唐！他触目伤怀，自然情不能自已。情郁于中[①]，自然要发之于外；家庭琐屑便往往触他之怒。他待我渐渐不同往日。但最近两年的不见，他终于忘却我的不好，只是惦记着我，惦记着我的儿子。我北来后[②]，他写了一信给我，信中说道，“我身体平安，惟膀子疼痛利害，举箸提笔，诸多不便，大约大去之期不远矣[③]。”我读到此处，在晶莹的泪光中，又看见那肥胖的，青布棉袍，黑布马褂的背影。唉！我不知何时再能与他相见！

名师点评：对应本文首句。

一九二五年十月在北京

精华赏析

父母对儿女的爱是无私的，是没有任何杂念的，他们为儿女任劳任怨，不需任何回报。父亲的背影中就透射出这浓浓的无私的爱。那背影让人酸楚，那背影让人心热，那背影让人眼湿，那背影让人深有感触。一个背影，表现了父亲对儿子深沉的爱，也寄托了儿子对父亲的思念。

名师注解

① 情郁于中：感情积在心中不得发泄。

② 我北来后：1925 年 8 月，朱自清结束在江浙一带五年的漂泊生活，北上清华任教。在江浙教书期间，朱自清曾于 1923 年利用暑假回扬州探望父母。1925 年 10 月写作《背影》，说“我与父亲不相见已二年余了”。

③ 大去之期不远矣：1945 年 4 月 9 日，朱鸿钧（1869 － 1945）因病在扬州去世，终年 76 岁。

延伸思考

文章共几次描写了父亲的背影？分别是在什么情形下？文中又几次描写了“我”的眼泪？各有什么深意？

阿　河

名师导读

阿河是个乡下女佣人，初次见面她只给“我”留下了“土”的印象。但在韦家生活了一段时间之后，“我”发现阿河的美、阿河的楚楚可怜，这甚至让“我”的“眼将老跟着她的影子”。在知道了阿河的悲惨身世之后，“我”甚至极其殷勤地想着帮忙。但再一次回到韦家时，“我”得知曾经如少女般温婉可爱的阿河已经不见了。这份失落的情感让“我”“不愿再见那湖光山色，更不愿再见那间小小的厨房！”

我这一回寒假，因为养病，住到一家亲戚的别墅里去。那别墅是在乡下。前面偏左的地方，是一片淡蓝的湖水，对岸环拥着不尽的青山。山的影子倒映在水里，越显得清清朗朗的。水面常如镜子一般。风起时，微有皱痕；像少女们皱她们的眉头，过一会子就好了。湖的余势束成一条小港，缓缓地不声不响地流过别墅的门前。门前有一条小石桥，桥那边尽是田亩。这边沿岸一带，相间地栽着桃树和柳树，春来当有一番热闹的梦。别墅外面缭绕着短短的竹篱，篱外是小小的路。里边一座向南的楼，背后便倚着山。西边是三间平屋，我便住在这里。院子里有两块草地，上面随便放着两三块石头。另外的隙地上，或罗列着盆栽，或种莳着花草。篱边还有几株枝干蟠曲的大树，有一株几乎要伸到水里去了。

我的亲戚韦君只有夫妇二人和一个女儿。她在外边念书，这时也刚回到家里。她邀来三位同学，同到她家过这个寒假；两位是亲戚，一位是朋友。她们住着楼上的两间屋子。韦君夫妇也住在楼上。楼下正中是客厅，常是闲着，西间是吃饭的地方；东间便是韦君的书房，我们谈天，喝茶，看报，都在这里。我吃了饭，便是一个人，也要到这里来闲坐一回。我来的第二天，韦小姐告诉我，她母亲要给她们找一个好好的女用人；长工阿齐说有一个表妹，母亲叫他明天就带来做做看呢。她似乎很高兴的样子，我只是不经意地答应。

平屋与楼屋之间，是一个小小的厨房。我住的是东面的屋子，从窗子里可以看见厨房里人的来往。这一天午饭前，我偶然向外看看，见一个面生的女用人，两手提着两把白铁壶，正往厨房里走；韦家的李妈在她前面领着，不知在和她说甚么话。她的头发乱蓬蓬的，像冬天的枯草一样。身上穿着镶边的黑布棉袄和夹裤，黑里已泛出黄色；棉袄长与膝齐，夹裤也直拖到脚背上。脚倒是双天足，穿着尖头的黑布鞋，后跟还带着两片同色的“叶拔儿”。想这就是阿齐带来的女用人了；想完了就坐下看书。晚饭后，韦小姐告诉我，女用人来了，她的名字叫“阿河”。我说，“名字很好，只是人土些；还能做么？”她说，“别看她土，很聪明呢。”我说，“哦。”便接着看手中的报了。

以后每天早上，中上，晚上，我常常看见阿河挈着水壶来往；她的眼似乎总是望前看的。两个礼拜匆匆地过去了。韦小姐忽然和我说，你别看阿河土，她的志气很好，她是个可怜的人。我和娘说，把我前年在家穿的那身棉袄裤给了她吧。我嫌那两件衣服太花，给了她正好。娘先不肯，说她来了没有几天；后来也肯了。今天拿出来让她穿，正合式呢。我们教给她打绒绳鞋，她真聪明，一学就会了。她说拿到工钱，也要打一双穿呢。我等几天再和娘说去。

“她这样爱好！怪不得头发光得多了，原来都是你们教她的。好！你们尽教她讲究，她将来怕不愿回家去呢。”大家都笑了。

旧新年是过去了。因为江浙的兵事，我们的学校一时还不能开学。我们大家都乐得在别墅里多住些日子。这时阿河如换了一个人。她穿着宝蓝色挑着小花儿的布棉袄裤；脚下是嫩蓝色毛绳鞋，鞋口还缀着两个半蓝半白的小绒球儿。我想这一定是她的小姐们给帮忙的。古语说得好，“人要衣裳马要鞍”，阿河这一打扮，真有些楚楚可怜了。她的头发早已是刷得光光的，覆额的留海儿也梳得十分伏贴。一张小小的圆脸，如正开的桃李花；脸上并没有笑，却隐隐地含着春日的光辉，像花房里充了蜜一般。这在我几乎是一个奇迹；我现在是常站在窗前看她了。我觉得在深山里发现了一粒猫儿眼；这样精纯的猫儿眼，是我生平所仅见！我觉得我们相识已太长久，极愿和她说一句话——极平淡的话，一句也好。但我怎好平白地和她攀谈呢？这样郁郁了一礼拜。

这是元宵节的前一晚上。我吃了饭，在屋里坐了一会，觉得有些无聊，便信步走到那书房里。拿起报来，想再细看一回。忽然门钮一响，阿河进来了。她手里拿着三四支颜色铅笔；出乎意料地走近了我。她站在我面前了，静静地微笑着说："白先生，你知道铅笔刨在哪里？"一面将拿着的铅笔给我看。我不自主地立起来，匆忙地应道，"在这里；"我用手指着南边柱子。但我立刻觉得这是不够的。我领她走近了柱子。这时我像闪电似地踌躇了一下，便说，"我……我……"她一声不响地已将一支铅笔交给我。我放进刨子里刨给她看。刨了两下，便想交给她；但终于刨完了一支。交还了她。她接了笔略看一看，仍仰着脸向我。我窘极了。刹那间念头转了好几个圈子；到底硬着头皮搭讪着说，"就这样刨好了。"我赶紧向门外一瞥，就走回原处看报去。但我的头刚低下，我的眼已抬起来了。于是远远地从容地问道，"你会么？"她不曾掉过头来，只"嘤"了一声，也不说话。我看了她背影一会，觉得应该低下头了。等我再抬起头来时，她已默默地向外走了。她似乎总是望前看的；我想再问她一句话，但终于不曾出口。我撇下了报，站起来走了一会，便回到自己屋里。我一直想着些什么，但什么也没有想出。

第二天早上看见她往厨房里走时，我发现我的眼将老跟着她的影子！她的影子真好。她那几步路走得又敏捷，又匀称，又苗条，正如一只可爱的小猫。她两手各提着一只水壶，又令我想到在一条细细的索儿上抖擞精神走着的女子。这全由于她的腰；她的腰真太软了，用白水的话说，真是软到使我如吃苏州的牛皮糖一样。不止她的腰，我的日记里说得好："她有一套和云霞比美，水月争灵的曲线，织成大大的一张迷惑的网！"而那两颊的曲线，尤其甜蜜可人。她两颊是白中透着微红，润泽如玉。她的皮肤，嫩得可以掐出水来；我的日记里说，"我很想去掐她一下呀！"她的眼像一双小燕子，老是在滟滟的春水上打着圈儿。她的笑最使我记住，像一朵花漂浮在我的脑海里。我不是说过，她的小圆脸像正开的桃花么？那么，她微笑的时候，便是盛开的时候了：花房里充满了蜜，真如要流出来的样子。她的发不甚厚，但黑而有光，柔软而滑，如纯丝一般。只可惜我不曾闻着一些儿香。唉！从前我在窗前看她好多次，所得的真太少了；若不是昨晚一见，——虽只几分钟——我真太对不起这样一个人儿了。

午饭后，韦君照例地睡午觉去了，只有我，韦小姐和其他三位小姐在书房里。我有意无意地谈起阿河的事。我说，

“你们怎知道她的志气好呢？”

“那天我们教给她打绒绳鞋；”一位蔡小姐便答道，“看她很聪明，就问她为甚么不念书？她被我们一问，就伤心起来了。……”

“是的，”韦小姐笑着抢了说，“后来还哭了呢；还有一位傻子陪她淌眼泪呢。”

那边黄小姐可急了，走过来推了她一下。蔡小姐忙拦住道，“人家说正经话，你们尽闹着玩儿！让我说完了呀——”

“我代你说啵，”韦小姐仍抢着说，“——她说她只有一个爹，没有娘。嫁了一个男人，倒有三十多岁，土头土脑的，脸上满是疤！他是李妈的邻舍，我还看见过呢。……”

“好了，底下我说吧。”蔡小姐接着道，“她男人又不要好，尽爱赌钱；她一气，就住到娘家来，有一年多不回去了。”

“她今年几岁？”我问。

“十七不知十八？前年出嫁的，几个月就回家了，”蔡小姐说。

“不，十八，我知道，”韦小姐改正道。

“哦。你们可曾劝她离婚？”

“怎么不劝；”韦小姐应道，“她说十八回去吃她表哥的喜酒，要和她的爹去说呢。”

“你们教她的好事，该当何罪！”我笑了。

她们也都笑了。

十九的早上，我正在屋里看书，听见外面有嚷嚷的声音；这是从来没有的。我立刻走出来看；只见门外有两个乡下人要走进来，却给阿齐拦住。他们只是央告，阿齐只是不肯。这时韦君已走出院中，向他们道，

“你们回去吧。人在我这里，不要紧的。快回去，不要瞎吵！”

两个人面面相觑，说不出一句话；俄延了一会，只好走了。我问韦君什么事？他说，

“阿河罗！还不是瞎吵一回子。”

我想他于男女的事向来是懒得说的，还是回头问他小姐的好；我们便谈到别的事情上去。

吃了饭，我赶紧问韦小姐，她说，

“她是告诉娘的，你问娘去。”

我想这件事有些尴尬，便到西间里问韦太太；她正看着李妈收拾碗碟呢。她见我问，便笑着说，

“你要问这些事做什么？她昨天回去，原是借了阿桂的衣裳穿了去的，打扮得娇滴滴的，也难怪，被她男人看见了，便约了些不相干的人，将她抢回去过了一夜。今天早上，她骗她男人，说要到此地来拿行李。她男人就会信她，派了两个人跟着。那[1]知她到了这里，便叫阿齐拦着那跟来的人；她自己便跪在我面前哭诉，说死也不愿回她男人家去。你说我有什么法子。只好让那跟来的人先回去再说。好在没有几天，她们要上学了，我将来交给她的爹吧。唉，现在的人，心眼儿真是越过越大了；一个乡下女人，也会闹出这样惊天动地的事了！”

“可不是，”李妈在旁插嘴道，“太太你不知道；我家三叔前儿来，我还听他说呢。我本不该说的，阿弥陀佛！太太，你想她不愿意回婆家，老愿意住在娘家，是什么道理？家里只有一个单身的老子；你想那该死的老畜生！他舍不得放她回去呀！”

“低些，真的么？”韦太太惊诧地问。

“他们说得千真万确的。我早就想告诉太太了，总有些疑心；今天看她的样子，真有几分对呢。太太，你想现在还成什么世界！”

“这该不至于吧。”我淡淡地插了一句。

“少爷，你哪里知道！”韦太太叹了一口气，“——好在没有几天了，让她快些走吧；别将我们的运气带坏了。她的事，我们以后也别谈吧。”

开学的通告来了，我定在二十八走。二十六的晚上，阿河忽然不到厨房里挈水了。韦小姐跑来低低地告诉我，“娘叫阿齐将阿河送回去了；我在楼上，都不知道呢。”我应了一声，一句话也没有说。正如每日有三顿饱饭吃的人，忽然绝了粮；却又不能告诉一个人！而且我觉得她的前面是黑洞洞的，此去不定有什么好歹！那一夜我是没有好好地睡，只翻来覆去地做梦，醒来却又一例茫然。这样昏昏沉沉地到了二十八早上，懒懒地向韦君夫妇和韦小

名师注解

① 那：相当于“哪”。

姐告别而行，韦君夫妇坚约春假再来住，我只得含糊答应着。出门时，我很想回望厨房几眼；但许多人都站在门口送我，我怎好回头呢？

到校一打听，老友陆已来了。我不及料理行李，便找着他，将阿河的事一五一十告诉他。他本是个好事的人；听我说时，时而皱眉，时而叹气，时而擦掌。听到她只十八岁时，他突然将舌头一伸，跳起来道，

“可惜我早有了我那太太！要不然，我准得想法子娶她！”

“你娶她就好了；现在不知鹿死谁手呢？”

我俩默默相对了一会，陆忽然拍着桌子道，

“有了，老汪不是去年失了恋么？他现在还没有主儿，何不给他俩撮合一下。”

我正要答说，他已出去了。过了一会子，他和汪来了；进门就嚷着说，

“我和他说，他不信；要问你呢！”

“事是有的，人呢，也真不错。只是人家的事，我们凭什么去管！”我说。

“想法子呀！”陆嚷着。

“什么法子？你说！”

“好，你们尽和我开玩笑，我才不理会你们呢！”汪笑了。

我们几乎每天都要谈到阿河，但谁也不曾认真去“想法子”。

一转眼已到了春假。我再到韦君别墅的时候，水是绿绿的，桃腮柳眼，着意引人。我却只惦着阿河，不知她怎么样了。那时韦小姐已回来两天。我背地里问她，她说，

“奇得很！阿齐告诉我，说她二月间来求娘来了。她说她男人已死了心，不想她回去；只不肯白白地放掉她。他教她的爹拿出八十块钱来，人就是她的爹的了；他自己也好另娶一房人。可是阿河说她的爹哪有这些钱？她求娘可怜可怜她！娘的脾气你知道。她是个古板的人；她数说了阿河一顿，一个钱也不给！我现在和阿齐说，让他上镇去时，带个信儿给她，我可以给她五块钱。我想你也可以帮她些，我教阿齐一块儿告诉她吧。只可惜她未必肯再上我们这儿来啰！”

“我拿十块钱吧，你告诉阿齐就是。”

我看阿齐空闲了，便又去问阿河的事。他说，

“她的爹正给她东找西找地找主儿呢。只怕难吧，八十块大洋呢！”

我忽然觉得不自在起来，不愿再问下去。

过了两天，阿齐从镇上回来，说，

“今天见着阿河了。娘的，齐整起来了。穿起了裙子，做老板娘娘了！据说是自己拣中的；这种年头！”

我立刻觉得，这一来全完了！只怔怔地看着阿齐，似乎想在他脸上找出阿河的影子。咳，我说什么好呢？愿运命之神长远庇护着她吧！

第二天我便托故离开了那别墅；我不愿再见那湖光山色，更不愿再见那间小小的厨房！

一九二六年一月十一日作

精华赏析

朱自清认为：“艺术的女人便是有着美好的颜色和轮廓动作的女人。”从上文看来，阿河正是如此。作者使用前后对比的方法，对她的容颜、身材和动作进行了详细描写，活灵活现地塑造了阿河这样一个艺术的美人。在这些描写中，作者还运用了新颖的比喻、奇特的夸张、微妙的通感和广泛的联想，表现出阿河特有的情致和鲜花般的美丽。作者用极其细腻的笔触，委婉地描绘了“我”的心理变化，把处于矛盾中的复杂心态清晰地展现在了读者的面前。

延伸思考

1. 谈一谈，为什么大家说阿河聪明，表现在哪些地方？阿河给作者的印象是什么样的？阿河给你的印象又是什么样的？

2. 想一想，为什么作者要说“这一来全完了！”并希望命运保护阿河呢？

哀韦杰三君

名师导读

韦杰三君是一个温雅的少年，经友人的介绍与朱自清相识。几次与他的见面，使朱自清“相信他是一个可爱的人”。他的诚恳、尊师、有骨气渐渐给朱自清留下了深刻的印象，朱自清对他的怜爱与敬佩之情也与日俱增。然而就是这样一个“可爱”的少年，却在执政府大屠杀中不幸殒命。

韦杰三君是一个可爱的人；我第一回见他面时就这样想。这一天我正坐在房里，忽然有敲门的声音；进来的是一位温雅的少年。我问他“贵姓”的时候，他将他的姓名写在纸上给我看；说是苏甲荣先生介绍他来的。苏先生是我的同学，他的同乡，他说前一晚已来找过我了，我不在家；所以这回又特地来的。我们闲谈了一会，他说怕耽误我的时间，就告辞走了。是的，我们只谈了一会儿，而且并没有什么重要的话；——我现在已全忘记——但我觉得已懂得他了，我相信他是一个可爱的人。

第二回来访，是在几天之后。那时新生甄别试验刚完，他的国文课是被分在钱子泉先生的班上。他来和我说，要转到我的班上。我和他说，钱先生的学问，是我素来佩服的；在他班上比在我班上一定好。而且已定的局面，因一个人而变动，也不大方便。他应了几声，也没有什么，就走了。从此他就不曾到我这里来。有一回，在三院第一排屋的后门口遇见他，他微笑着向我点头；他本是捧了书及墨盒去上课的，这时却站住了向我说：“常想到先生那里，只是功课太忙了，总想去的。”我说：“你闲时可以到我这里谈谈。”我们就点首作别。三院离我住的古月堂似乎很远，有时想起来，几乎和前门一样。所以半年以来，我只在上课前，下课后几分钟里，偶然遇着他三四次；除上述一次外，都只匆匆地点头走过，不曾说一句话。但我常是这样想：他是一个可爱的人。

他的同乡苏先生，我还是来京时见过一回，半年来不曾再见。我不曾能和他谈韦君；我也不曾和别人谈韦君，除了钱子泉先生。钱先生有一日告诉我，说韦君总想转到我班上；钱先生又说："他知道不能转时，也很安心的用功了，笔记做得很详细的。"我说，自然还是在钱先生班上好。以后这件事还谈起一两次。直到三月十九日早，有人误报了韦君的死信；钱先生站在我屋外的台阶上惋惜地说："他寒假中来和我谈。我因他常是忧郁的样子，便问他为何这样；是为了我么？他说：'不是，你先生很好的；我是因家境不宽，老是愁烦着。'他说他家里还有一个年老的父亲和未成年的弟弟；他说他弟弟因为家中无钱，已失学了。他又说他历年在外读书的钱，一小半是自己休了学去做教员弄来的，一大半是向人告贷来的。他又说，下半年的学费还没有着落呢。"但他却不愿平白地受人家的钱；我们只看他给大学部学生会起草的请改奖金制为借贷制与工读制的信，便知道他年纪虽轻，做人却有骨气的。

我最后见他，是在三月十八日早上，天安门下电车时。也照平常一样，微笑着向我点头。他的微笑显示他纯洁的心，告诉人，他愿意亲近一切；我是不会忘记的。还有他的静默，我也不会忘记。据陈云豹先生的《行述》，韦君很能说话；但这半年来，我们听见的，却只有他的静默而已。他的静默里含有忧郁，悲苦，坚忍，温雅等等，是最足以引人深长之思和切至之情的。他病中，据陈云豹君在本校追悼会里报告，虽也有一时期，很是躁急，但他终于在离开我们之前，写了那样平静的两句话给校长；他那两句话包蕴着无穷的悲哀，这是静默的悲哀！所以我现在又想，他毕竟是一个可爱的人。

三月十八日晚上，我知道他已危险；第二天早上，听见他死了，叹息而已！但走去看学生会的布告时，知他还在人世，觉得被鼓励似的，忙着将这消息告诉别人。有不信的，我立刻举出学生会布告为证。我二十日进城，到协和医院想去看看他；但不知道医院的规则，去迟了一点钟，不得进去。我很怅惘地在门外徘徊了一会，试问门役道："你知道清华学校有一个韦杰三，死了没有？"他的回答，我原也知道的，是"不知道"三字！那天傍晚回来；二十一日早上，便得着他死的信息——这回他真死了！他死在二十一日上午一时四十八分，就是二十日的夜里，我二十日若早去一点钟，还可见他一面呢。这真是十分遗憾的！二十三日同人及同学入城迎灵，我在城里十二点才见报，已赶不及了。下午回来，在校门外看见杠房里的人，知道柩已来了。我到古月堂一问，知道柩安放在旧礼堂里。我去的时候，正在重殓，韦君已穿好了殓衣在照相了。据说还光着身子照了一张相，是照伤口的。我没有看见他的伤口；但是这种情景，不看见也罢了。照相毕，入殓，我走到柩旁：韦君的脸已变了样子，我几乎不认识了！他的两颧突出，颊肉瘪下，掀唇露齿，哪里还像我初见时的温雅呢？这必是他几日间的痛苦所致的。唉，我们可以想见了！我正在乱想，棺盖已经盖上；唉，韦君，这真是最后一面了！我们从此真无再见之期了！死生之理，我不能懂得，但不能再见是事实，韦君，我们失掉了你，更将从何处觅你呢？

韦君现在一个人睡在刚秉庙的一间破屋里，等着他迢迢千里的老父，天气又这样坏；韦君，你的魂也彷徨着吧！

一九二六年四月二日

延伸思考

韦杰三在作者眼中的可爱体现在哪些方面？韦杰三变得静默之后，为什么作者说他“毕竟是一个可爱的人”？

飘 零

名师导读

秋夜，晕黄的电灯光下，朱自清与友人P怀念飘零在国外的W君。W君才华横溢，博览群书，在科学领域有自己独特的见解，但在国内却被认为是“疯子”。在窒息压抑中，W君去了美国，尽管对祖国他恋恋不舍。在一种悲凉沧桑的氛围中，经过五四运动洗礼的朱自清借W君之事表达了自己的忧虑。

一个秋夜，我和P坐在他的小书房里，在晕黄的电灯光下，谈到W的小说。

“他还在河南吧？C大学那边很好吧？”我随便问着。

“不，他上美国去了。”

“美国？做什么去？”

“你觉得很奇怪吧？——波定谟约翰郝勃金医院打电报约他做助手去。”

“哦！就是他研究心理学的地方！他在那边成绩总很好？——这回去他很愿意吧？”

“不见得愿意。他动身前到北京来过，我请他在启新吃饭；他很不高兴的样子。”

“这又为什么呢？”

“他觉得中国没有他做事的地方。”

“他回来才一年呢。C大学那边没有钱吧？”

“不但没有钱；他们说他是疯子！”

“疯子！”

我们默然相对，暂时无话可说。

我想起第一回认识W的名字，是在《新生》杂志上。那时我在P大学读书，W也在那里。我在《新生》上看见的是他的小说；但一个朋友告诉我，他心理学的书读得真多；P大学图书馆里所有的，他都读了。文学书他也读得不少。他说他是无一刻不读书的。我第一次见他的面，是在P大学宿舍的走道上；他正和朋友走着。有人告诉我，这就是W了。微曲的背，小而黑的脸，长头发和近视眼，这就是W了。以后我常常看他的文字，记起他这样一个人。有一回我拿一篇心理学的译文，托一个朋友请他看看。他逐一给我改正了好几十条，不曾放松一个字。永远的惭愧和感谢留在我心里。

我又想到杭州那一晚上。他突然来看我了。他说和P游了三日，明早就要到上海去。他原是山东人；这回来上海，是要上美国去的。我问起哥仑比亚大学的《心理学，哲学，与科学方法》杂志，我知道那是有名的杂志。但他说里面往往一年没有一篇好文章，没有什么意思。他说近来各心理学家在英国开了一个会，有几个人的话有味，他又用铅笔随便的在桌上一本簿子的后面，写了《哲学的科学》一个书名与其出版处，说是新书，可以看看。他说要走了。我送他到旅馆里。见他床上摊着一本《人生与地理》，随便拿过来翻着。他说这本小书很著名，很好的。我们在晕黄的电灯光下，默然相对了一会，又问答了几句简单的话；我就走了。直到现在，还不曾见过他。

他到美国去后，初时还写了些文字，后来就没有了。他的名字，在一般人心里，已如远处的云烟了。我倒还记着他。两三年以后，才又在《文学日报》上见到他一篇诗，是写一种清趣的。我只念过他这一篇诗。他的小说我却念过不少；最使我不能忘记的是那篇《雨夜》，是写北京人力车夫的生活的。W是学科学的人，应该很冷静，但他的小说却又很热很热的。这就是W了。

P也上美国去，但不久就回来了。他在波定谟住了些日子，W是常常见着的。他回国后，有一个热天，和我在南京清凉山上谈起W的事。他说W在研究行为派的心理学。他几乎终日在实验室里；他解剖过许多老鼠，研究它们的行为。P说自己本来也愿意学心理学的；但看了老鼠临终的颤动，他执刀的手便战战的放不下去了。因此只好改行。而W是“奏刀騞然”，“踌躇满志”，P觉得那是不可及的。P又说W研究动物行为既久，看明它们所有的生活，只是那几种生理的欲望，如食欲，性欲，所玩的把戏，毫无什么大道理存乎其间。因而推想人的生活，也未必别有何种高贵的动机；我们第一要承认我们是动物，这便是真人。W 的确是如此做人的。P 说他也相信 W 的话；真的，P 回国后的态度是大大的不同了。W 只管做他自己的人，却得着 P 这样一个信徒，他自己也未必料得着的。

P 又告诉我 W 恋爱的故事。是的，恋爱的故事！P 说这是一个日本人，和 W 一同研究的，但后来走了，这件事也就完了。P 说得如此冷淡，毫不像我们所想的恋爱的故事！P 又曾指出《来日》上 W 的一篇《月光》给我看。这是一篇小说，叙述一对男女趁着月光在河边一只空船里密谈。那女的是个有夫之妇。这时四无人迹，他俩谈得亲热极了。但 P 说 W 的胆子太小了，所以这一回密谈之后，便撒了手。这篇文字是 W 自己写的，虽没有如火如荼的热闹，但却别有一种意思。科学与文学，科学与恋爱，这就是 W 了。

"'疯子'！"我这时忽然似乎彻悟了说，"也许是的吧？我想。一个人冷而又热，是会变疯子的。"

"唔，"P 点头。

"他其实大可以不必管什么中国不中国了；偏偏又恋恋不舍的！"

"是啰。W 这回真不高兴。K 在美国借了他的钱。这回他到北京，特地老远的跑去和 K 要钱。K 的没钱，他也知道；他也并不指望这笔钱用。只想借此去骂他一顿罢了，据说拍了桌子大骂呢！"

"这与他的写小说一样的道理呀！唉，这就是 W 了。"

P 无语，我却想起一件事：

"W 到美国后有信来么？"

"长远了，没有信。"

我们于是都又默然。

一九二六年七月二十日，白马湖

延伸思考

你认为W君是一个什么样的人？他代表了五四运动后中国青年什么样的生存状态？

白　采①

名师导读

白采是一个不可捉摸的人，他的历史、性格在其生前绝少人知道，他遗世脱俗、落落寡合。然而就是这样的一个人，却让朱自清觉得“他是一个好朋友，他是一个有真心的人”。朱自清带着绵绵的哀思、沉重的悲痛感怀这样的一个朋友过世。

盛暑中写《白采的诗》一文，刚满一页，便因病搁下。这时候薰宇来了一封信，说白采死了，死在香港到上海的船中。他只有一个人；他的遗物暂存在立达学园里。有文稿，旧体诗词稿，笔记稿，有朋友和女人的通信，还有四包女人的头发！我将薰宇的信念了好几遍，茫然若失了一会；觉得白采虽于生死无所容心，但这样的死在将到吴淞口了的船中，也未免太惨酷了些——这是我们后死者所难堪的。

白采是一个不可捉摸的人。他的历史，他的性格，现在虽从遗物中略知梗概，但在他生前，是绝少人知道的；他也绝口不向人说，你问他他只支吾而已。他赋性既这样遗世绝俗，自然是落落寡合了；但我们却能够看出他是一个好朋友，他是一个有真心的人。

“不打不成相识，”我是这样的知道了白采的。这是为学生李芳诗集的事。李芳将他的诗集交我删改，并嘱我作序。那时我在温州，他在上海。我因事忙，一搁就是半年；而李芳已因不知名的急病死在上海。我很懊悔我的需缓，赶紧抽了空给他工作。正在这时，平伯转来白采的信，短短的两行，

名师注解

① 白采：原名童汉章（1894 — 1926），字国华，江西高安人。他曾过着漂泊诗人的生活，组织过同学会，创办了图书馆，学过美术，当过教师，创作过白话小说。他 1924 年写成著名长诗《羸疾者的爱》，1926 年病逝。

催我设法将李芳的诗出版；又附了登在《觉悟》上的小说《作诗的儿子》，让我看看——里面颇有讥讽我的话。我当时觉得不应得这种讥讽，便写了一封近两千字的长信，详述事件首尾，向他辩解。信去了便等回信；但是杳无消息。等到我已不希望了，他才来了一张明信片；在我看来，只是几句半冷半热的话而已。我只能以“岂能尽如人意？但求无愧我心”自解，听之而已。

但平伯因转信的关系，却和他常通函札。平伯来信，屡屡说起他，说是一个有趣的人。有一回平伯到白马湖看我。我和他同往宁波的时候，他在火车中将白采的诗稿《羸疾者的爱》给我看。我在车身不住的动摇中，读了一遍。觉得大有意思。我于是承认平伯的话，他是一个有趣的人。我又和平伯说，他这篇诗似乎是受了尼采的影响。后来平伯来信，说已将此语函告白采，他颇以为然。我当时还和平伯说，关于这篇诗，我想写一篇评论；平伯大约也告诉了他。有一回他突然来信说起此事；他盼望早些见着我的文字，让他知道在我眼中的他的诗究竟是怎样的。我回信答应他，就要做的。以后我们常常通信，他常常提及此事。但现在是三年以后了，我才算将此文完篇；他却已经死了，看不见了！他暑假前最后给我的信还说起他的盼望。天啊！我怎样对得起这样一个朋友，我怎样挽回我的过错呢？

平伯和我都不曾见过白采，大家觉得是一件缺憾。有一回我到上海，和平伯到西门林荫路新正兴里五号去访他：这是按着他给我们的通信地址去的。但不幸得很，他已经搬到附近什么地方去了；我们只好嗒然而归。新正兴里五号是朋友延陵君住过的：有一次谈起白采，他说他姓童，在美术专门学校念书；他的夫人和延陵夫人是朋友，延陵夫妇曾借住他们所赁的一间亭子间。那是我看延陵时去过的，床和桌椅都是白漆的；是一间虽小而极洁净的房子，几乎使我忘记了是在上海的西门地方。现在他存着的摄影里，据我看，有好几张是在那间房里照的。又从他的遗札里，推想他那时还未离婚；他离开新正兴里五号，或是正为离婚的缘故，也未可知。这却使我们事后追想，多少感着些悲剧味了。但平伯终于未见着白采，我竟得和他见了一面。那是在立达学园我预备上火车去上海前的五分钟。这一天，学园的朋友说白采要搬来了；我从早上等了好久，还没有音信。正预备上车站，白采从门口进来了。他说着江西话，似乎很老成了，是饱经世变的样子。我因上海还有约会，只匆匆一谈，便握手作别。他后来有信给平伯说我“短小精悍”，却是一句有趣的话。这是我们最初的一面，但谁知也就是最后的一面呢！

去年年底，我在北京时，他要去集美作教；他听说我有南归之意，因不能等我一面，便寄了一张小影给我。这是他立在露台上远望的背影，他说是聊寄伫盼之意。我得此小影，反复把玩而不忍释，觉得他真是一个好朋友。这回来到立达学园，偶然翻阅《白采的小说》，《作诗的儿子》一篇中讥讽我的话，已经删改；而薰宇告我，我最初给他的那封长信，他还留在箱子里。这使我惭愧从前的猜想，我真是小器的人哪！但是他现在死了，我又能怎样呢？我只相信，如爱墨生的话，他在许多朋友的心里是不死的！

上海，江湾，立达学园

精华赏析

这是一篇回忆性的散文，作者与白采的交往并不频繁，甚至二人的交往以“打”开头，但就是这样可数的几次联系，让作者对白采产生了深刻的感情。所以在这篇文章中，作者把对这位故人的哀思与悼念熔铸进了对往事的回忆中，用白描的手法讲述了二人之间的交往经历，表达了作者对友情的珍视，对真诚之人的景仰。

延伸思考

体会一下作者与白采交往的曲折、偶然以及作者对白采的感情变化。

怀魏握青君

名师导读

魏握青君是朱自清的一位友人。在他去美国前，朱自清和几位朋友在雪香斋为他送行，由此朱自清开始追忆与魏握青的相识、相见的点点滴滴。朱自清通过朴素、自然的语言刻画了魏握青“玩世”这一性格特征，字里行间透出对魏握青的关切、喜爱及深切的怀念。

两年前差不多也是这些日子吧，我邀了几个熟朋友，在雪香斋给握青送行。雪香斋以绍酒著名。这几个人多半是浙江人，握青也是的，而又有一两个是酒徒，所以便拣了这地方。说到酒，莲花白太腻，白干太烈；一是北方的佳人，一是关西的大汉，都不宜于浅斟低酌。只有黄酒，如温旧书，如对故友，真是醰醰[1]有味。只可惜雪香斋的酒还上了色；若是“竹叶青”，那就更妙了。握青是到美国留学去，要住上三年；这么远的路，这么多的日子，大家确有些惜别，所以那晚酒都喝得不少。出门分手，握青又要我去中天看电影。我坐下直觉头晕。握青说电影如何如何，我只糊糊涂涂听着；几回想张眼看，却什么也看不出。终于支持不住，出其不意，哇地吐出来了。观众都吃一惊，附近的人全堵上了鼻子；这真有些惶恐。握青扶我回到旅馆，他也吐了。但我们心里都觉得这一晚很痛快。我想握青该还记得那种狼狈的光景吧？

我与握青相识，是在东南大学。那时正是暑假，中华教育改进社借那儿开会。我与方光焘君去旁听，偶然遇着握青；方君是他的同乡，一向认识，便给我们介绍了。那时我只知道他很活跃，会交际而已。匆匆一面，便未再见。三年前，我北来作教，恰好与他同事。我初到，许多事都不知怎样做好；他给了我许多帮助。我们同住在一个院子里，吃饭也在一处。因此常和他谈

名师注解

① 醰醰：酒味浓厚，醇美。醰，读 tán。

论。我渐渐知道他不只是很活动，会交际；他有他的真心，他有他的锐眼，他也有他的傻样子。许多朋友都以为他是个傻小子，大家都叫他老魏，连听差背地里也是这样叫他；这个太亲昵的称呼，只有他有。

但他决不如我们所想的那么“傻”，他是个玩世不恭的人——至少我在北京见着他是如此。那时他已一度受过人生的戒，从前所有多或少的严肃气分，暂时都隐藏起来了；剩下的只是那冷然的玩弄一切的态度。我们知道这种剑锋般的态度，若赤裸裸地露出，便是自己矛盾，所以总得用了什么法子盖藏着。他用的是一副傻子的面具。我有时要揭开他这副面具，他便说我是《语丝》派。但他知道我，并不比我知道他少。他能由我一个短语，知道全篇的故事。他对于别人，也能知道；但只默喻着，不大肯说出。他的玩世，在有些事情上，也许太随便些。但以或种意义说，他要复仇；人总是人，又有什么办法呢？至少我是原谅他的。

以上其实也只说得他的一面；他有时也能为人尽心竭力。他曾为我决定一件极为难的事。我们沿着墙根，走了不知多少趟；他源源本本，条分缕析地将形势剖解给我听。你想，这岂是傻子所能做的？幸亏有这一面，他还能高高兴兴过日子；不然，没有笑，没有泪，只有冷脸，只有“鬼脸”，岂不郁郁地闷煞人！

我最不能忘的，是他动身前不多时的一个月夜。电灯灭后，月光照了满院，柏树森森地竦立着。屋内人都睡了；我们站在月光里，柏树旁，看着自己的影子。他轻轻地诉说他生平冒险的故事。说一会，静默一会。这是一个幽奇的境界。他叙述时，脸上隐约浮着微笑，就是他心地平静时常浮在他脸上的微笑；一面偏着头，老像发问似的。这种月光，这种院子，这种柏树，这种谈话，都很可珍贵；就由握青自己再来一次，怕也不一样的。

他走之前，很愿我做些文字送他；但又用玩世的态度说，“怕不肯吧？我晓得，你不肯的。”我说，“一定做，而且一定写成一幅横披——只是字不行些。”但是我惭愧我的懒，那“一定”早已几乎变成“不肯”了！而且他来了两封信，我竟未复只字。这叫我怎样说好呢？我实在有种坏脾气，觉得路太遥远，竟有些渺茫一般，什么便都因循下来了。好在他的成绩很好，我是知道的；只此就很够了。别的，反正他明年就回来，我们再好好地谈几次，这是要紧的。——我想，握青也许不那么玩世了吧。

一九二八年五月二十五日夜

延伸思考

仔细阅读全文，文中共几次提到了魏握青的“玩世”？你怎样理解这种“玩世”的心态？

儿　女【精读】

名师导读

父母应该如何抚养、教育儿女？在孩子成长的过程中，父母应该扮演什么样的角色？朱自清没有用枯燥的教条对读者进行说教，而是通过平淡的语言、真实有趣的生活讲述了自己在对待儿女问题上的心理变化历程——从年轻时的悚然到成年时的渐趋成熟。

名师点评　普普通通的一句话，构成了全文的基础，一切矛盾由此衍生。

我现在已是五个儿女的父亲了。想起圣陶喜欢用的“蜗牛背了壳”的比喻，便觉得不自在。新近一位亲戚嘲笑我说，“要剥层皮呢！”更有些悚然了。十年前刚结婚的时候，在胡适之先生的《藏晖室札记》里，见过一条，说世界上有许多伟大的人物是不结婚的；文中并引培根的话，“有妻子者，其命定矣。”当时确吃了一惊，仿佛梦醒一般；但是家里已是不由分说给娶了媳妇，又有甚么可说？现在是一个媳妇，跟着来了五个孩子；两个肩头上，加上这么重一副担子，真不知怎样走才好。“命定”是不用说了；从孩子们那一面说，他们该怎样长大，也正是可以忧虑的事。我是个彻头彻尾自私的人，做丈夫已是勉强，做父亲更是不成。自然，“子孙崇拜”，“儿童本位”的哲理或伦理，我也有些知道；既做着父亲，闭了眼抹杀孩子们的权利，知道是不行的。可惜这只是理论，实际上我是仍旧按照古老的传统，在野蛮地对付着，和普通的父亲一样。近来差不多是中年的人了，才渐渐觉得自己的残酷；想着孩子们受过的体罚和叱责，始终不能辩解——像抚摩着旧创痕那样，我的心酸溜溜的。有一回，读了有岛武郎《与幼小者》的译文，对了那种伟大的，沉挚的态度，我竟流下泪来了。去年父亲来信，问起阿九[1]，那时阿九还在白马湖呢；信上说，“我没有耽误你，你也不要耽误他才好。”我为这句话哭了一场；我为什么不像父亲的仁慈？我不该忘记，父亲怎样待我们来着！人性许真是二元的，我是这样地矛盾；我的心像钟摆似的来去。

名师点评：一个人感情丰富与否，与所处的时代并无关系。但以时代论及人物，似乎是我们通常的做法。

你读过鲁迅先生的《幸福的家庭》么？我的便是那一类的“幸福的家庭”！每天午饭和晚饭，就如两次潮水一般。先是孩子们你来他去地在厨房与饭间里查看，一面催我或妻发“开饭”的命令。急促繁碎的脚步，夹着笑和嚷，一阵阵袭来，直到命令发出为止。他们一递一个地跑着喊着，将命令传给厨房里用人；便立刻抢着回来搬凳子。于是这个说，“我坐这儿！”那个说，“大哥不让我！”大哥却说，“小妹打我！”我给他们调解，说好话。但是他们有时候很固执，我有时候也不耐烦，这便用着叱责了；叱责还不行，不由自主地，我的沉重的手掌便到他们身上了。于是哭的哭，坐的坐，局面才算定了。接着可又你要大碗，他要小碗，你说红筷子好，他说黑筷子好；这个要干饭，那个要稀饭，要茶要汤，要鱼要肉，要豆腐，要萝卜；你说他菜多，他说你菜好。妻是照例安慰着他们，但这显然是太迂缓了。我是个暴躁的人，怎么等得及？不用说，用老法子将他们立刻征服了；虽然有哭的，不久也就抹着泪捧起碗了。吃完了，纷纷爬下凳子，桌上是饭粒呀，汤汁呀，骨头呀，渣滓呀，加上纵横的筷子，欹斜的匙子，就如一块花花绿绿的地图模型。吃饭而外，他们的大事便是游戏，游戏时，大的有大主意，小的有小主意，各自坚持不下，于是争执起来；或者大的欺负了小的，或者小的竟欺负了大的，被欺负的哭着嚷着，到我或妻的面前诉苦；我大抵仍旧要用老法子来判断的，但不理的时候也有。最为难的，是争夺玩具的时候：这一个的与那一个的是同样的东西，却偏要那一个的；而那一个便偏不答应。在这种情形之下，不论如何，终于是非哭了不可的。这些事件自然不至于天天全有，但大致总有好些起。

名师注解

① 阿九：即《给亡妇》中的迈儿。朱迈先，1918年9月生，朱自清长子，行大。

我若坐在家里看书或写什么东西，管保一点钟里要分几回心，或站起来一两次的。若是雨天或礼拜日，孩子们在家的多，那么，摊开书竟看不下一行，提起笔也写不出一个字的事，也有过的。我常和妻说，“我们家真是成日的千军万马呀！”有时是不但“成日”，连夜里也有兵马在进行着，在有吃乳或生病的孩子的时候！

名师点评

对全段的概括。“千军万马”道出子女成群、为人父母的苦、乐与无奈。

我结婚那一年，才十九岁。二十一岁，有了阿九；二十三岁，又有了阿菜[①]。那时我正像一匹野马，那能容忍这些累赘的鞍鞯，辔头，和缰绳？摆脱也知是不行的，但不自觉地时时在摆脱着。现在回想起来，那些日子，真苦了这两个孩子；真是难以宽宥的种种暴行呢！阿九才两岁半的样子，我们住在杭州的学校里。不知怎地，这孩子特别爱哭，又特别怕生人。一不见了母亲，或来了客，就哇哇地哭起来了。学校里住着许多人，我不能让他扰着他们，而客人也总是常有的；我懊恼极了，有一回，特地骗出了妻，关了门，将他按在地下打了一顿。这件事，妻到现在说起来，还觉得有些不忍；她说我的手太辣了，到底还是两岁半的孩子！我近年常想着那时的光景，也觉黯然。阿菜在台州，那是更小了；才过了周岁，还不大会走路。也是为了缠着母亲的缘故吧，我将她紧紧地按在墙角里，直哭喊了三四分钟；因此生了好几天病。妻说，那时真寒心呢！但我的苦痛也是真的。我曾给圣陶写信，说孩子们的磨折，实在无法奈何；有时竟觉着还是自杀的好。这虽是气愤的话，但这样的心情，确也有过的。后来孩子是多起来了，磨折也磨折得久了，少年的锋棱渐渐地钝起来了；加以增长的年岁增长了理性的裁制力，我能够忍耐了——觉得从前真是一个“不成材的父亲”，如我给另一个朋友信里所说。但我的孩子们在幼小时，确比别人的特别不安静，我至今还觉如此。我想这大约还是由于我们抚育不得法；从前只一味地责备孩子，让他们代我们负起责任，却未免是可耻的残酷了！

名师点评

年轻父母的感受。

正面意义的“幸福”，其实也未尝没有。正如谁所说，小的总是可爱，孩子们的小模样，小心眼儿，确有些教人舍不得的。阿

名师注解

① 阿菜：即《给亡妇》中的采芷。朱采芷，1920年5月生，朱自清长女，行二。

毛[1]现在五个月了，你用手指去拨弄她的下巴，或向她做趣脸，她便会张开没牙的嘴格格地笑，笑得像一朵正开的花。她不愿在屋里待着；待久了，便大声儿嚷。妻常说，“姑娘又要出去溜达了。”她说她像鸟儿般，每天总得到外面溜一些时候。闰儿[2]上个月刚过了三岁，笨得很，话还没有学好呢。他只能说三四个字的短语或句子，文法错误，发音模糊，又得费气力说出；我们老是要笑他的。他说“好”字，总变成“小”字；问他“好不好？”他便说“小”，或“不小”。我们常常逗着他说这个字玩儿；他似乎有些觉得，近来偶然也能说出正确的“好”字了——特别在我们故意说成“小”字的时候。他有一只搪磁碗，是一毛来钱买的；买来时，老妈子教给他，“这是一毛钱。”他便记住“一毛”两个字，管那只碗叫“一毛”，有时竟省称为“毛”。这在新来的老妈子，是必需翻译了才懂的。他不好意思，或见着生客时，便咧着嘴痴笑；我们常用了土话，叫他做“呆瓜”。他是个小胖子，短短的腿，走起路来，蹒跚可笑；若快走或跑，便更“好看”了。他有时学我，将两手叠在背后，一摇一摆的；那是他自己和我们都要乐的。他的大姊便是阿菜，已是七岁多了，在小学校里念着书。在饭桌上，一定得啰啰唆唆地报告些同学或他们父母的事情；气喘喘地说着，不管你爱听不爱听。说完了总问我：“爸爸认识么？”“爸爸知道么？”妻常禁止她吃饭时说话，所以她总是问我。她的问题真多：看电影便问电影里的是不是人？是不是真人？怎么不说话？看照相也是一样。不知谁告诉她，兵是要打人的。她回来便问，兵是人么？为什么打人？近来大约听了先生的话，回来又问张作霖的兵是帮谁的？蒋介石的兵是不是帮我们的？诸如此类的问题，每天短不了，常常闹得我不知怎样答才行。她和闰儿在一处玩儿，一大一小，不很合式，老是吵着哭着。但合式的时候也有：譬如这个往床底下躲，那个便钻进去追着；这个钻出来，那个也跟着——从这个床到那个床，只听见笑着，嚷着，喘着，真如妻所说，像小狗似的。现在在京的，便只有这三个孩子；阿九和转儿[3]是

名师注解

① 阿毛：即《给亡妇》中的五儿。朱效武，朱自清三女，行五。

② 闰儿：即《给亡妇》《荷塘月色》中的闰儿。朱闰生，1925 年 5 月生，朱自清次子，行四。

③ 转儿：即《给亡妇》中的转子。朱逖先，1923 年 11 月生，1944 年 8 月去世，朱自清次女，行三。

去年北来时[1]，让母亲暂时带回扬州去了。

阿九是欢喜书的孩子。他爱看《水浒》，《西游记》，《三侠五义》，《小朋友》等；没有事便捧着书坐着或躺着看。只不欢喜《红楼梦》，说是没有味儿。是的，《红楼梦》的味儿，一个十岁的孩子，那里能领略呢？去年我们事实上只能带两个孩子来；因为他大些，而转儿是一直跟着祖母的，便在上海将他俩丢下。我清清楚楚记得那分别的一个早上。我领着阿九从二洋泾桥的旅馆出来，送他到母亲和转儿住着的亲戚家去。妻嘱咐说，"买点吃的给他们吧。"我们走过四马路，到一家茶食铺里。阿九说要熏鱼，我给买了；又买了饼干，是给转儿的。便乘电车到海宁路。下车时，看着他的害怕与累赘，很觉恻然。到亲戚家，因为就要回旅馆收拾上船，只说了一两句话便出来；转儿望望我，没说什么，阿九是和祖母说什么去了。我回头看了他们一眼，硬着头皮走了。后来妻告诉我，阿九背地里向她说："我知道爸爸欢喜小妹，不带我上北京去。"其实这是冤枉的。他又曾和我们说，"暑假时一定来接我啊！"我们当时答应着；但现在已是第二个暑假了，他们还在迢迢的扬州待着。他们是恨着我们呢？还是惦着我们呢？妻是一年来老放不下这两个，常常独自暗中流泪；但我有什么法子呢！想到"只为家贫成聚散"一句无名的诗，不禁有些凄然。转儿与我较生疏些。但去年离开白马湖时，她也曾用了生硬的扬州话（那时她还没有到过扬州呢），和那特别尖的小嗓子向着我："我要到北京去。"她晓得什么北京，只跟着大孩子们说罢了；但当时听着，现在想着的我，却真是抱歉呢。这兄妹俩离开我，原是常事，离开母亲，虽也有过一回，这回可是太长了；小小的心儿，知道是怎样忍耐那寂寞来着！

名师点评

因家境贫困，父母与儿女被迫分离，言语间透露出作者对这两个孩子的歉疚之情。

我的朋友大概都是爱孩子的。少谷有一回写信责备我，说儿女的吵闹，也是很有趣的，何至可厌到如我所说；他说他真不解。子

名师注解

① 去年北来时：1927 年 1 月，朱自清从北京回浙江绍兴白马湖搬家，偕家眷从白马湖到上海。他把阿九和转儿托给母亲带回扬州，朱自清夫妇带阿菜、闰儿北上回清华。

名师点评

友人教育儿女的不同观点和态度，激发了“我”对子女的责任感，这促使“我”开始积极寻找教育儿女的方法。

恺为他家华瞻写的文章，真是“蔼然仁者之言”。圣陶也常常为孩子操心：小学毕业了，到什么中学好呢？——这样的话，他和我说过两三回了。我对他们只有惭愧！可是近来我也渐渐觉着自己的责任。我想，第一该将孩子们团聚起来，其次便该给他们些力量。我亲眼见过一个爱儿女的人，因为不曾好好地教育他们，便将他们荒废了。他并不是溺爱，只是没有耐心去料理他们，他们便不能成材了。我想我若照现在这样下去，孩子们也便危险了。我得计划着，让他们渐渐知道怎样去做人才行。但是要不要他们像我自己呢？这一层，我在白马湖教初中学生时，也曾从师生的立场上问过丏尊，他毫不踌躇地说，“自然啰。”近来与平伯谈起教子，他却答得妙，“总不希望比自己坏啰。”是的，只要不“比自己坏”就行，“像”不“像”倒是不在乎的。职业，人生观等，还是由他们自己去定的好；自己顶可贵，只要指导，帮助他们去发展自己，便是极贤明的办法。

予同[①]说，“我们得让子女在大学毕了业，才算尽了责任。”SK说，“不然，要看我们的经济，他们的材质与志愿；若是中学毕了业，不能或不愿升学，便去做别的事，譬如做工人吧，那也并非不行的。”自然，人的好坏与成败，也不尽靠学校教育；说是非大学毕业不可，也许只是我们的偏见。在这件事上，我现在毫不能有一定的主意；特别是这个变动不居的时代，知道将来怎样？好在孩子们还小，将来的事且等将来吧。目前所能做的，只是培养他们基本的力量——胸襟与眼光；孩子们还是孩子们，自然说不上高的远的，慢慢从近处小处下手便了。这自然也只能先按照我自己的样子：“神而明之，存乎其人，”光辉也罢，倒楣也罢，平凡也罢，让他们各尽各的力去。我只希望如我所想的，从此好好地做一回父亲，便自称心满意。——想到那“狂人”“救救孩子”的呼声，我怎敢不悚然自勉呢？

一九二八年六月二十四日晚写毕，北京清华园

名师注解

① 予同：即周予同（1898 — 1981），浙江瑞安人，经史学家。

精华赏析

朱自清没有将描绘的重点放在儿女的身上，而是着重谈了自己为人父的感受以及因未能做一个和蔼父亲而产生的自责之情。读完《儿女》全篇，我们会发现“恻然”“惭愧”的情绪弥漫其中，全文有一种挥之不去的淡淡的哀愁和掺杂着的隐隐的无奈。这种情绪主要是由社会的动荡、生活的艰辛造成的。

延伸思考

找出朱自清对家庭场景的描写，细细品味其中蕴藏的情感。

我所见的叶圣陶①

名师导读

叶圣陶朴实沉稳而平易近人，少言寡语而学识渊博。作为学者、作家、教育家的叶圣陶，其为人、作品影响过一代甚至几代人，其品行堪称国人的典范。朱自清在这篇散文里记叙了自己与叶圣陶初次相识及日后交往过程中的所见所闻。从一件一件小事中，我们看到了一个有着强烈政治意识、文思敏捷、天真和易的叶圣陶。

我第一次与圣陶见面是在民国十年的秋天。那时刘延陵兄介绍我到吴淞炮台湾中国公学教书。到了那边，他就和我说："叶圣陶也在这儿。"我们都念过圣陶的小说，所以他这样告我。我好奇地问道："怎样一个人？"出乎我的意外，他回答我："一位老先生哩。"但是延陵和我去访问圣陶的时候，我觉得他的年纪并不老，只那朴实的服色和沉默的风度与我们平日所想象的苏州少年文人叶圣陶不甚符合罢了。

记得见面的那一天是一个阴天。我见了生人照例说不出话；圣陶似乎也如此。我们只谈了几句关于作品的泛泛的意见，便告辞了。延陵告诉我每星期六圣陶总回甪直②去；他很爱他的家。他在校时常邀延陵出去散步；我因与他不熟，只独自坐在屋里。不久，中国公学忽然起了风潮。我向延陵说起一个强硬的办法；——实在是一个笨而无聊的办法！——我说只怕叶圣陶未

名师注解

① 叶圣陶（1894 — 1988）：江苏苏州人，著名作家、教育家、出版家和社会活动家。1921 年参与发起成立"文学研究会"，新中国成立后曾担任中央人民政府出版总署副署长、人民教育出版社社长、教育部副部长等。代表作品有短篇小说《多收了三五斗》，长篇小说《倪焕之》，童话《稻草人》和《古代英雄的石像》等。

② 甪直：地名，在江苏。甪，读 lù。

必赞成。但是出乎我的意外，他居然赞成了！后来细想他许是有意优容我们吧；这真是老大哥的态度呢。我们的办法天然是失败了，风潮延宕下去；于是大家都住到上海来。我和圣陶差不多天天见面；同时又认识了西谛，予同诸兄①。这样经过了一个月；这一个月实在是我的很好的日子。

我看出圣陶始终是个寡言的人。大家聚谈的时候，他总是坐在那里听着。他却并不是喜欢孤独，他似乎老是那么有味地听着。至于与人独对的时候，自然多少要说些话；但辩论是不来的。他觉得辩论要开始了，往往微笑着说："这个弄不大清楚了。"这样就过去了。他又是个极和易的人，轻易看不见他的怒色。他辛辛苦苦保存着的《晨报》副张，上面有他自己的文字的，特地从家里捎来给我看；让我随便放在一个书架上，给散失了。当他和我同时发见这件事时，他只略露惋惜的颜色，随即说："由他去末哉，由他去末哉！"我是至今惭愧着，因为我知道他作文是不留稿的。他的和易出于天性，并非阅历世故，矫揉造作而成。他对于世间妥协的精神是极厌恨的。在这一月中，我看见他发过一次怒；——始终我只看见他发过这一次怒——那便是对于风潮的妥协论者的蔑视。

风潮结束了，我到杭州教书。那边学校当局要我约圣陶去。圣陶来信说："我们要痛痛快快游西湖，不管这是冬天。"他来了，教我上车站去接。我知道他到了车站这一类地方，是会觉得寂寞的。他的家实在太好了，他的衣着，一向都是家里管。我常想，他好像一个小孩子；像小孩子的天真，也像小孩子的离不开家里人。必须离开家里人时，他也得找些熟朋友伴着；孤独在他简直是有些可怕的。所以他到校时，本来是独住一屋的，却愿意将那间屋做我们两人的卧室，而将我那间做书室。这样可以常常相伴；我自然也乐意。我们不时到西湖边去；有时下湖，有时只喝喝酒。在校时各据一桌，我只预备功课，他却老是写小说和童话。初到时，学校当局来看过他。第二天，我问他，"要不要去看看他们？"他皱眉道："一定要去么？等一天吧。"后来始终没有去。他是最反对形式主义的。

那时他小说的材料，是旧日的储积；童话的材料有时却是片刻的感兴。

名师注解

① 西谛予同诸兄：西谛即郑振铎（1898 — 1958），浙江温州人，作家、学者、翻译家。予同即周予同。关于周予同，参见《儿女》中的介绍。

如《稻草人》中《大喉咙》一篇便是。那天早上，我们都醒在床上，听见工厂的汽笛；他便说："今天又有一篇了，我已经想好了，来的真快呵。"那篇的艺术很巧，谁想他只是片刻的构思呢！他写文字时，往往拈笔伸纸，便手不停挥地写下去；开始及中间，停笔踌躇时绝少。他的稿子极清楚，每页至多只有三五个涂改的字。他说他从来是这样的。每篇写毕，我自然先睹为快；他往往称述结尾的适宜，他说对于结尾是有些把握的。看完，他立即封寄《小说月报》；照例用平信寄。我总劝他挂号；但他说："我老是这样的。"他在杭州不过两个月，写的真不少，教人羡慕不已。《火灾》里从《饭》起到《风潮》这七篇，还有《稻草人》中一部分，都是那时我亲眼看他写的。

在杭州待了两个月，放寒假前，他便匆匆地回去了；他实在离不开家，临去时让我告诉学校当局，无论如何不回来了。但他却到北平住了半年，也是朋友拉去的。我前些日子偶翻十一年的《晨报副刊》，看见他那时途中思家的小诗，重念了两遍，觉得怪有意思。北平回去不久，便入了商务印书馆编译部，家也搬到上海。从此在上海待下去，直到现在——中间又被朋友拉到福州一次，有一篇《将离》抒写那回的别恨，是缠绵悱恻的文字。这些日子，我在浙江乱跑，有时到上海小住，他常请了假和我各处玩儿或喝酒。有一回，我便住在他家，但我到上海，总爱出门，因此他老说没有能畅谈；他写信给我，老说这回来要畅谈几天才行。

十六年一月，我接眷北来，路过上海，许多熟朋友和我饯行，圣陶也在。那晚我们痛快地喝酒，发议论；他是照例地默着。酒喝完了，又去乱走，他也跟着。到了一处，朋友们和他开了个小玩笑；他脸上略露窘意，但仍微笑地默着。圣陶不是个浪漫的人；在一种意义上，他正是延陵所说的"老先生"。但他能了解别人，能谅解别人，他自已也能"作达"，所以仍然——也许格外——是可亲的。那晚快夜半了，走过爱多亚路，他向我诵周美成的词，"酒已都醒，如何消夜永！"我没有说什么；那时的心情，大约也不能说什么的。我们到一品香又消磨了半夜。这一回特别对不起圣陶；他是不能少睡觉的人。他家虽住在上海，而起居还依着乡居的日子；早七点起，晚九点睡。有一回我九点十分去，他家已熄了灯，关好门了。这种自然的，有秩序的生活是对的。那晚上伯祥说："圣兄明天要不舒服了。"想起来真是不知要怎样感谢才好。

第二天我便上船走了，一眨眼三年半，没有上南方去。信也很少，却全是我的懒。我只能从圣陶的小说里看出他心境的迁变；这个我要留在另一文中说。圣陶这几年里似乎到十字街头走过一趟，但现在怎么样呢？我却不甚了然。他从前晚饭时总喝点酒，“以半醺为度”；近来不大能喝酒了，却学了吹笛——前些日子说已会一出《八阳》，现在该又会了别的了吧。他本来喜欢看看电影，现在又喜欢听听昆曲了。但这些都不是“厌世”，如或人所说的；圣陶是不会厌世的，我知道。又，他虽会喝酒，加上吹笛，却不曾抽什么“上等的纸烟”，也不曾住过什么“小小别墅”，如或人所想的，这个我也知道。

一九三〇年七月，北平清华园

延伸思考

在第一段中，刘延陵为什么称叶圣陶为“老先生”？

给亡妇【精读】

名师导读

《给亡妇》写于1932年10月，距朱自清的妻子逝世已三个年头，这是一篇书信体的悼念亡妻的散文。作者用情意绵绵的细语诉说亡妻生前之事，将悔意、柔情、哀思倾注在那些具体描述之中。全文构思巧妙，语言明净，如话家常，读来倍感真实，所蕴深情令人凄然。

名师点评

开篇一个"谦"字，将作者对亡妻的思念突显了出来。

名师点评

反弹琵琶，不直接写"我"对亡妻的思念。

名师点评

统领全文。

谦，日子真快，一眨眼你已经死了三个年头了。这三年里世事不知变化了多少回，但你未必注意这些个，我知道。你第一惦记的是你几个孩子，第二便轮着我。孩子和我平分你的世界，你在日如此；你死后若还有知，想来还如此的。告诉你，我夏天回家来着：迈儿长得结实极了，比我高一个头。闰儿父亲说是最乖，可是没有先前胖了。采芷和转子都好。五儿全家夸她长得好看；却在腿上生了湿疮，整天坐在竹床上不能下来，看了怪可怜的。六儿[1]，我怎么说好，你明白，你临终时也和母亲谈过，这孩子是只可以养着玩儿的，他左挨右挨，去年春天，到底没有挨过去。这孩子生了几个月，你的肺病就重起来了。我劝你少亲近他，只监督着老妈子照管就行。你总是忍不住，一会儿提，一会儿抱的。可是你病中为他操的那一份儿心也够瞧的。那一个夏天他病的时候多，你成天儿忙着，汤呀，药呀，冷呀，暖呀，连觉也没有好好儿睡过。那里有一分一毫想着

名师注解

① 六儿：朱自清三子，行六，1928年12月生，1931年7月去世。

你自己。瞧着他硬朗点儿你就乐，干枯的笑容在黄蜡般的脸上，我只有暗中叹气而已。

从来想不到做母亲的要像你这样。从迈儿起，你总是自己喂乳，一连四个都这样。你起初不知道按钟点儿喂，后来知道了，却又弄不惯；孩子们每夜里几次将你哭醒了，特别是闷热的夏季。我瞧你的觉老没睡足。白天里还得做菜，照料孩子，很少得空儿。你的身子本来坏，四个孩子就累你七八年。到了第五个，你自己实在不成了，又没乳，只好自己喂奶粉，另雇老妈子专管她。但孩子跟老妈子睡，你就没有放过心；夜里一听见哭，就竖起耳朵听，工夫一大就得过去看。十六年初，和你到北京来，将迈儿，转子留在家里；三年多还不能去接他们，可真把你惦记苦了。①你并不常提，我却明白。你后来说你的病就是惦记出来的；那个自然也有份儿，不过大半还是养育孩子累的。你的短短的十二年结婚生活，有十一年耗费在孩子们身上；而你一点不厌倦，有多少力量用多少，一直到自己毁灭为止。你对孩子一般儿爱，不问男的女的，大的小的。也不想到什么“养儿防老，积谷防饥”，只拼命的爱去。你对于教育老实说有些外行，孩子们只要吃得好玩得好就成了。这也难怪你，你自己便是这样长大的。况且孩子们原都还小，吃和玩本来也要紧的。你病重的时候最放不下的还是孩子。病的只剩皮包着骨头了，总不信自己不会好；老说：“我死了，这一大群孩子可苦了。”后来说送你回家，你想着可以看见迈儿和转子，也愿意；你万不想到会一去不返的。我送车的时候，你忍不住哭了，说“还不知能不能再见？”可怜，你的心我知道，你满想着好好儿带着六个孩子回来见我的。谦，你那时一定这样想，一定的。

除了孩子，你心里只有我。不错，那时你父亲还在；可是你母亲死了，他另有个女人，你老早就觉得隔了一层似的。出嫁后第一年你虽还一心一意依恋着他老人家，到第二年上我和孩子可就将你的心

名师点评

“干枯的笑容”与“黄蜡般的脸”形成一种视觉上的冲击，从而突出母爱的伟大。“暗中”二字写出“我”的无语、无奈。

名师点评

这一大段追忆了亡妻对六个孩子无私的爱与奉献，为了孩子，她甘愿将自己的生命燃尽。本段可以对照朱自清的《儿女》一文阅读。苦乐自现。

名师点评

并列写出现在的决然已知和当时的不详未知，令人感叹。

名师点评

过渡句。

名师注解

①“十六年初……”一句：朱自清在《儿女》中说“现在在京的，便只有这三个孩子；阿九和转儿是去年北来时，让母亲暂时带回扬州去了”。从《儿女》中五个儿女带给家庭的快乐与烦恼，可以看出“我”的亡妇生养儿女的不易。

占住，你再没有多少工夫惦记他了。你还记得第一年我在北京，你在家里。家里来信说你待不住，常回娘家去。我动气了，马上写信责备你。你教人写了一封复信，说家里有事，不能不回去。这是你第一次也可以说第末次的抗议，我从此就没给你写信。暑假时带了一肚子主意回去，但见了面，看你一脸笑，也就拉倒了。打这时候起，你渐渐从你父亲的怀里跑到我这儿。你换了金镯子帮助我的学费，叫我以后还你；但直到你死，我没有还你。你在我家受了许多气，又因为我家的缘故受你家里的气，你都忍着。这全为的是我，我知道。那回我从家乡一个中学半途辞职出走。家里人讽你也走。哪里走！只得硬着头皮往你家去。那时你家像个冰窖子，你们在窖里足足住了三个月。好容易我才将你们领出来了，一同上外省去。小家庭这样组织起来了。你虽不是什么阔小姐，可也是自小娇生惯养的，做起主妇来，什么都得干一两手；你居然做下去了，而且高高兴兴地做下去了。菜照例满是你做，可是吃的都是我们；你至多夹上两三筷子就算了。你的菜做得不坏，有一位老在行大大地夸奖过你。你洗衣服也不错，夏天我的绸大褂大概总是你亲自动手。你在家老不乐意闲着；坐前几个“月子”，老是四五天就起床，说是躺着家里事没条没理的。其实你起来也还不是没条理；咱们家那么多孩子，那儿来条理？在浙江住的时候，逃过两回兵难，我都在北平。真亏你领着母亲和一群孩子东藏西躲的；末一回还要走多少里路，翻一道大岭。这两回差不多只靠你一个人。你不但带了母亲和孩子们，还带了我一箱箱的书；你知道我是最爱书的。在短短的十二年里，你操的心比人家一辈子还多；谦，你那样身子怎么经得住！你将我的责任一股脑儿担负了去，压死了你；我如何对得起你！

名师点评

点睛增色的一笔，写明妻子所受的“夹板气”。

名师点评

《儿女》中的怨气，在此长吐了一口。

名师点评

书是读书人的命根子。借书写出了读书人对于需要借助他人写复信的亡妻的愧疚。

你为我的劳什子书也费了不少神；第一回让你父亲的男佣人从家乡捎到上海去。他说了几句闲话，你气得在你父亲面前哭了。第二回是带着逃难，别人都说你傻子。你有你的想头：“没有书怎么教书？况且他又爱这个玩意儿。”其实你没有晓得，那些书丢了也并不可惜；不过教你怎么晓得，我平常从来没和你谈过这些个！总而言之，你的心是可感谢的。这十二年里你为我吃的苦真不少，可是没有过几天好日子。我们在一起住，算来也还不到五个年头。无

名师点评

亡妻温顺贤淑，给予“我”非常多的理解与支持，而“我”却还对她发脾气，这种对比描写表达了“我”深深的感激、歉疚、追悔、哀悼之情。

论日子怎么坏，无论是离是合，你从来没对我发过脾气，连一句怨言也没有。——别说怨我，就是怨命也没有过。老实说，我的脾气可不大好，迁怒的事儿有的是。那些时候你往往抽噎着流眼泪，从不回嘴，也不号啕。不过我也只信得过你一个人，有些话我只和你一个人说，因为世界上只你一个人真关心我，真同情我。你不但为我吃苦，更为我分苦；我之有我现在的精神，大半是你给我培养着的。这些年来我很少生病。但我最不耐烦生病，生了病就呻吟不绝，闹那伺候病的人。你是领教过一回的，那回只一两点钟，可是也够麻烦了。你常生病，却总不开口，挣扎着起来；一来怕搅我，二来怕没人做你那份儿事。我有一个坏脾气，怕听人生病，也是真的。后来你天天发烧，自己还以为南方带来的疟疾，一直瞒着我。明明躺着，听见我的脚步，一骨碌就坐起来。我渐渐有些奇怪，让大夫一瞧，这可糟了，你的一个肺已烂了一个大窟窿了！大夫劝你到西山去静养，你丢不下孩子，又舍不得钱；劝你在家里躺着，你也丢不下那份儿家务。越看越不行了，这才送你回去。明知凶多吉少，想不到只一个月工夫你就完了！本来盼望还见得着你，这一来可拉倒了。你也何尝想到这个？父亲告诉我，你回家独住着一所小住宅，还嫌没有客厅，怕我回去不便哪。

名师点评

“天天发烧”“明明躺着”“一骨碌”等词形象地将妻子抱病在床却又担心作者坏脾气的情状传神地刻画了出来。

前年夏天回家，上你坟上去了。你睡在祖父母的下首，想来还不孤单的。只是当年祖父母的坟太小了，你正睡在圹[①]底下。这叫做“抗圹”，在生人看来是不安心的；等着想办法吧。那时圹上圹下密密地长着青草，朝露浸湿了我的布鞋。你刚埋了半年多，只有圹下多出一块土，别的全然看不出新坟的样子。我和隐[②]今夏回去，本想到你的坟上来；因为她病了，没来成。我们想告诉你，五个孩子都好，我们一定尽心教养他们，让他们对得起死了的母亲——你！谦，好好儿放心安睡罢，你。

名师点评

与文章开头及二、三自然段末尾句形成呼应，给人以回环往复、低回婉转之感。

一九三二年十月十一日作

名师注解

① 圹：墓穴。圹，读 kuàng。

② 隐：朱自清新妻陈竹隐。

精华赏析

《给亡妇》是一篇用白话文写成的悼亡抒情散文，结构上采用一线串珠，将众多生活细节串联了起来，将叙事与抒情结合了起来。当然，这些事件并非随意选择的，而是作者从繁多的生活细节中精心选取的典型事件，它们充分表现了亡妻对孩子、对“我”无私的爱与奉献。

在人称的选择上，作者特意使用第二人称，与亡妻形成呼告，这是与一般悼亡文章所不同的地方，它为全文营造了一种哀婉低回的抒情基调，从实际上拉近了与读者的距离，在层层铺陈中令读者体会阵阵袭来的哀愁，引起读者心灵深处的情感共鸣。

延伸思考

这篇抒情散文的语言具有什么样的特点？试举例说明。

择偶记

名师导读

1934年，36岁的朱自清在《择偶记》中回忆他十几岁时所经历的四段择偶经历。自然朴素的描写、风趣生动的语言，再现了当时的情形。经历过新文化运动洗礼之后，有两段婚姻的朱自清面对懵懂的包办婚姻和两年前亡故的发妻，又持有什么样的态度呢？

自己是长子长孙，所以不到十一岁就说起媳妇来了。那时对于媳妇这件事简直茫然，不知怎么一来，就已经说上了。是曾祖母娘家人，在江苏北部一个小县份的乡下住着。家里人都在那里住过很久，大概也带着我；只是太笨了，记忆里没有留下一点影子。祖母常常躺在烟榻上讲那边的事，提着这个那个乡下人的名字。起初一切都像只在那白腾腾的烟气里。日子久了，不知不觉熟悉起来了，亲昵起来了。除了住的地方，当时觉得那叫做“花园庄”的乡下实在是最有趣的地方了。因此听说媳妇就定在那里，倒也仿佛理所当然，毫无意见。每年那边田上有人来，蓝布短打扮，衔着旱烟管，带好些大麦粉，白薯干儿之类。他们偶然也和家里人提到那位小姐，大概比我大四岁，个儿高，小脚；但是那时我热心的其实还是那些大麦粉和白薯干儿。

记得是十二岁上，那边捎信来，说小姐痨病死了。家里并没有人叹惜；大约他们看见她时她还小，年代一多，也就想不清是怎样一个人了。父亲其时在外省做官，母亲颇为我亲事着急，便托了常来做衣服的裁缝做媒。为的是裁缝走的人家多，而且可以看见太太小姐。主意并没有错，裁缝来说一家人家，有钱，两位小姐，一位是姨太太生的；他给说的是正太太生的大小姐。他说那边要相亲。母亲答应了，定下日子，由裁缝带我上茶馆。记得那是冬天，到日子母亲让我穿上枣红宁绸袍子，黑宁绸马褂，戴上红帽结儿的黑缎瓜皮小帽，又叮嘱自己留心些。茶馆里遇见那位相亲的先生，方面大耳，同我现在年纪差不多，布袍布马褂，像是给谁穿着孝。这个人倒是慈祥的样子，不住地打量我，也问了些念什么书一类的话。回来裁缝说人家看得很细：说我的“人中”长，不是短寿的样子，又看我走路，怕脚上有毛病。总算让人家看中了，该我们看人家了。母亲派亲信的老妈子去。老妈子的报告是，大小姐个儿比我大得多，坐下去满满一圈椅；二小姐倒苗苗条条的。母亲说胖了不能生育，像亲戚里谁谁谁；教裁缝说二小姐。那边似乎生了气，不答应，事情就摧了。

母亲在牌桌上遇见一位太太，她有个女儿，透着聪明伶俐。母亲有了心，回家说那姑娘和我同年，跳来跳去的，还是个孩子。隔了些日子，便托人探探那边口气。那边做的官似乎比父亲的更小，那时正是光复的前年，还讲究这些，所以他们乐意做这门亲。事情已到九成九，忽然出了岔子。本家叔祖母用的一个寡妇老妈子熟悉这家子的事，不知怎么教母亲打听着了。叫她来问，她的话遮遮掩掩的。到底问出来了，原来那小姑娘是抱来的，可是她一家很宠她，和亲生的一样。母亲心冷了。过了两年，听说她已生了痨病，吸上鸦片烟了。母亲说，幸亏当时没有定下来。我已懂得一些事了，也这末想着。

光复那年，父亲生伤寒病①，请了许多医生看。最后请着一位武先生②，那便是我后来的岳父。有一天，常去请医生的听差回来说，医生家有位小姐。父亲既然病着，母亲自然更该担心我的事。一听这话，便追问下去。听差原只顺口谈天，也说不出个所以然。母亲便在医生来时，教人问他轿夫，那位小姐是不是他家的。轿夫说是的。母亲便和父亲商量，托舅舅问医生的意思。那天我正在父亲病榻旁，听见他们的对话。舅舅问明了小姐还没有人家，便说，像 × 翁这样人家怎末样③？医生说，很好呀。话到此为止，接着便是相亲；还是母亲那个亲信的老妈子去。这回报告不坏，说就是脚大些。事情这样定局，母亲教轿夫回去说，让小姐裹上点儿脚。妻嫁过来后④，说相亲的时

名师注解

① 光复那年，父亲生伤寒病：1912 年，朱自清祖父朱则余去世。父亲朱鸿钧办丧事又因惊恐劳累而得伤寒病。朱父在扬州养病，朱自清在身旁伺候。

② 武先生：即武威三，扬州名医。

③ 怎末样：即“怎么样”。

④ 妻嫁过来后：1916 年底，朱自清放寒假，从北京大学返回江苏扬州与武钟谦完婚。

候早躲开了，看见的是另一个人。至于轿夫捎的信儿，却引起了一段小小风波。岳父对岳母说，早教你给她裹脚，你不信；瞧，人家怎末说来着！岳母说，偏偏不裹，看他家怎末样！可是到底采取了折衷的办法，直到妻嫁过来的时候。

一九三四年三月

延伸思考

在几次择偶的过程中，朱自清对这种包办婚姻的态度发生了什么样的变化？请从文中找出相应的句子加以分析。

憎

名师导读

火车站附近的马路上横躺着一个人，那是一个劳动者的尸体。在他的周围有十几个与他不相干的人冷淡而好奇地睁眼看着。这场景在老于世故的前辈们面前，完全是家常便饭，而它却在朱自清的心里掀起了极大的波澜。

我生平怕看见干笑，听见敷衍的话；更怕冰搁着的脸和冷淡的言词，看了，听了，心里便会发抖。至于残酷的佯笑，强烈的揶揄，那简直要我全身都痉挛般掣动了。在一般看惯、听惯、老于世故的前辈们，这些原都是“家常便饭”，很用不着大惊小怪地去张扬；但如我这样一个阅历未深的人，神经自然容易激动些，又痴心渴望着爱与和平，所以便不免有些变态。平常人可以随随便便过去的，我不幸竟是不能；因此增加了好些苦恼，减却了好些“生力”。——这真所谓“自作孽”了！

前月我走过北火车站附近。马路上横躺着一个人：微侧着蜷曲的身子。脸被一破芦苇遮了，不曾看见；穿着黑布夹袄，垢腻的淡青的衬里，从一处处不规则地显露，白斜纹的单袴[①]，受了尘秽底沾染，早已变成灰色；双足是赤着，脚底满涂着泥土，脚面满积着尘垢，皮上却皱着网一般的细纹，映在太阳里，闪闪有光。这显然是一个劳动者底尸体了。一个不相干的人死了，原是极平凡的事；况是一个不相干又不相干的劳动者呢？所以围着看的虽有十余人，却都好奇地睁着眼，脸上的筋肉也都冷静而弛缓。我给周遭的冷淡噤住了；但因为我的老脾气，终于茫漠地想着：他的一生是完了；但于他曾有什么价值呢？他的死，自然，不自然呢？上海像他这样人，知道有多少？

名师注解

① 袴：裤的异体字。

像他这样死的，知道一日里又有多少？再推到全世界呢？……这不免引起我对于人类运命的一种杞忧了！但是思想忽然转向，何以那些看闲的，于这一个同伴底死如此冷淡呢？倘然死的是他们的兄弟，朋友，或相识者，他们将必哀哭切齿，至少也必惊惶；这个不识者，在他们却是无关得失的，所以便漠然了？但是，果然无关得失么？“叫天子一声叫”，尚能“撕去我一缕神经”，一个同伴悲惨的死，果然无关得失么？一人生在世，倘只有极少极少的所谓得失相关者顾念着，岂不是太孤寂又太狭隘了么？狭隘，孤寂的人间，哪里有善良的生活！唉！我不愿再往下想了！

这便是遍满现世间的“漠视”了。我有一个中学同班的同学。他在高等学校毕了业；今年恰巧和我同事。我们有四五年不见面，不通信了；相见时我很高兴，滔滔汩汩地向他说知别后的情形；称呼他的号，和在中学时一样。他只支持着同样的微笑听着。听完了，仍旧支持那微笑，只用极简单的话说明他中学毕业后的事，又称了我几声“先生”。我起初不曾留意，陡然发见那干涸的微笑，心里先有些怯了；接着便是那机器榨出来的几句话和“敬而远之”的一声声的“先生”，我全身都不自在起来；热烈的想望早冰结在心坎里！可是到底鼓勇说了这一句话：“请不要这样称呼罢；我们是同班的同学哩！”他却笑着不理会，只含糊应了一回；另一个“先生”早又从他嘴里送出了！我再不能开口，只蜷缩在椅子里，眼望着他。他觉得有些奇怪，起身，鞠躬，告辞。我点了头，让他走了。这时羞愧充满在我心里；世界上有什么东西在我身上，使人弃我如敝屣呢？

约莫两星期前，我从大马路搭电车到车站。半路上上来一个魁梧奇伟的华捕。他背着手直挺挺的靠在电车中间的转动机（？）上。穿着青布制服，戴着红缨凉帽，蓝的绑腿，黑的厚重的皮鞋：这都和他别的同伴一样。另有他的一张粗黑的盾形的脸，在那脸上表现出他自己的特色。在那脸，嘴上是抿了，两眼直看着前面，筋肉像浓霜后的大地一般冷重；一切有这样地严肃，我几乎疑惑那是黑的石像哩！从他上车，我端详了好久，总不见那脸上有一丝的颤动；我忽然感到一种压迫的感觉，仿佛有人用一条厚棉被连头夹脑紧紧地捆了我一般，呼吸便渐渐地低迫促了。那时电车停了；再开的时候，从车后匆匆跑来一个贫妇。伊有褴褛的古旧的浑沌色的竹布长褂和袴；跑时只是用两只小脚向前挣扎，蓬蓬的黄发纵横地飘拂着；瘦黑多皱襞的脸上，闪烁着两个热望的眼珠，嘴唇不住地开合——自然是喘息了。伊大概有紧要的事，想搭乘电车。来得慢了，捏捉着车上的铁柱。早又被他从伊手里滑去；于是伊只有踉踉跄跄退下了！这时那位华捕忽然出我意外，赫然地笑了；他看着拙笨的伊，叫道：“哦——呵！”他颊上，眼旁，霜浓的筋肉都开始显出匀称的皱纹；两眼细而润泽，不似先前的枯燥；嘴是裂开了，露出两个灿灿的金牙和一色洁白的大齿；他身体的姿势似乎也因此变动了些。他的笑虽然暂时地将我从冷漠里解放；但一刹那间，空虚之感又使我几乎要被身份的大气压扁！因为从那笑底貌和声里，我锋利地感着一切的骄傲，狡猾，侮辱，残忍；只要有“爱底心”，“和平底光芒”的，谁底全部神经能不被痉挛般掣动着呢？

这便是遍满现世间的“蔑视”了。我今年春间，不自量力，去任某校教务主任。同事们多是我的熟人，但我于他们，却几乎是个完全的生人；我遍尝漠视和漠视底滋味，感到莫名的孤寂！那时第一难事是拟订日课表。因了师生们关系底复杂，校长交来三十余条件；经验缺乏、脑筋简单的我，真是无所措手足！挣揣了五六天工夫，好容易勉强凑成了。却有一位在别校兼课的，资望深重的先生，因为有几天午后的第一课和别校午前的第四课衔接，两校相距太远，又要回家吃饭，有些赶不及，便大不满意。他这兼课情形，我本不知，校长先生底条件里，也未开入；课表中不能顾到，似乎也“情有可原”。但这位先生向来是面若冰霜，气如虹盛；他的字典里大约是没有“恕”字的，于是挑战底信来了，说什么“既难枵腹，又无汽车；如何设法，还希见告”！我当时受了这意外的，滥发的，冷酷的讽刺，极为难受；正是满肚皮冤枉，没申诉处，我并未曾有一些开罪于他，他却为何待我如仇敌呢？我便写一信复他，自己略略辩解；对于他的态度，表示十分的遗憾：我说若以他的失当的谴责，便该不理这事，可是因为向学校的责任，我终于给他设法了。他接信后，“上诉”于校长先生。校长先生请我去和他对质。狡黠的复仇的微笑在他脸上，正和有毒的菌类显着光怪陆离的彩色一般。他极力说得慢些，说低些：“为什么说‘便该不理’呢？课表岂是‘钦定’的么？——若说态度，该怎样啊！许要用‘请愿’罢？”这里每一个字便像一把利剑，缓缓地，但是深深地，刺入我心里！——他完全胜利，脸上换了愉快的微笑，侮蔑地看着默了的我，我不能再支持，立刻辞了职回去。

这便是遍满现世间的“敌视”了。

一九二一年十一月四日

延伸思考

这篇散文表达了朱自清什么样的思想感情？

航船中的文明

名师导读

作者“因急于来杭”，又想领略一番“先代生活”，故乘“很苦的”夜航船前往西兴。在这“礼义之邦，文明之古国”里，在这艘代表“精神文明”的航船上，发生着很多戏剧性的事件。朱自清从中选取两个典型场面，辛辣地讽刺了所谓的“国粹”和所谓的“男女分坐”的“精神文明”，这体现了作者反帝反封建的态度。

第一次乘夜航船，从绍兴府桥到西兴渡口。

绍兴到西兴本有汽油船。我因急于来杭，又因年来逐逐于火车轮船之中，也想“回到”航船里，领略先代生活的异样的趣味；所以不顾亲戚们的坚留和劝说（他们说航船里是很苦的），毅然决然的于下午六时左右下了船。有了“物质文明”的汽油船，却又有“精神文明”的航船，使我们徘徊其间，左右顾而乐之，真是二十世纪中国人的幸福了！

航船中的乘客大都是小商人；两个军弁是例外。满船没有一个士大夫；我区区或者可充个数儿，——因为我曾读过几年书，又忝为大夫之后——但也是例外之例外！真的，那班士大夫到哪里去了呢？这不消说得，都到了轮船里去了！士大夫虽也擎着大旗拥护精神文明，但千虑不免一失，竟为那物质文明的孙儿，满身洋油气的小玩意儿骗得定定的，忍心害理的撇了那老相好。于是航船虽然照常行驶，而光彩已减少许多！这确是一件可以慨叹的事；而“国粹将亡”的呼声，似也不是徒然的了。呜呼，是谁之咎欤？

既然来到这“精神文明”的航船里，正可将船里的精神文明考察一番，才不虚此一行。但从哪里下手呢？这可有些为难，踌躇之间，恰好来了一个女人。——我说“来了”，仿佛亲眼看见，而孰知不然；我知道她“来了”，是在听见她尖锐的语音的时候。至于她的面貌，我至今还没有看见呢。这第一要怪我的近视眼，第二要怪那袭人的暮色，第三要怪——哼——要怪那“男女分坐”的精神文明了。女人坐在前面，男人坐在后面；那女人离我至少有两丈远，所以便不可见其脸了。且慢，这样左怪右怪，“其词若有憾焉”[①]，你们或者猜想那女人怎样美呢。而孰知又大大的不然！我也曾“约略的”看来，都是乡下的黄面婆而已。至于尖锐的语音，那是少年的妇女所常有的，倒也不足为奇。然而这一次，那来了的女人的尖锐的语音竟致劳动区区的执笔者，却又另有缘故。在那语音里，表示出对于航船里精神文明的抗议；她说，“男人女人都是人！”她要坐到后面来，（因前面太挤，实无他故，合并声明，）而航船里的“规矩”是不许的。船家拦住她，她仗着她不是姑娘了，便老了脸皮，大着胆子，慢慢的说了那句话。她随即坐在原处，而“批评家”的议论繁然了。一个船家在船沿上走着，随便的说，“男人女人都是人，是的，不错。做秤钩的也是铁，做秤锤的也是铁，做铁锚的也是铁，都是铁呀！”这一段批评大约十分巧妙，说出诸位“批评家”所要说的，于是众喙都息，这便成了定论。至于那女人，事实上早已坐下了；“孤掌难鸣”，或者她饱饫了诸位“批评家”的宏论，也不要鸣了罢。“是非之心”，虽然“人皆有之”，而撑船经商者流，对于名教之大防，竟能剖辨得这样“详明”，也着实亏他们了。中国毕竟是礼义之邦，文明之古国呀！——我悔不该乱怪那“男女分坐”的精神文明了！

“祸不单行”，凑巧又来了一个女人。她是带着男人来的。——呀，带着男人！正是；所以才“祸不单行”呀！——说得满口好绍兴的杭州话，在黑暗里隐隐露着一张白脸；带着五六分城市气。船家照他们的“规矩”，要将这一对儿生剌剌的分开；男人不好意思做声，女的却抢着说，“我们是‘一堆生’[②]的！”太亲热的字眼，竟在“规规矩矩的”航船里说了！于是船家命令的嚷道：“我们有我们的规矩，不管你‘一堆生’不‘一堆生’的！”大家都微笑了。有的沉吟的说：“一堆生的？”有的惊奇的说：“一‘堆’生的！”有的嘲讽的说：“哼，一堆生的！”在这四面楚歌里，凭你怎样伶牙俐齿，也只得服从了！“妇者，服也”，这原是她的本行呀。只看她毫不置

名师注解

① “其词若有憾焉”：语出《论语集注》先进第十一，原文为“其辞若有憾焉，其实乃深喜之……”

② 一堆生：一块儿。

辩，毫不懊恼，还是若无其事的和人攀谈，便知她确乎是“服也”了。这不能不感谢船家和乘客诸公“卫道”之功；而论功行赏，船家尤当首屈一指。呜呼，可以风矣！

在黑暗里征服了两个女人，这正是我们的光荣；而航船中的精神文明，也粲然可见了——于是乎书。

一九二四年五月三日

精华赏析

朱自清从一次旅途的所见所闻入笔，用生动幽默的漫画式的语言展现了旧中国存在的男尊女卑的社会现实。作者还使用了反语，在对航船“精神文明”的称赞中，辛辣地讽刺了蕴含其中的封建礼教思想。

正 义

名师导读

人间的正义在哪里？朱自清认为它不应该在“自我”的唇边，在“威权”的面前，在“他人”的背后，也不应该在自私、威权、势力、亲疏、情面之后，而应该在我们的内心深处第一的那个位置。

人间的正义是在哪里呢？

正义是在我们的心里！从明哲的教训和见闻的意义中，我们不是得着大批的正义么？但白白的搁在心里，谁也不去取用，却至少是可惜的事。两石白米堆在屋里，总要吃它干净，两箱衣服堆在屋里，总要轮流穿换，一大堆正义却扔在一旁，满不理会，我们真大方，真舍得！看来正义这东西也真贱，竟抵不上白米的一个尖儿，衣服的一个扣儿。——爽性用它不着，倒也罢了，谁都又装出一副发急的样子，张张皇皇的寻觅着。这个葫芦里卖的什么药？我的聪明的同伴呀，我真想不通了！

我不曾见过正义的面，只见过它的弯曲的影儿——在“自我”的唇边，在“威权”的面前，在“他人”的背后。

正义可以做幌子，一个漂亮的幌子，所以谁都愿意念着它的名字。“我是正经人，我要做正经事”，谁都向他的同伴这样隐隐的自诩着。但是除了用以“自诩”之外，正义对于他还有什么作用呢？他独自一个时，在生人中间时，早忘了它的名字，而去创造“自己的正义”了！他所给予正义的，只是让它的影儿在他的唇边闪烁一番而已。但是，这毕竟不算十分孤负[①]正义，比那凭着正义的名字以行罪恶的，还胜一筹。可怕的正是这种假名行恶的人。他嘴里唱着正义的名字，手里却满满的握着罪恶；他将这些罪恶送给社会，

名师注解

① 孤负：即“辜负”。

粘上金碧辉煌的正义的签条送了去。社会凭着他所唱的名字和所粘的签条，欣然受了这份礼；就是明知道是罪恶，也还是欣然受了这份礼！易卜生“社会栋梁”一出戏，就是这种情形。这种人的唇边，虽更频繁的闪烁着正义的弯曲的影儿，但是深藏在他们心底的正义，只怕早已霉了，烂了，且将毁灭了。在这些人里，我见不着正义！

在亲子之间，师傅学徒之间，军官兵士之间，上司属僚之间，似乎有正义可见了，但是也不然。卑幼大抵顺从他们长上的，长上要施行正义于他们，他们诚然是不“能”违抗的——甚至“父教子死，子不得不死”一类话也说出来了。他们发见有形的扑鞭和无形的赏罚在长上们的背后，怎敢去违抗呢？长上们凭着威权的名字施行正义，他们怎敢不遵呢？但是你私下问他们，“信么？服么？”他们必摇摇他们的头，甚至还奋起他们的双拳呢！这正是因为长上们不凭着正义的名字而施行正义的缘故了。这种正义只能由长上行于卑幼，卑幼是不能行于长上的，所以是偏颇的；这种正义只能施于卑幼，而不能施于他人，所以是破碎的；这种正义受着威权的鼓弄，有时不免要扩大到它的应有的轮廓之外，那时它又是肥大的。这些仍旧只是正义的弯曲的影儿。不凭着正义的名字而施行正义，我在这等人里，仍旧见不着它！

在没有威权的地方，正义的影儿更弯曲了。名位与金钱的面前，正义只剩淡如水的微痕了。你瞧现在一般大人先生见了所谓督军等人的劲儿！他们未必愿意如此的，但是一当了面，估量着对手的名位，就不免心里一软，自然要给他一些面子——于是不知不觉的就敷衍起来了。至于平常的人，偶然见了所谓名流，也不免要吃一惊，那时就是心里有一百二十个不以为然，也只好姑且放下，另做出一番“足恭”的样子，以表倾慕之诚。所以一班达官通人，差不多是正义的化外之民，他们所做的都是合于正义的，乃至他们所做的就是正义了！——在他们实在无所谓正义与否了。呀！这样，正义岂不已经沦亡了？却又不然。须知我只说“面前”是无正义的，“背后”的正义却幸而还保留着。社会的维持，大部分或者就靠着这背后的正义罢。但是背后的正义，力量究竟是有限的，因为隔开一层，不由的就单弱了。一个为富不仁的人，背后虽然免不了人们的指摘，面前却只有恭敬。一个华服翩翩的人，犯了违警律，就是警察也要让他五分。这就是我们的正义了！我们的正义百分之九十九是在背后的，而在极亲近的人间，有时连这个背后的正义也没有！因为太亲近了，什么也可以原谅了，什么也可以马虎了，正义就任怎么弯曲也可以了。背后的正义只有存生疏的人们间。生疏的人们间，没有什么密切的关系，自然可以用上正义这个幌子。至于一定要到背后才叫出正义来，那全是为了情面的缘故。情面的根柢大概也是一种同情，一种廉价的同情。现在的人们只喜欢廉价的东西，在正义与情面两者中，就尽先取了情面，而将正义放在背后。在极亲近的人间，情面的优先权到了最大限度，正义就几乎等于零，就是在背后也没有了。背后的正义虽也有相当的力量，但是比起面前的正义就大大的不同，启发与戒惧的功能都如搀了水的薄薄的牛乳似的——于是仍旧只算是一个弯曲的影儿。在这些人里，我更见不着正义！

人间的正义究竟是在哪里呢？满藏在我们心里！为什么不取出来呢？它没有优先权！在我们心里，第一个尖儿是自私，其余就是威权，势力，亲疏，情面等等；等到这些角色一一演毕，才轮得到我们可怜的正义。你想，时候已经晚了，它还有出台的机会么？没有！所以你要正义出台，你就得排除一切，让它做第一个尖儿。你得凭着它自己的名字叫它出台。你还得抖擞精神，准备一副好身手，因为它是初出台的角儿，捣乱的人必多，你得准备着打——不打不成相识呀！打得站住了脚携住了手，那时我们就能从容的瞻仰正义的面目了。

一九二四年五月十四日作

延伸思考

你对正义是如何理解的？关键时刻你肯为正义献身吗？

白种人——上帝的骄子！【精读】

名师导读

人与人本是平等的，不分种族的，而朱自清却在上海电车上受到一个白种人孩子的侮辱，这种侮辱使他感到愤怒。他深知这种侮辱与蔑视源自大人的影响和国人不争。所以唯有国家强大了，才能为人民赢来尊严。

去年暑假到上海，在一路电车的头等里，见一个大西洋人带着一个小西洋人，相并地坐着。我不能确说他俩是英国人或美国人；我只猜他们是父与子。那小西洋人，那白种的孩子，不过十一二岁光景，看去是个可爱的小孩，引我久长的注意。他戴着平顶硬草帽，帽檐下端正地露着长圆的小脸。白中透红的面颊，眼睛上有着金黄的长睫毛，显出和平与秀美。我向来有种癖气：见了有趣的小孩，总想和他亲热，做好同伴；若不能亲热，便随时亲近亲近也好。在高等小学时，附设的初等里，有一个养着乌黑的西发的刘君，真是依人的小鸟一般；牵着他的手问他的话时，他只静静地微仰着头，小声儿回答——我不常看见他的笑容，他的脸老是那么幽静和真诚，皮下却烧着亲热的火把。我屡次让他到我家来，他总不肯；后来两年不见，他便死了。我不能忘记他！我牵过他的小手，又摸过他的圆下巴。但若遇着陌生的小孩，我自然不能这么做，那可有些窘了；不过也不要紧，我可用我的眼睛看他——一回，两回，十回，几十回！孩子大概不很注意人的眼睛，所以尽可自由地看，和看女人要遮遮掩掩的不同。我凝视过许多初会面的孩子，他们都不曾向我抗议；至多拉着同在的母亲的手，或倚着她的膝头，将眼看她两看罢了。所以我胆子很大。这回在电车里又发了老癖气，我两次三番地看那白种的孩子，小西洋人！

初时他不注意或者不理会我，让我自由地看他。但看了不几回，那父亲站起来了，儿子也站起来了，他们将到站了。这时意外的事来了。那小西洋人本坐在我的对面；走近我时，突然将脸尽力地伸过来了，两只蓝眼睛大大地睁着，那好看的睫毛已看不见了；两颊的红也已褪了不少了。和平，秀美的脸一变而为粗俗，凶恶的脸了！他的眼睛里有话："咄！黄种人，黄种的支那人，你——你看吧！你配看我！"他已失了天真的稚气，脸上满布着横秋的老气了！我因此宁愿称他为"小西洋人"。他伸着脸向我足有两秒钟；电车停了，这才胜利地掉过头，牵着那大西洋人的手走了。大西洋人比儿子似乎要高出一半；这时正注目窗外，不曾看见下面的事。儿子也不去告诉他，只独断独行地伸他的脸；伸了脸之后，便又若无其事的，始终不发一言——在沉默中得着胜利，凯旋而去。不用说，这在我自然是一种袭击，"出其不意，攻其不备"的袭击！

名师点评：这一形象与孩子本来天真可爱的面貌形成对比。"歧视"本身将一个无邪的孩童变得粗俗，这正是它的可怕处之一。

这突然的袭击使我张皇失措；我的心空虚了，四面的压迫很严重，使我呼吸不能自由。我曾在N城的一座桥上，遇见一个女人；我偶然地看她时，她却垂下了长长的黑睫毛，露出老练和鄙夷的神色。那时我也感着压迫和空虚，但比起这一次，就稀薄多了：我在那小西洋人两颗枪弹似的眼光之下，茫然地觉着有被吞食的危险，于是身子不知不觉地缩小——大有在奇境中的阿丽思的劲儿！我木木然目送那父与子下了电车，在马路上开步走；那小西洋人竟未一回头，断然地去了。我这时有了迫切的国家之感！我做着黄种的中国人，而现在还是白种人的世界，他们的骄傲与践踏当然会来的；我所以张皇失措而觉着恐怖者，因为那骄傲我的，践踏我的，不是别人，只是一个十来岁的"白种的"孩子，竟是一个十来岁的白种的"孩子"！我向来总觉得孩子应该是世界的，不应该是一种，一国，一乡，一家的。我因此不能容忍中国的孩子叫西洋人为"洋鬼子"。但这个十来岁的白种的孩子，竟已被撳入人种与国家的两种定型里了。他已懂得凭着人种的优势和国家的强力，伸着脸袭击我了。这一次袭击实是许多次袭击的小影，他的脸上便缩印着一部中国的外交史。他之来上

名师点评：援引其他事例说明这种歧视的普遍性。孩子与美丽的女子同样是可爱的，但因为不平等待人而失去了可爱的天性。

名师点评：这是国家的悲哀，民族的不幸。国家与个人的命运天然地联系在一起。

海，或无多日，或已长久，耳濡目染，他的父亲，亲长，先生，父执，乃至同国，同种，都以骄傲践踏对付中国人；而他的读物也推波助澜，将中国编排得一无是处，以长他自己的威风。所以他向我伸脸，决非偶然而已。

这是袭击，也是侮蔑，大大的侮蔑！我因了自尊，一面感着空虚，一面却又感着愤怒；于是有了迫切的国家之念。我要诅咒这小小的人！但我立刻恐怖起来了：这到底只是十来岁的孩子呢，却已被传统所埋葬；我们所日夜想望着的“赤子之心”，世界之世界（非某种人的世界，更非某国人的世界！），眼见得在正来的一代，还是毫无信息的！这是你的损失，我的损失，他的损失，世界的损失；虽然是怎样渺小的一个孩子！但这孩子却也有可敬的地方：他的从容，他的沉默，他的独断独行，他的一去不回头，都是力的表现，都是强者适者的表现。决不婆婆妈妈的，决不黏黏搭搭的，一针见血，一刀两断，这正是白种人之所以为白种人。

我真是一个矛盾的人。无论如何，我们最要紧的还是看看自己，看看自己的孩子！谁也是上帝之骄子；这和昔日的王侯将相一样，是没有种的！

一九二五年六月十九日夜

精华赏析

也许那个孩子的行为是无心的，只是一个孩子正当的自我防卫意识的反映，但当时的中国处在一个混乱的特殊时期，因此作者借此切入主题。当时的中国处于长时间的无政府状态，国家混乱不堪，国力衰微。这使国人的民族自尊心受到极大的伤害。把这一切看在眼中的朱自清便以此事为引子，表达自己的民族自卑感和愤怒无奈，对麻木的国人发出自省的呐喊。文章开头部分巧妙地运用了对比手法，先写西洋孩子相貌的美丽，再写其心灵的丑陋，欲抑先扬，先褒后贬，加强并深化了主题。

延伸思考

谈谈你对民族尊严的认识。

执政府[1]大屠杀记【精读】

名师导读

1926年3月18日这天，段祺瑞执政府屠杀了请愿游行的爱国者，这一事件造成47人死，200余人伤，其中绝大多数是学生。国人闻之，极其愤怒。作者是这次示威游行的参加者，他目睹了执政府残酷、血腥的暴行。面对“各报记载多有与事实不符”的情况，他挺身而出，用含着血与泪的笔墨控诉、谴责了执政府惨无人道的罪行。

三月十八是一个怎样可怕的日子[2]！我们永远不应该忘记这个日子！

这一日，执政府的卫队，大举屠杀北京市民——十分之九是学生！死者四十余人，伤者约二百人！这在北京是第一回大屠杀！

这一次的屠杀，我也在场，幸而直到出场时不曾遭着一颗弹子；请我的远方的朋友们安心！第二天看报，觉得除一两家报纸外，各报记载多有与事实不符之处。究竟是访闻失实，还是安着别的心眼儿，我可不得而知，也不愿细论。我只说我当场眼见和后来耳闻的情形，请大家看看这阴惨惨的二十世纪二十六年三月十八日的

名师点评 交代自己直接参与了游行，是这一事件的目击者，突出了文章内容的真实性，提高了文章的可信度。

名师注解

① 执政府：指北洋军阀段祺瑞执政府。府址在现在的北京市东城区张自忠路3号。

② 三月十八日是一个怎样可怕的日子：1926年3月18日，北京各界群众500多人在李大钊等的领导下，为抗议日本帝国主义侵犯中国主权，声讨英美日等八国无理通牒中国的罪行，在天安门前集会，会后到段祺瑞执政府请愿。段祺瑞执政府命令军警开枪射击，造成47人死、200余人伤的血腥惨案。

中国！——十九日《京报》所载几位当场逃出的人的报告，颇是翔实，可以参看。

我先说游行队。我自天安门出发后，曾将游行队从头至尾看了一回。全数约二千人；工人有两队，至多五十人；广东外交代表团一队，约十余人；国民党北京特别市党部一队，约二三十人；留日归国学生团一队，约二十人，其余便多是北京的学生了，内有女学生三队。拿木棍的并不多，而且都是学生，不过十余人；工人拿木棍的，我不曾见。木棍约三尺长，一端削尖了，上贴书有口号的纸，做成旗帜的样子。至于“有铁钉的木棍”我却不曾见！

我后来和清华学校的队伍同行，在大队的最后。我们到执政府前空场上时，大队已散开在满场了。这时府门前站着约莫两百个卫队，分两边排着；领章一律是红地，上面“府卫”两个黄铜字，确是执政府的卫队。他们都背着枪，悠然的站着：毫无紧张的颜色。而且枪上不曾上刺刀，更不显出什么威武。这时有一个人爬在石狮子头上照相。那边府里正面楼上，栏杆上伏满了人，而且拥挤着，大约是看热闹的。在这一点上，执政府颇像寻常的人家，而不像堂堂的“执政府”了。照相的下了石狮子，南边有了报告的声音：“他们说是一个人没有，我们怎么样？”这大约已是五代表被拒以后了；我们因走进来晚，故未知前事——但在这时以前，群众的嚷声是决没有的。到这时才有一两处的嚷声了：“回去是不行的！”“吉兆胡同！”“……”忽然队势散动了，许多人纷纷往外退走；有人连声大呼：“大家不要走，没有什么事！”一面还扬起了手，我们清华队的指挥也扬起手叫道：“清华的同学不要走，没有事！”这其间，人众稍稍聚拢，但立刻即又散开；清华的指挥第二次叫声刚完，我看见众人纷纷逃避时，一个卫队已装完子弹了！我赶忙向前跑了几步，向一堆人旁边睡下；但没等我睡下，我的上面和后面各来了一个人，紧紧地挨着我。我不能动了，只好蜷曲着。

这时已听到劈劈拍拍[1]的枪声了；我生平是第一次听枪声，起初还以为是空枪呢（这时已忘记了看见装子弹的事）。但一两分钟后，有鲜红的热血从

名师注解

① 劈劈拍拍：即“噼噼啪啪”。

上面滴到我的手背上，马褂上了，我立刻明白屠杀已在进行！这时并不害怕，只静静的注意自己的运命，其余什么都忘记。全场除劈拍的枪声外，也是一片大静默，绝无一些人声；什么“哭声震天”，只是记者先生们的“想当然耳”罢了。我上面流血的那一位，虽滴滴地流着血，直到第一次枪声稍歇，我们爬起来逃走的时候，他也不则一声。这正是死的袭来，沉默便是死的消息。事后想起，实在有些悚然。在我上面的不知是谁？我因为不能动转，不能看见他；而且也想不到看他——我真是个自私的人！后来逃跑的时候，才又知道掉在地下的我的帽子和我的头上，也滴了许多血，全是他的！他足流了两分钟以上的血，都流在我身上，我想他总吃了大亏，愿神保佑他平安！第一次枪声约经过五分钟，共放了好几排枪；司令的是用警笛；警笛一鸣，便是一排枪，警笛一声接着一声，枪声就跟着密了，那警笛声甚凄厉，但有几乎一定的节拍，足见司令者的从容！后来听别的目睹者说，司令者那时还用指挥刀指示方向，总是向人多的地方射击！又有目睹者说，那时执政府楼上还有人手舞足蹈的大乐呢！

我现在缓叙第一次枪声稍歇后的故事，且追述些开枪时的情形。我们进场距开枪时，至多四分钟；这其间有照相有报告，有一两处的嚷声，我都已说过了。我记得，我确实记得，最后的嚷声距开枪只有一分余钟；这时候，群众散而稍聚，稍聚而复纷散，枪声便开始了。这也是我说过的。但“稍聚”的时候，阵势已散，而且大家存了观望的心，颇多趑趄不前的，所谓“进攻”的事是决没有的！至于第一次纷散之故，我想是大家看见卫队从背上取下枪来装子弹而惊骇了；因为第二次纷散时，我已看见一个卫队（其余自然也是如此，他们是依命令动作的）装完子弹了。在第一次纷散之前，群众与卫队有何冲突，我没有看见，不得而知。但后来据一个受伤的说，他看见有一部分人——有些是拿木棍的——想要冲进府去。这事我想来也是有的；不过这决不是卫队开枪的缘由，至多只是他们的借口。他们的荷枪挟弹与不上刺刀（故示镇静）与放群众自由入辕门内（便于射击），都是表示他们“聚而歼旃”的决心，冲进去不冲进去是没有多大关系的。证以后来东门口的拦门射击，更是显明！原来先逃出的人，出东门时，以为总可得着生路；哪知迎头还有一支兵，——据某一种报上说，是从吉兆胡同来的手枪队，不用说，自然也是杀人不眨眼的府卫队了！——开枪痛击。那时前后都有枪弹，人多门狭，前面的枪又极近，死亡枕藉！这是事后一个学生告诉我的；他说他前后两个人都死了，他躲闪了一下，总算幸免。这种间不容发的生死之际也够人深长思了。

照这种种情形，就是不在场的诸君，大约也不至于相信群众先以手枪轰击卫队了吧。而且轰击必有声音，我站的地方，离开卫队不过二十余步，在第二次纷散之前，却绝未听到枪声。其实这只要看政府巧电的含糊其辞，也就够证明了。至于所谓当场夺获的手枪，虽然像煞有介事地举出号数，使人相信，但我总奇怪；夺获的这些支手枪，竟没有一支曾经当场发过一响，以证明他们自己的存在。——难道拿手枪的人都是些傻子么？还有，现在很有人从容的问："开枪之前，有警告么？"我现在只能说，我看见的一个卫队，他的枪口是正对着我们的，不过那是刚装完子弹的时候。而在我上面的那位可怜的朋友，他流血是在开枪之后约一两分钟时。我不知卫队的第一排枪是不是朝天放的，但即使是朝天放的，也不算是警告；因为未开枪时，群众已经纷散，放一排朝天枪（假定如此）后，第一次听枪声的群众，当然是不会回来的了（这不是一个人胆力的事，我们也无须假充硬汉），何用接二连三地放平枪呢！即使怕一排枪不够驱散众人，尽放朝天枪好了，何用放平枪呢！所以即使卫队曾放了一排朝天枪，也决不足做他们丝毫的辩解；况且还有后来的拦门痛击呢，这难道还要问："有无超过必要程度？"

第一次枪声稍歇后，我茫然地随着众人奔逃出去。我刚发脚的时候，便看见旁边有两个同伴已经躺下了！我来不及看清他们的面貌，只见前面一个，右乳部有一大块殷红的伤痕，我想他是不能活了！那红色我永远不忘记！同时还听见一声低缓的呻吟，想是另一位的，那呻吟我也永远不忘记！我不忍从他们身上跨过去，只得绕了道弯着腰向前跑，觉得通身懈弛得很；后面来了一个人，立刻将我撞了一跤。我爬了两步，站起来仍是弯着腰跑。这时当路有一副金丝圆眼镜，好好地直放着；又有两架自行车，颇挡我们的路，大家都很艰难地从上面踏过去。我不自主地跟着众人向北躲入马号里。我们偃卧在东墙角的马粪堆上。马粪堆很高，有人想爬墙过去。墙外就是通路。我看着一个人站着，一个人正向他肩上爬上去；我自己觉得决没有越墙的气力，便也不去看他们。而且里面枪声早又密了，我还得注意运命的转变。这时听见墙边有人问："是学生不是？"下文不知如何，我猜是墙外的兵问的。那两个爬墙的人，我看见，似乎不是学生，我想他们或者得了兵的允许而下去了。若我猜的不大错，从这一句简单的问语里，我们可以看出卫队乃至政府对于学生海样深的仇恨！而且可以看出，这一次的屠杀确是有意这样“整顿学风”的；我后来知道，这时有几个清华学生和我同在马粪堆上。有一个告诉我，他旁边有一位女学生曾喊他救命，但是他没有法子，这真是可遗憾的事，她以后不知如何了！我们偃卧马粪堆上，不过两分钟，忽然看见对面马厩里有一个兵拿着枪，正装好子弹，似乎就要向我们放。我们立刻起来，仍弯着腰逃走；这时场里还有疏散的枪声，我们也顾不得了。走出马路，就到了东门口。

名师点评

用屠杀的方式来整顿学风，作者辛辣地讽刺了执政府这一冠冕堂皇的理由。

这时枪声未歇，东门口拥塞得几乎水泄不通。我隐约看见底下蜷缩地蹲着许多人，我们便推推搡搡，拥挤着，挣扎着，从他们身上踏上去。那时理性真失了作用，竟恬然不以为怪似的。我被挤得往后仰了几回，终于只好竭全身之力，向前而进。在我前面的一个人，脑后大约被枪弹擦伤，汩汩地流着血；他也同样地一歪一倒地挣扎着。但他一会儿便不见了，我想他是平安的下去了。我还在人堆上走。这个门是平安与危险的界线，是生死之门，故大家都不敢放松一步。这时希望充满在我心里。后面稀疏的弹子，倒觉不十分在意。前一次的奔逃，但求不即死而已，这回却求生了；在人堆上的众人，都积极地显出生之努力。但仍是一味的静；大家在这千钧一发的关头，哪有闲心情和闲工夫来说话呢？我努力的结果，终于从人堆上滚了下来，我的运命这才算定了局。那时门口只剩两个卫队，在那儿闲谈，侥幸得很，手枪队已不见了！后来知道门口人堆里实在有些是死尸，就是被手枪队当门打死的！现在想着死尸上越过的事，真是不寒而栗呵！

我真不中用，出了门口，一面走，一面只是喘息！后面有两个女学生，有一个我真佩服她；她还能微笑着对她的同伴说：“他们也是中国人哪！”这令我惭愧了！我想人处这种境地，若能从怕的心情转为兴奋的心情，才真是能救人的人。若只一味的怕，“斯亦不足畏也已！”我呢，这回是由怕而归于木木然，实是很可耻的！但我希望我的经验能使我的胆力逐渐增大！这回在场中有两件事很值得纪念：一是清华同学韦杰三君（他现在已离开我们了！）受伤倒地的时候，别的两位同学冒死将他抬了出来；一是一位女学生曾经帮助两个男学生脱险。这都是我后来知道的。这都是侠义的行为，值得我们永远敬佩的！

我和那两个女学生出门沿着墙往南而行。那时还有枪声，我极想躲入胡同里，以免危险；她们大约也如此的，走不上几步，便到了一个胡同口；我们便想拐弯进去。这时墙角上立着一个穿短衣的看闲的人，他向我们轻轻地说："别进这个胡同！"我们莫名其妙地依从了他，走到第二个胡同进去；这才真脱险了！后来知道卫队有抢劫的事（不仅报载，有人亲见），又有用枪柄，木棍，大刀，打人，砍人的事，我想他们一定就在我们没走进的那条胡同里做那些事！感谢那位看闲的人！卫队既在场内和门外放枪，还觉杀的不痛快，更拦着路邀击；其泄忿之道，真是无所不用其极了！区区一条生命，在他们眼里，正和一根草，一堆马粪一般，是满不在乎的！所以有些人虽幸免于枪弹，仍是被木棍，枪柄打伤，大刀砍伤；而魏士毅女士竟死于木棍之下，这真是永久的战栗啊！据燕大的人说，魏女士是于逃出门时被一个卫兵从后面用有楞的粗大棍儿兜头一下，打得脑浆迸裂而死！我不知她出的是哪一个门，我想大约是西门吧。因为那天我在西直门的电车上，遇见一个高工的学生，他告诉我，他从西门出来，共经过三道门（就是海军部的西辕门和陆军部的东西辕门），每道门皆有卫队用枪柄，木棍和大刀向逃出的人猛烈地打击。他的左臂被打好几次，已不能动弹了。我的一位同事的儿子，后脑被打平了，现在已全然失了记忆；我猜也是木棍打的。受这种打击而致重伤或死的，报纸上自然有记载；致轻伤的就无可稽考，但必不少。所以我想这次受伤的还不止二百人！卫队不但打人，行劫，最可怕的是剥死人的衣服，无论男女，往往剥到只剩一条裤为止；这只要看看前几天《世界日报》的照相就知道了。就是不谈什么"人道"，难道连国家的体统，"临时执政"的面子都不顾了么；段祺瑞你自己想想吧！听说事后执政府乘人不知，已将死尸掩埋了些，以图遮掩耳目。这是我的一个朋友从执政府里听来的；若是的确，那一定将那打得最血肉模糊的先掩埋了。免得激动人心。但一手岂能尽掩天下耳目呢？我不知道现在，那天去执政府的人还有失踪的没有？若有，这个消息真是很可怕的！

这回的屠杀，死伤之多，过于五卅事件，而且是"同胞的枪弹"，我们将何以间执别人之口！而且在首都的堂堂执政府之前，光天化日之下，屠杀

之不足，继之以抢劫，剥尸，这种种兽行，段祺瑞等固可行之而不恤，但我们国民有些无脸的政府，又何以自容于世界！——这正是世界的耻辱呀！我们也想想吧！此事发生后，警察总监李鸣钟匆匆来到执政府，说“死了这么多人，叫我怎么办？”他这是局外的说话，只觉得无善法以调停两间而已。我们现在局中，不能如他的从容，我们也得问一问：

“死了这么多人，我们该怎么办？”

名师点评：表现了作者的愤怒、悲痛、自责。

一九二六年三月二十三日作

精华赏析

腐败、无能的执政府对外卑躬屈膝，对内残酷镇压，尤其对手无寸铁的爱国学生，竟公然开枪射杀，简直惨无人道。一向温文尔雅的朱自清此时愤怒地站了出来，用犀利但冷静的文笔揭发了执政府的这一恶行。他记叙了游行、屠杀的整个过程，对屠杀场面的描写仿佛一个个特写的电影镜头，真实地再现了当时的场景。对细节的进一步细化，对重要情节的反复陈述，反驳了某些报纸的无耻谎言，深刻地揭露了执政府的残暴。在文中，作者还对自己当时的所为所感进行了真实的记叙，表现了他当时的愤怒、痛惜及惭愧之情。

延伸思考

朱自清在本文中多次使用了反语，试着找出来，体会其深意。

威尼斯【精读】

名师导读

1931 年至 1932 年，朱自清留学英国，并漫游欧洲大陆。他沿途记下了他的异国见闻，结成《伦敦杂记》和《欧游杂记》两本集子。《威尼斯》就是《欧游杂记》中的一篇。作者详细介绍了意大利名城威尼斯的钟楼、圣马克堂、公爷府以及威尼斯的夜曲等，让读者领略到了这个空气新鲜、古典与现代交汇、宗教与艺术融合的水上城市的独特景致。

威尼斯（Venice）是一个别致地方。出了火车站，你立刻便会觉得；这里没有汽车，要到哪儿，不是搭小火轮，便是雇"刚朵拉"（Gondola）。大运河穿过威尼斯像反写的 S；这就是大街。另有小河道四百十八条，这些就是小胡同。轮船像公共汽车，在大街上走；"刚朵拉"是一种摇橹的小船，威尼斯所特有，它哪儿都去。威尼斯并非没有桥；三百七十八座，有的是。只要不怕转弯抹角，哪儿都走得到，用不着下河去。可是轮船中人还是很多，"刚朵拉"的买卖也似乎并不坏。

> 名师点评：把轮船比成公共汽车，与大运河就是大街相呼应。

> 名师点评：想一想，作者为什么不直说"威尼斯的桥很多，一共有三百七十八座"，而要用双重否定的句子"并非没有桥"呢？这其实在呼应上文。上文说威尼斯没有汽车，只能搭小火轮或雇刚朵拉。这会让人误解威尼斯只有水路，没有陆路。可实际上，桥就是路，只要不怕绕弯，不下河也行。

威尼斯是"海中的城"，在意大利半岛的东北角上，是一群小岛，外面一道沙堤隔开亚得利亚海。在圣马克方场的钟楼上看，团花簇锦似的东一块西一块在绿波里荡漾着。远处是水天相接，一片茫茫。这里没有什么煤烟，天空干干净净；在温和的日光中，一切都像透明的。中国人到此，仿佛在江南的水乡；夏初从欧洲北部来的，在这儿还可看见清清楚楚的春天的背影。海水那么绿，那么酽，会带你到梦中去。

威尼斯不单是明媚，在圣马克方场走走就知道。这个方场南面

名师点评

钟楼应该是威尼斯的一大特色。

临着一道运河；场中偏东南便是那可以望远的钟楼。威尼斯最热闹的地方是这儿，最华妙庄严的地方也是这儿。除了西边，围着的都是三百年以上的建筑，东边居中是圣马克堂，却有了八九百年——钟楼便在它的右首。再向右是“新衙门”；教堂左首是“老衙门”。这两溜儿楼房的下一层，现在满开了铺子。铺子前面是长廊，一天到晚是来来去去的人。紧接着教堂，直伸向运河去的是公爷府；这个一半属于小方场，另一半便属于运河了。

名师点评

作者由表及里，由内及外，有条不紊地对圣马克教堂进行了细致描述，能让读者有身临其境之感。

圣马克堂是方场的主人，建筑在十一世纪，原是卑赞廷式，以直线为主。十四世纪加上戈昔式的装饰，如尖拱门等；十七世纪又参入文艺复兴期的装饰，如阑干等。所以庄严华妙，兼而有之；这正是威尼斯人的漂亮劲儿。教堂里屋顶与墙壁上满是碎玻璃嵌成的画，大概是真金色的地，蓝色或红色的圣灵像。这些像做得非常肃穆。教堂的地是用大理石铺的，颜色花样种种不同。在那种空阔阴暗的氛围中，你觉得伟丽，也觉得森严。教堂左右那两溜儿楼房，式样各别，并不对称；钟楼高三百二十二英尺，也偏在一边儿。但这两溜房子都是三层，都有许多拱门，恰与教堂的门面与圆顶相称；又都是白石造成，越衬出教堂的金碧辉煌来。教堂右边是向运河去的路，是一个小方场，本来显得空阔些，钟楼恰好填了这个空子。好像我们戏里大将出场，后面一杆旗子总是偏着取势；这方场中的建筑，节奏其实是和谐不过的。十八世纪意大利卡那来陀（Canaletto）一派画家专画威尼斯的建筑，取材于这方场的很多。德国德莱司敦画院中有几张，真好。

公爷府里有好些名人的壁画和屋顶画，丁陶来陀（Tintoretto，十六世纪）的大画《乐园》最著名；但更重要的是它建筑的价值。运河上有了这所房子，增加了不少颜色。这全然是戈昔式；动工在九世纪初，以后屡次遭火，屡次重修，现在的据说还是原来的式样。最好看的是它的西南两面；西面斜对着圣马克方场，南面正在运河上。在运河里看，真像在画中。它也是三层：下两层是尖拱门，一眼看去，无数的柱子。最下层的拱门简单疏阔，是载重的样子；上一层便繁密得多，为装饰之用；最上层却更简单，一根柱子没有，除了疏疏落落的窗和门之外，都是整块的墙面。墙面上用白的与玫瑰红的大理石砌成素朴的方纹，在日光里鲜明得像少女一般。威尼斯人真不愧著色的能手。这所房子从运河中看，好像在水里。下两层是玲珑的架子，上一层才是屋子；这是很巧的结构，加上那艳而雅的颜色，令人有惝恍迷离之感。府后有太息桥；从前一边是监狱，一边是法院，狱囚提讯须过这里，所以得名。拜伦诗中曾咏此，因而便脍炙人口起来，其实也只是近世的东西。

威尼斯的夜曲是很著名的。夜曲本是一种抒情的曲子，夜晚在人家窗下随便唱。可是运河里也有：晚上在圣马克方场的河边上，看见河中有红绿的纸球灯，便是唱夜曲的船。雇了“刚朵拉”摇过去，靠着那个船停下，船在水中间，两边挨次排着“刚朵拉”，在微波里荡着，像是两只翅膀。唱曲的有男有女，围着一张桌子坐，轮到了便站起来唱，旁边有音乐和着。曲词自然是意大利语，意大利的语音据说最纯粹，最清朗。听起来似乎的确斩截些，女人的尤其如此——意大利的歌女是出名的。音乐节奏繁密，声情热烈，想来是最流行的“爵士乐”。在微微摇摆的红绿灯球底下，颤着酽酽的歌喉，运河上一片朦胧的夜也似乎透出玫瑰红的样子。唱完几曲之后，船上有人跨过来，反拿着帽子收钱，多少随意。不愿意听了，还可摇到第二处去。这个略略像当年的秦淮河的光景，但秦淮河却热闹得多。

名师点评

意大利是欧洲的艺术摇篮，它的艺术氛围是非常浓厚的。

从圣马克方场向西北去，有两个教堂在艺术上是很重要的。一个是圣罗珂堂，旁边有一所屋子，墙上屋顶上满是画；楼上下大小三间屋，共六十二幅画，是丁陶来陀的手笔。屋里暗极，只有早晨看得清楚。丁陶来陀作画时，因地制宜，大部分只粗粗勾勒，利用阴影，教人看了觉得是几经琢磨似的。《十字架》一幅在楼上小屋内，力量最雄厚。佛拉利堂在圣罗珂近旁，有大画家铁沁（Titian，十六世纪）和近代雕刻家卡奴洼（Canova）的纪念碑。卡奴洼的，灵巧，是自己打的样子；铁沁的，宏壮，是十九世纪中叶才完成的。他的《圣处女升天图》挂在神坛后面，那朱红与亮蓝两种颜色鲜明极了，全幅气韵流动，如风行水上。倍里尼（Giovanni Bellini，十五世纪）的《圣母像》，也是他的精品。他们都还有别的画在这个教堂里。

从圣马克方场沿河直向东去，有一处公园；从一八九五年起，每两年在此地开国际艺术展览会一次。今年是第十八届；加入展览的有意，荷，比，西，丹，法，英，奥，苏俄，美，匈，瑞士，波兰等十三国，意大利的东西自然最多，种类繁极了；未来派立体派的图画雕刻，都可见到，还有别的许多新奇的作品，说不出路数。颜色大概鲜明，教人眼睛发亮；建筑也是新式，简截不啰嗦，痛快之至。苏俄的作品不多，大概是工农生活的表现，兼有沉毅和高兴的调子。他们也用鲜明的颜色，但显然没有很费心思在艺术上，作风老老实实，并不向牛犄角里寻找新奇的玩意儿。

名师点评

结尾部分对工艺制作艺术略写，使文章在整体叙述上详略得当、重点突出。

威尼斯的玻璃器皿，刻花皮件，都是名产，以典丽风华胜，缂丝也不错。大理石小雕像，是著名大品的缩本，出于名手的还有味。

一九三二年七月十三日作

延伸思考

根据朱自清对威尼斯的介绍，绘制一幅威尼斯主要胜地的游览图。

知识拓展

水上都市——威尼斯

位于意大利东北部的威尼斯是威尼托大区首府，也是亚得里亚海威尼斯湾西北岸的重要港口，还是世界上著名的历史文化名城。威尼斯的建筑、绘画、雕塑、歌剧等艺术门类在世界上占有极为重要的地位。著名的威尼斯画派就发源于此。

整座城市由118个小岛组成，并以一百多条水道、四百多座桥梁连成一体，各小岛间以舟相通，故有“水上都市”“百岛城”“桥城”的称谓。在众多的桥梁中有一座游览必去的胜地，即叹息桥。它位于总督官的后面，那是犯人去往监狱的必经之桥，犯人过桥时常常忏悔叹息，因此人们将它命名为“叹息桥”。

或许你好奇这座城市的建筑是如何在水上完成的，现在就来介绍一下。建造房屋时，威尼斯人会先将木柱插入泥土中，然后再铺上一层大而厚的伊斯特拉石（防水性能极好），最后在伊斯特拉石上砌上砖，这样一座座建筑就建成了。建造房屋所使用的砖要比伊斯特拉石轻很多，所以不用担心房子严重下沉的问题。

威尼斯每年的2月份会举行狂欢节。人们戴着假发和面具、穿着长袍庆祝这一节日。有机会的话，你就到这座水上都市游览一番吧。

罗 马

名师导读

《罗马》是《欧游杂记》中的一篇，作者详尽地介绍了意大利首都罗马城的现在和过去。下面就让我们跟着朱自清的脚步，尽情游览这座历史名城吧！

罗马（Rome）是历史上大帝国的都城，想象起来，总是气象万千似的。现在它的光荣虽然早过去了，但是从七零八落的废墟里，后人还可仿佛于百一。这些废墟，旧有的加上新发掘的，几乎随处可见，像特意点缀这座古城的一般。这边几根石柱子，那边几段破墙，带着当年的尘土，寂寞地陷在大坑里；虽然是夏天中午的太阳，照上去也黯黯淡淡，没有多少劲儿。就中罗马市场（Forum Romanum）规模最大。这里是古罗马城的中心，有法庭，神庙，与住宅的残迹。卡司多和波鲁斯庙的三根哥林斯式的柱子，顶上还有片石相连着；在全场中最为秀拔，像三个丰姿飘洒的少年用手横遮着额角，正在眺望这一片古市场。想当年这里终日挤挤闹闹的也不知有多少人，各有各的心思，各有各的手法；现在只剩三两起游客指手画脚地在死一般的寂静里。犄角上有一所住宅，情形还好；一面是三间住屋，有壁画，已模糊了，地是嵌石铺成的；旁厢是饭厅，壁画极讲究，画的都是正大的题目，他们是很看重饭厅的。市场上面便是巴拉丁山，是饱历兴衰的地方。最早是一个村落，只有些茅草屋子；罗马共和末期，一姓贵族聚居在这里；帝国时代，更是繁华。游人走上山去，两旁宏壮的住屋还留下完整的黄土坯子，可以见出当时阔人家的气局。屋顶一片平场，原是许多花园，总名法内塞园子，也是四百年前的旧迹；现在点缀些花木，一角上还有一座小喷泉。在这园子里看脚底下的古市场，全景都在望中了。

市场东边是斗狮场，还可以看见大概的规模；在许多宏壮的废墟里，这个算是情形最好的。外墙是一个大圆圈儿，分四层，要仰起头才能看到顶上。下三层都是一色的圆拱门和柱子，上一层只有小长方窗户和楞子，这种单纯的对照教人觉得这座建筑是整整的一块，好像直上云霄的松柏，老干亭亭，没有一些繁枝细节。里面中间原是大平场；中古时在这儿筑起堡垒，现在满是一道道颓毁的墙基，倒成了四不像。这场子便是斗狮场；环绕着的是观众的坐位。下两层是包厢，皇帝与外宾的在最下层，上层是贵族的；第三层公务员坐；最上层平民坐：共可容四五万人。狮子洞还在下一层，有口直通场中。斗狮是一种刑罚，也可以说是一种裁判：罪囚放在狮子面前，让狮子去搏他；他若居然制死了狮子，便是直道在他一边，他就可自由了。但自然是让狮子吃掉的多；这些人大约就算活该。想到临场的罪囚和他亲族的悲苦与恐怖，他的仇人的痛快，皇帝的威风，与一般观众好奇的紧张的面目，真好比一场恶梦。这个场子建筑在一世纪，原是戏园子，后来才改作斗狮之用。

斗狮场南面不远是卡拉卡拉浴场。古罗马人颇讲究洗澡，浴场都造得好，这一所更其华丽。全场用大理石砌成，用嵌石铺地；有壁画，有雕像，用具也不寻常。房子高大，分两层，都用圆拱门，走进去觉得稳稳的；里面金碧辉煌，与壁画雕像相得益彰。居中是大健身房，有喷泉两座。场子占地六英亩，可容一千六百人洗浴。洗浴分冷热水蒸汽三种，各占一所屋子。古罗马人上浴场来，不单是为洗澡；他们可以在这儿商量买卖，和解讼事等等，正和我们上茶店上饭店一般作用。这儿还有好些游艺，他们公余或倦后来洗一个澡，找几个朋友到游艺室去消遣一回，要不然，到客厅去谈谈话，都是很“写意”的。现在却只剩下一大堆遗迹。大理石本来还有不少，早给搬去造圣彼得等教堂去了；零星的物件陈列在博物院里。我们所看见的只是些巍巍峨峨参参差差的黄土骨子，站在太阳里，还有学者们精心研究出来的《卡拉卡拉浴场图》的照片，都只是所谓过屠门大嚼而已。

罗马从中古以来便以教堂著名。康南海《罗马游纪》中引杜牧的诗“南朝四百八十寺，多少楼台烟雨中”，光景大约有些相像的；只可惜初夏去的人无从领略那烟雨罢了。圣彼得堂最精妙，在城北尼罗圆场的旧址上。尼罗在此地杀了许多基督教徒。据说圣彼得上十字架后也便葬在这里。这教堂几经兴废，现在的房屋是十六世纪初年动工，经了许多建筑师的手。密凯安杰罗七十二岁时，受保罗第三的命，在这儿工作了十七年。后人以为天使保罗第三假手于这一个大艺术家，给这座大建筑定下了规模；以后虽有增改，但大体总是依着他的。教堂内部参照卡拉卡拉浴场的式样，许多高大的圆拱门稳稳地支着那座穹隆顶。教堂长六百九十六英尺，宽四百五十英尺，穹隆顶高四百零三英尺，可是乍看不觉得是这么大。因为平常看屋子大小，总以屋内饰物等为标准，饰物等的尺寸无形中是有谱子的。圣彼得堂里的却大得离了谱子，“天使像巨人，鸽子像老鹰”；所以教堂真正的大小，一下倒不容易看出了。但是你若看里面走动着的人，便渐渐觉得不同。教堂用彩色大理石砌墙，加上好些嵌石的大幅的名画，大都是亮蓝与朱红二色；鲜明丰丽，不像普通教堂一味阴沉沉的。密凯安杰罗雕的彼得像，温和光洁，别具一格，在教堂的犄角上。

圣彼得堂两边的列柱回廊像两只胳膊拥抱着圣彼得圆场；留下一个口子，却又像个玦[①]。场中央是一座埃及的纪功方尖柱，左右各有大喷泉。那两道回廊是十七世纪时亚历山大第三所造，成于贝尼尼（Bernini）之手。廊子里有四排多力克式石柱，共二百八十四根；顶上前后都有阑干，前面阑干上并有许多小雕像。场左右地上有两块圆石头，站在上面看同一边的廊子，觉得只有一排柱子，气魄更雄伟了。这个圆场外有一道弯弯的白石线，便是梵蒂冈与意大利的分界。教皇每年复活节站在圣彼得堂的露台上为人民祝福，这个场子内外据说是拥挤不堪的。

圣保罗堂在南城外，相传是圣保罗葬地的遗址，也是柱子好。门前一个方院子，四面廊子里都是些整块石头凿出来的大柱子，比圣彼得的两道廊子却质朴得多。教堂里面也简单空廓，没有什么东西。但中间那八十根花岗石的柱子，和尽头处那六根蜡石的柱子，纵横地排着，看上去仿佛到了人迹罕至的远古的森林里。柱子上头墙上，周围安着嵌石的历代教皇像，一律圆框子。教堂旁边另有一个小柱廊，是十二世纪造的。这座廊子围着一所方院子，在低低的墙基上排着两层各色各样的细柱子——有些还嵌着金色玻璃块儿。这座廊子精工可以说像湘绣，秀美却又像王羲之的书法。

在城中心的威尼斯方场上巍然蟠踞着的，是也马奴儿第二的纪功廊。这是近代意大利的建筑，不缺少力量。一道弯弯的长廊，在高大的石基上。前面三层石级：第一层在中间，第二三层分开左右两道，通到廊子两头。这座

名师注解

① 玦：读 jué，古时佩戴在身上的一种玉器，环形，有缺口。

廊子左右上下都匀称，中间又有那一弯，便兼有动静之美了。从廊前列柱间看到暮色中的罗马全城，觉得幽远无穷。

罗马艺术的宝藏自然在梵蒂冈宫；卡辟多林博物院中也有一些，但比起梵蒂冈来就太少了。梵蒂冈有好几个雕刻院，收藏约有四千件，著名的《拉奥孔》（Laocoön）便在这里。画院藏画五十幅，都是精品，拉飞尔的《基督现身图》是其中之一，现在却因修理关着。梵蒂冈的壁画极精彩，多是拉飞尔和他门徒的手笔，为别处所不及。有四间拉飞尔室和一些廊子，里面满是他们的东西。拉飞尔由此得名。他是乌尔比奴人，父亲是诗人兼画家。他到罗马后，极为人所爱重，大家都要教他画；他忙不过来，只好收些门徒作助手。他的特长在画人体。这是实在的人，肢体圆满而结实，有肉有骨头。这自然受了些佛罗伦司派的影响，但大半还是他的天才。他对于气韵，远近，大小与颜色也都有敏锐的感觉，所以成为大家。他在罗马住的屋子还在，坟在国葬院里。歇司丁堂与拉飞尔室齐名，也在宫内。这个神堂是十五世纪时歇司土司第四造的，长一百三十三英尺，宽四十五英尺。两旁墙的上部，都由佛罗伦司派画家装饰，有波铁乞利在内。屋顶的画满都是密凯安杰罗的，歇司丁堂著名在此。密凯安杰罗是佛罗伦司派的极峰。他不多作画，一生精华都在这里。他画这屋顶时候，以深沉肃穆的心情渗入画中。他的构图里气韵流动着，形体的勾勒也自然灵妙，还有那雄伟出尘的风度，都是他独具的好处。堂中祭坛的墙上也是他的大画，叫做《最后的审判》。这幅壁画是以后多年画的，费了他七年工夫。

罗马城外有好几处隧道，是一世纪到五世纪时候基督教徒挖下来做墓穴的，但也用作敬神的地方。尼罗搜杀基督教徒，他们往往避难于此。最值得看的是圣卡里斯多隧道。那儿还有一种热诚花，十二瓣，据说是代表十二使徒的。我们看的是圣赛巴司提亚堂底下的那一处，大家点了小蜡烛下去。曲曲折折的狭路，两旁是大大小小深深浅浅的墓穴；现在自然是空的，可是有时还看见些零星的白骨。有一处据说圣彼得住过，成了龛堂，壁上画得很好。别处也还有些壁画的残迹。这个隧道似乎有四层，占的地方也不小。圣赛巴司提亚堂里保存着一块石头，上有大脚印两个；他们说是耶稣基督的，现在供养在神龛里。另一个教堂也供着这么一块石头，据说是仿本。

缧绁[①]堂建于第五世纪，专为供养拴过圣彼得的一条铁链子。现在这条链子还好好的在一个精美的龛子里。堂中周理乌司第二纪念碑上有密凯安杰罗雕的几座像；摩西像尤为著名。那种原始的坚定的精神和勇猛的力量从眉目上，胡须上，胳膊上，手上，腿上，处处透露出来，教你觉得见着了一个伟大的人。又有个阿拉古里堂，中有圣婴像。这个圣婴自然便是耶稣基督；是十五世纪耶路撒冷一个教徒用橄榄木雕的。他带它到罗马，供养在这个堂里。四方来许愿的很多，据说非常灵验；它身上密层层地挂着许多金银饰器都是人家还愿的。还有好些信写给它，表示敬慕的意思。

罗马城西南角上，挨着古城墙，是英国坟场或叫做新教坟场。这里边葬的大都是艺术家与诗人，所以来参谒来凭吊的意大利人和别国的人终日不绝。就中最有名的自然是十九世纪英国浪漫诗人雪莱与济兹的墓。雪莱的心葬在英国，他的遗灰在这儿。墓在古城墙下斜坡上，盖有一块长方的白石；第一行刻着“心中心”，下面两行是生卒年月，再下三行是莎士比亚《风暴》中的仙歌。

> 彼无毫毛损，
> 海涛变化之，
> 从此更神奇。

好在恰恰关合雪莱的死和他的为人。济兹墓相去不远，有墓碑，上面刻着道：

> 这座坟里是
> 英国一位少年诗人的遗体；
> 他临死时候，
> 想着他仇人们的恶势力，
> 痛心极了，叫将下面这一句话
> 刻在他的墓碑上：
> “这儿躺着一个人，

名师注解

① 缧绁：读 léixiè，捆绑犯人的绳索，借指牢狱。

他的名字是用水写的。”

末一行是速朽的意思；但他的名字正所谓“不废江河万古流”，又岂是当时人所料得到的。后来有人别作新解，根据这一行话做了一首诗，连济兹的小像一块儿刻铜嵌在他墓旁墙上。这首诗的原文是很有风趣的。

济兹名字好，
说是水写成；
一点一滴水，
后人的泪痕——
英雄枯万骨，
难如此感人。
安睡吧，
陈词虽挂漏，
高风自峥嵘。

这座坟场是罗马富有诗意的一角；有些爱罗马的人虽不死在意大利，也会遗嘱葬在这座“永远的城”的永远的一角里。

精华赏析

历史终究是历史，无论何人何事，都是历史的烟云。只有那些残垣断壁，那些堂里的壁画、绘画，那些珍贵的艺术品，留在世间，给人以回忆，使人联想。这些是历史，更是财富。

延伸思考

朱自清是按什么样的顺序介绍这座“永远的城”的？

瑞　士

名师导读

瑞士是一个花园式的国家，那里风景优美，环境宜人。带着一颗恬淡闲适的心游览这个风景如画的国家，慢慢体味其中的静谧和美好，这或许正是朱自清这篇散文所要传达给我们的。

瑞士有“欧洲的公园”之称。起初以为有些好风景而已；到了那里，才知无处不是好风景，而且除了好风景似乎就没有什么别的。这大半由于天然，小半也是人工。瑞士人似乎是靠游客活的，只看很小的地方也有若干若干的旅馆就知道。他们拼命地筑铁道通轮船，让爱逛山的爱游湖的都有落儿；而且车船两便，票在手里，爱怎么走就怎么走。瑞士是山国，铁道依山而筑，隧道极少；所以老是高高低低，有时像差得很远的。还有一种爬山铁道，这儿特别多。狭狭的双轨之间，另加一条特别轨：有时是一个个方格儿，有时是一个个钩子；车底下带一种齿轮似的东西，一步步咬着这些方格儿，这些钩子，慢慢地爬上爬下。这种铁道不用说工程大极了；有些简直是笔陡笔陡的。

逛山的味道实在比游湖好。瑞士的湖水一例是淡蓝的，真正平得像镜子一样。太阳照着的时候，那水在微风里摇晃着，宛然是西方小姑娘的眼。若遇着阴天或者下小雨，湖上迷迷濛濛的，水天混在一块儿，人如在睡里梦里。也有风大的时候；那时水上便皱起粼粼的细纹，有点像颦眉的西子。可是这些变幻的光景在岸上或山上才能整个儿看见，在湖里倒不能领略许多。况且轮船走得究竟慢些，常觉得看来看去还是湖，不免也腻味。逛山就不同，一会儿看见湖，一会儿不看见；本来湖在左边，不知怎么一转弯，忽然挪到右边了。湖上固然可以看山，山上还可看山，阿尔卑斯有的是重峦叠嶂，怎么看也不会穷。山上不但可以看山，还可以看谷；稀稀疏疏错错落落的房舍，仿佛有鸡鸣犬吠的声音，在山肚里，在山脚下。看风景能够流连低徊固然高雅，但目不暇接地过去，新境界层出不穷，也未尝不淋漓痛快；坐火车逛山便是这个办法。

卢参（Luzerne）在瑞士中部，卢参湖的西北角上。出了车站，一眼就看见那汪汪的湖水和屏风般的青山，真有一股爽气扑到人的脸上。与湖连着的是劳思河，穿过卢参的中间。河上低低的一座古水塔，从前当作灯塔用；这儿称灯塔为“卢采那”，有人猜“卢参”这名字就是由此而出。这座塔低得有意思；依傍着一架曲了又曲的旧木桥，倒配了对儿。这架桥带顶，像廊子；分两截，近塔的一截低而窄，那一截却突然高阔起来，仿佛彼此不相干，可是看来还只有一架桥。不远儿另是一架木桥，叫龛桥，因上有神龛得名，曲曲的，也古。许多对柱子支着桥顶，顶底下每一根横梁上两面各钉着一大幅三角形的木板画，总名“死神的跳舞”。每一幅配搭的人物和死神跳舞的姿态都不相同，意在表现社会上各种人的死法。画笔大约并不算顶好，但这样上百幅的死的图画，看了也就够劲儿。过了河往里去，可以看见城墙的遗迹。墙依山而筑，蜿蜒如蛇；现在却只见一段一段的嵌在住屋之间。但九座望楼还好好的，和水塔一样都是多角锥形；多年的风吹日晒雨淋，颜色是黯淡得很了。

冰河公园也在山上。古代有一个时期北半球全埋在冰雪里，瑞士自然在内。阿尔卑斯山上积雪老是不化，越堆越多。在底下的渐渐地结成冰，最底下的一层渐渐地滑下来，顺着山势，往谷里流去。这就是冰河。冰河移动的时候，遇着夏季，便大量地溶[①]化。这样溶化下来的一股大水，力量无穷；石头上一个小缝儿，在一个夏天里，可以让冲成深深的大潭。这个叫磨穴。有时大石块被带进潭里去，出不来，便只在那儿跟着水转。初起有棱角，将潭壁上磨了许多道儿；日子多了，棱角慢慢光了，就成了一个大圆球，还是转着。这个叫磨石。冰河公园便以这类遗迹得名。大大小小的石潭，大大小小的石球，现在是安静了；但那粗糙的样子还能教你想见多少万年前大自然的气力。可是奇怪，这些不言不语的顽石，居然背着多少万年的历史，比我们

名师注解

① 溶：即“融”，原文如此。

人类还老得多多；要没人卓古证今地说，谁相信。这样讲，古诗人慨叹“磊磊涧中石”，似乎也很有些道理在里头了。这些遗迹本来一半埋在乱石堆里，一半埋在草地里，直到一八七二年秋天才偶然间被发现。还发现了两种化石：一种上是些蚌壳，足见阿尔卑斯脚下这一块土原来是滔滔的大海。另一种上是片棕叶，又足见此地本有热带的大森林。这两期都在冰河期前，日子虽然更杳茫，光景却还能在眼前描画得出，但我们人类与那种大自然一比，却未免太微细了。

立矶山（Rigi）在卢参之西，乘轮船去大约要一点钟。去时是个阴天，雨意很浓。四周陡峭的青山的影子冷冷地沉在水里。湖面儿光光的，像大理石一样。上岸的地方叫威兹老，山脚下一座小小的村落，疏疏散散遮遮掩掩的人家，静透了。上山坐火车，只一辆，走得可真慢，虽不像蜗牛，却像牛之至。一边是山，太近了，不好看。一边是湖，是湖上的山；从上面往下看，山像一片一片儿插着，湖也像只有一薄片儿。有时窗外一座大崖石来了，便什么都不见；有时一片树木来了，只好从枝叶的缝儿里张一下。山上和山下一样，静透了，常常听到牛铃儿叮儿当的。牛带着铃儿，为的是跑到那儿都好找。这些牛真有些“不知汉魏”，有一回居然挡住了火车；开车的还有山上的人帮着，吆喝了半天，才将它们哄走。但是谁也没有着急，只微微一笑就算了。山高五千九百零五英尺，顶上一块不大的平场。据说在那儿可以看见周围九百里的湖山，至少可以看见九个湖和无数的山峰。可是我们的运气坏，上山后云便越浓起来；到了山顶，什么都裹在云里，几乎连我们自已也在内。在不分远近的白茫茫里闷坐了一点钟，下山的车才来了。

交湖（Interlaken）在卢参的东南。从卢参去，要坐六点钟的火车。车子走过勃吕尼山峡。这条山峡在瑞士是最低的，可是最有名。沿路的风景实在太奇了。车子老是挨着一边儿山脚下走，路很窄。那边儿起初也只是山，青青青青的。越往上走，那些山越高了，也越远了，中间豁然开朗，一片一片的谷，是从来没看见过的山水画。车窗里直望下去，却往往只见一丛丛的树顶，到处是深的绿，在风里微微波动着。路似乎颇弯曲的样子，一座大山峰老是看不完；瀑布左一条右一条的，多少让山顶上的云掩护着，清淡到像一些声音都没有，不知转了多少转，到勃吕尼了。这儿高三千二百九十六英尺，差不多到了这条峡的顶。从此下山，不远便是勃利安湖的东岸，北岸就是交湖了。车沿着湖走。太阳出来了，隔岸的高山青得出烟，湖水在我们脚下百多尺，闪闪的像珐琅一样。

交湖高一千八百六十六英尺，勃利安湖与森湖交会于此。地方小极了，只有一条大街；四围让阿尔卑斯的群峰严严地围着。其中少妇峰最为秀拔，积雪皑皑，高出云外。街北有两条小径。一条沿河，一条在山脚下，都以幽静胜。小径的一端，依着座小山的形势参差地安排着些别墅般的屋子。街南一块平原，只有稀稀的几个人家，显得空旷得不得了。早晨从旅馆的窗子看，一片清新的朝气冉冉地由远而近，仿佛在古时的村落里。街上满是旅馆和铺子；铺子不外卖些纪念品，咖啡，酒饭等等，都是为游客预备的；还有旅行社，更是的。这个地方简直是游客的地方，不像属于瑞士人。纪念品以刻木为最多，大概是些小玩意儿；是一种涂紫色的木头，虽然刻得粗略，却有气力。在一家铺子门前看见一个美国人在说，“你们这些东西都没有用处；我不欢喜玩意儿。”买点纪念品而还要考较用处。此君真美国得可以了。

从交湖可以乘车上少妇峰，路上要换两次车。在老台勃鲁能换爬山电车，就是下面带齿轮的。这儿到万根，景致最好看。车子慢慢爬上去，窗外展开一片高山与平陆，宽旷到一眼望不尽。坐在车中，不知道车子如何爬法；却看那边山上也有一条陡峻的轨道，也有车子在上面爬着，就像一只甲虫。到万格那尔勃可见冰川，在太阳里亮晶晶的。到小夏代格再换车，轨道中间装上一排铁钩子，与车底下的齿轮好咬得更紧些。这条路直通到少妇峰前头，差不多整个儿是隧道；因为山上满积着雪，不得不打山肚里穿过去。这条路是欧洲最高的铁路，费了十四年工夫才造好，要算近代顶伟大的工程了。

在隧道里走没有多少意思，可是哀格望车站值得看。那前面的看廊是从山岩里硬凿出来的。三个又高又大又粗的拱门般的窗洞，教你觉得自己藐小。望出去很远；五千九百零四英尺下的格林德瓦德也可见。少妇峰站的看廊却不及这里；一眼尽是雪山，雪水从檐上滴下来，别的什么都没有。虽在一万一千三百四十二英尺的高处，而不能放开眼界，未免令人有些怅怅。但是站里有一架电梯，可以到山顶上去。这是小小一片高原，在明西峰与少妇峰之间，三百二十英尺长，厚厚地堆着白雪。雪上虽只是淡淡的日光，乍看竟耀得人睁不开眼。这儿可望得远了。一层层的峰峦起伏着，有戴雪的，有不戴的；总之越远越淡下去。山缝里躲躲闪闪一些玩具般的屋子，据说便是交湖了。原上一头插着瑞士白十字国旗，在风里飒飒地响，颇有些气势。山上不时地雪崩，沙沙沙沙流下来像水一般，远看很好玩儿。脚下的雪滑极，不走惯的人寸步都得留神才行。少妇峰的顶还在二千三百二十五英尺之上，得凭着自己的手脚爬上去。

下山还在小夏代格换车，却打这儿另走一股道，过格林德瓦德直到交湖，路似乎平多了。车子绕明西峰走了好些时候。明西峰比少妇峰低些，可是大。少妇峰秀美得好，明西峰雄奇得好。车子紧挨着山脚转，陡陡的山势似乎要向窗子里直压下来，像传说中的巨人。这一路有几条瀑布；瀑布下的溪流快极了，翻着白沫，老像沸着的锅子。早九点多在交湖上车，回去是五点多。

司皮也兹（Spiez）是玲珑可爱的一个小地方：临着森湖，如浮在湖上。路依山而建，共有四五层，台阶似的。街上常看不见人。在旅馆楼上待着，远处偶然有人过去，说话声音听得清清楚楚的。傍晚从露台上望湖，山脚下的暮霭混在一抹轻蓝里，加上几星儿刚放的灯光，真有味。孟特罗（Montreux）的果子可可糖也真有味。日内瓦像上海，只湖中大喷水，高二百余英尺，还有卢梭岛及他出生的老屋，现在已开了古董铺的，可以看看。

一九三二年十月十七日作

延伸思考

分析这篇散文的语言特色，并举例说明。

荷 兰

名师导读

一提到荷兰，大家可能会想到位于海牙的和平宫，有“北方威尼斯”之称的阿姆斯特丹以及凡·高、伦伯朗等历史上有名的画家。朱自清这次游览荷兰，又会带给我们哪些关于荷兰的见闻呢？

一个在欧洲没住过夏天的中国人，在初夏的时候，上北国的荷兰去，他简直觉得是新秋的样子。淡淡的天色，寂寂的田野，火车走着，像没人理会一般。天尽头处偶尔看见一架半架风车，动也不动的，像向天揸开的铁手。在瑞士走，有时也是这样一劲儿的静；可是这儿的肃静，瑞士却没有。瑞士大半是山道，窄狭的，弯曲的，这儿是一片广原，气象自然不同。火车渐渐走近城市，一溜房子看见了。红的黄的颜色，在那灰灰的背景上，越显得鲜明照眼。那尖屋顶原是三角形的底子，但左右两边近底处各折了一折，便多出两个角来；机伶里透着老实，像个小胖子，又像个小老头儿。

荷兰人有名地会盖房子。近代谈建筑，数一数二是荷兰人。快到罗特丹（Rotterdam）的时候，有一家工厂，房屋是新样子。房子分两截，近处一截是一道内曲线，两大排玻璃窗子反射着强弱不同的光。接连着的一截是比较平正些的八层楼，窗子也是横排的。“楼梯间”满用玻璃，外面既好看，上楼又明亮好走，比旧式阴森森的楼梯间，只在墙上开着小窗户的自然好多了。整排不断的横窗户也是现代建筑的特色；靠着钢骨水泥，才能这样办。这家工厂的横窗户有两个式样，窗宽墙窄是一式，墙宽窗窄又是一式。有人说这种墙和窗子像面包夹火腿；但哪是面包哪是火腿却弄不明白。又有人说这种房子仿佛满支在玻璃上，老教人疑心要倒塌似的。可是我只觉得一条条连接不断的横线都有大气力，足以支撑这座大屋子而有余，而且一眼看下去，痛快极了。

海牙和平宫左近，也有不少新式房子，以铺面为多，与工厂又不同。颜色要鲜明些，装饰风也要重些，大致是清秀玲珑的调子。最精致的要数那一座“大厦”，是分租给人家住的。是不规则的几何形。约莫居中是高耸的通明的楼梯间，界划着黑钢的小方格子。一边是长条子，像伸着的一只胳膊；一边是方方的。每层楼都有栏干，长的那边用蓝色，方的那边用白色，衬着淡黄的窗子。人家说荷兰的新房子就像一只轮船，真不错。这些栏干正是轮船上的玩意儿。那梯子间就是烟囱了。大厦前还有一个狭长的池子，浅浅的，尽头处一座雕像。池旁种了些花草，散放着一两张椅子。屋子后面没有栏干，可是水泥墙上简单的几何形的界划，看了也非常爽目。那一带地方很宽阔，又清静，过午时大厦满在太阳光里，左近一些碧绿的树掩映着，教人舍不得走。亚姆斯特丹（Amsterdam）的新式房子更多。皇宫附近的电报局，样子打得巧，斜对面那家电气公司却一味地简朴；两两相形起来，倒有点意思。别的似乎都赶不上这两所好看。但“新开区”还有整大片的新式建筑，没有得去看，不知如何。

荷兰人又有名地会画画。十七世纪的时候，荷兰脱离了西班牙的羁绊，渐渐地兴盛，小康的人家多起来了。他们衣食既足，自然想着些风雅的玩意儿。那些大幅的神话画宗教画，本来专供装饰宫殿小教堂之用。他们是新国，用不着这些。他们只要小幅头画着本地风光的。人像也好，风俗也好，景物也好，只要“荷兰的”就行。在这些画里，他们亲亲切切地看见自己。要求既多，供给当然跟着。那时画是上市的，和皮鞋与蔬菜一样，价钱也差不多。就中风俗画（Genre picture）最流行。直到现在，一提起荷兰画家，人总容易想起这种画。这种画的取材是极平凡的日常生活；而且限于室内，采的光往往是灰暗的。这种材料的生命在亲切有味或滑稽可喜。一个卖野味的铺子可以成功一幅画，一顿饭也可以成功一幅画。有些滑稽太过，便近乎低级趣味。譬如海牙毛利丘司（Mauritshuis）画院所藏的莫兰那（Molenaer）画的《五觉图》。《嗅觉》一幅，画一妇人捧着小孩，他正在拉矢[①]。《触觉》一幅更奇，画一妇人坐着，一男人探手入她的衣底；妇人便举起一只鞋，要向他的

名师注解

① 矢：古又同“屎”。

头上打下去。这画院里的名画却真多。陀（Dou）的《年轻的管家妇》，琐琐屑屑地画出来，没有一些地方不熨贴。鲍特（Potter）的《牛》工极了，身上一个蝇子都没有放过，但是活极了，那牛简直要从墙上缓缓地走下来；布局也单纯得好。卫米尔（Vermeer）[①] 画他本乡代夫脱（Delft）的风景一幅，充分表现那静肃的味道。他是小风景画家，以善分光影和精于布局著名。风景画取材杂，要安排得停当是不容易的。荷兰画像，哈司（Hals）[②] 是大师。但他的好东西都在他故乡哈来姆（Haarlem），别处见不着。亚姆斯特丹的力克士博物院（Rijks Museum）中有他一幅《俳优》，是一个弹着琵琶的人，神气颇足。这些都是十七世纪的画家。

但是十七世纪荷兰最大的画家是冉伯让（Rembrandt）[③]。他与一般人不同，创造了个性的艺术；将自己的思想感情，自己这个人放进他画里去。他画画不再伺候人；即使画人像，画宗教题目，也还分明地见出自己。十九世纪艺术的浪漫运动只承认表现艺术家的个性的作品有价值，便是他的影响。他领略到精神生活里神秘的地方，又有深厚的情感。最爱用一片黑做背景；但那黑是活的不是死的。黑里渐渐透出黄黄的光，像压着的火焰一般；在这种光里安排着他的人物。像这样的光影的对照是他的绝技；他的神秘与深厚也便从这里见出。这不仅是浮泛的幻想，也是贴切的观察；在他作品里梦和现实混在一块儿。有人说他从北国的烟云里悟出了画理，那也许是真的。他会看到氤氲的底里去。他的画像最能表现人的心理，也便是这个缘故。

毛利丘司里有他的名作《解剖班》《西面在圣殿中》。前一幅写出那站着在说话的大夫从容不迫的样子。一群学生围着解剖台，有些坐着，有些站着；毛着腰的，侧着身子的，直挺挺站着的，应有尽有。他们的头，或俯或仰，或偏或正，没有两个人相同。他们的眼看着尸体，看着说话的大夫，或无所属，但都在凝神听话。写那种专心致志的光景，维妙维肖。后一幅写殿

名师注解

① 卫米尔：现译维米尔（1632 － 1675），荷兰独特的风俗画家，著名作品有《代尔夫特风景》《厨娘》等。

② 哈司：现译哈尔斯（约 1582 － 1666），17 世纪荷兰肖像画主要代表，代表作品有《吉卜赛女郎》《弹曼陀铃的小丑》等。

③ 冉伯让：现译伦勃朗（1606 － 1669），17 世纪荷兰最伟大的现实主义绘画大师之一，代表作有《夜巡》《浴女》《犹太新娘》等。

宇的庄严，和参加的人的圣洁与和蔼，一种虔敬的空气弥漫在画面上，教人看了会沉静下去。他的另一杰作《夜巡》在力克士博物院里。这里一大群武士，都拿了兵器在守望着敌人。一位爵爷站在前排正中间，向着旁边的弁兵有所吩咐；别的人有的在眺望，有的在指点，有的在低低地谈论，右端一个打鼓的，人和鼓都只露了一半；他似乎焦急着，只想将槌子敲下去。左端一个人也在忙忙地伸着右手整理他的枪口。他的左胳膊底下钻出一个孩子，露着惊惶的脸。人物的安排，交互地用疏密与明暗；乍看不匀称，细看再匀称没有。这幅画里光的运用最巧妙；那些浓淡浑析的地方，便是全画的精神所在。冉伯让是雷登（Leiden）人，晚年住在亚姆斯特丹。他的房子还在，里面陈列着他的腐刻画与钢笔毛笔画。腐刻画是用药水在铜上刻出画来，他是大匠手；钢笔画毛笔画他也擅长。这里还有他的一座铜像，在用他的名字的方场上。

海牙是荷兰的京城，地方不大，可是清静。走在街上，在淡淡的太阳光里，觉得什么都可以忘记了的样子。城北尤其如此。新的和平宫就在这儿，这所屋是一个人捐了做国际法庭用的。屋不多，里面装饰得很好看。引导人如数家珍地指点着，告诉游客这些装饰品都是世界各国捐赠的。楼上正中一间大会议厅，他们称为日本厅；因为三面墙上都挂着日本的大幅的缂丝，而这几幅东西是日本用了多少多少人在不多的日子里特地赶做出来给这所和平宫用的。这几幅都是花鸟，颜色鲜明，织得也细致；那日本特有的清丽的画风整个儿表现着。中国送的两对景泰蓝的大壶（古礼器的壶）也安放在这间厅里。厅中间是会议席，每一张椅子背上有一个缎套子，绣着一国的国旗；那国的代表开会时便坐在这里。屋左屋后是花园；亭子，喷水，雕像，花木等等，错综地点缀着，明丽深曲兼而有之。也不十二分大，却老像走不尽的样子。从和平宫向北去，电车在稀疏的树林子里走。满车中绿阴阴的，斑驳的太阳光在车上在地下跳跃着过去。不多一会儿就到海边了。海边热闹得很，玩儿的人来往不绝。长长的一带沙滩上，满放着些藤篓子——实在是些轿式的藤椅子，预备洗完澡坐着晒太阳的。这种藤篓子的顶像一个瓢，又圆又胖，那拙劲儿真好。更衣的小木屋也多。大约天气还冷，沙滩上只看见零零落落的几个人。那北海的海水白白的展开去，没有一点风涛，像个顶听话的孩子。

亚姆斯特丹在海牙东北，是荷兰第一个大城。自然不及海牙清静。可是河道多，差不多有一道街就有一道河，是北国的水乡；所以有“北方威尼斯”之称。桥也有三百四十五座，和威尼斯简直差不多。河道宽阔干净，却比威尼斯好；站在桥上顺着河望过去，往往水木明瑟，引着你一直想见最远最远的地方。亚姆斯特丹东北有一个小岛，叫马铿（Marken）岛，是个小村子。那边的风俗服装古里古怪的，你一脚踏上岸就会觉得回到中世纪去了。乘电车去，一路经过两三个村子。那是个阴天。漠漠的风烟，红黄相间的板屋，正在旋转着让船过去的轿，都教人耳目一新。到了一处，在街当中下了车，由人指点着找着了小汽轮。海上坦荡荡的，远处一架大风车在慢慢地转着。船在斜风细雨里走，渐渐从朦胧里看见马铿岛。这个岛真正“不满眼”，一道堤低低的环绕着。据说岛只高出海面几尺，就仗着这一点儿堤挡住了那茫茫的海水。岛上不过二三十份人家，都是尖顶的板屋；下面一律搭着架子，因为隔水太近了。板屋是红黄黑三色相间着，每所都如此。岛上男人未多见，也许打渔去了；女人穿着红黄白蓝黑各色相间的衣裳，和他们的屋子相配。总而言之，一到了岛上，虽在黯淡的北海上，眼前却亮起来了。岛上各家都预备着许多纪念品，争着将游客让进去；也有装了一大柳条筐，一手抱着孩子，一手挽着筐子在路上兜售的。自然做这些事的都是些女人。纪念品里有些玩意儿不坏：如小木鞋，像我们的毛窝的样子；如长的竹烟袋儿，烟袋锅的脖子上挂着一双顶小的木鞋，的里瓜拉的；如手绢儿，一角上绒绣着岛上的女人，一架大风车在她们头上。

回来另是一条路，电车经过另一个小村子叫伊丹（Edam）。这儿的干酪四远驰名，但那一座挨着一座跨在一条小河上的高架吊桥更有味。望过去足有二三十座，架子像城门圈一般；走上去便微微摇晃着。河直而窄，两岸不多几层房屋，路上也少有人，所以仿佛只有那一串儿的桥轻轻地在风里摆着。这时候真有些觉得是回到中世纪去了。

一九三二年十一月十七日作

延伸思考

朱自清对荷兰绘画艺术的详细介绍，让我们看出这位文学大家在绘画方面也有很深的造诣。请仔细阅读这一部分内容，整理出作者所介绍的那些名家名画。

柏 林【精读】

名师导读

这一次，朱自清将带着我们游览德国的首都柏林。跟随朱自清先踏入柏林宽大、干净的街道，再进入梯尔园游览一番，然后参观柏林众多的博物馆，感受柏林的魅力吧！

柏林的街道宽大，干净，伦敦巴黎都赶不上的；又因为不景气，来往的车辆也显得稀些。在这儿走路，尽可以从容自在地呼吸空气，不用张张望望躲躲闪闪。找路也顶容易，因为街道大概是纵横交切，少有“旁逸斜出”的。最大最阔的一条叫菩提树下，柏林大学，国家图书馆，新国家画院，国家歌剧院都在这条街上。东头接着博物院洲，大教堂，故宫；西边到著名的勃朗登堡门为止，长不到二里。过了那座门便是梯尔园，街道还是直伸下去——这一下可长了，三十七八里。勃朗登堡门和巴黎凯旋门一样，也是纪功的。建筑在十八世纪末年，有点仿雅典奈昔克里司门的式样。高六十六英尺，宽六十八码半；两边各有六根多力克式石柱子。顶上是站在驷马车里的胜利神像，雄伟庄严，表现出德意志国都的神采。那神像在一八零七年被拿破仑当作胜利品带走，但七年后便又让德国的队伍带回来了。

名师点评 在这里，雄伟庄严的神像是民族尊严的象征。朱自清用轻松的语气讲述的那段历史，体现了德国人民的英勇和捍卫尊严的坚强毅力。

从菩提树下西去，一出这座门，立刻神气清爽，眼前别有天地；那空阔，那望不到头的绿树，便是梯尔园。这是柏林最大的公园，东西六里，南北约二里。地势天然生得好，加上树种得非常巧妙，小湖小溪，或隐或显，也安排的是地方。大道像轮子的辐，凑向轴心去。道旁齐齐地排着葱郁的高树；树下有时候排着些白石雕像，在深绿的背景上越显得洁白。小道像树叶上的脉络，不知有多少。跟着道走，总有好地方，不辜负你。园子里花坛也不少。罗森花坛是出名的一个，玫瑰最好。一座天然的围墙，圆圆地绕着，上面密密地厚厚地长着绿的小圆叶子；墙顶参差不齐。坛中有两个小方池，满飘着雪白的水莲花，玲珑地托在叶子上，像惺忪的星眼。两池之间是一个皇后的雕像；四周的花香花色好像她的供养。梯尔园人工胜于天然。真正的天然却又是一番境界。曾走过市外"新西区"的一座林子。稀疏的树，高而瘦的干子，树下随意弯曲的路，简直教人想到倪云林的画本[①]。看着没有多大，但走了两点钟，却还没走完。

名师点评

形象生动的比喻将水莲花的玲珑、朦胧之态惟妙惟肖地展现了出来。

柏林市内市外常看见运动员风的男人女人。女人大概都光着脚亮着胳膊，雄赳赳地走着，可是并不和男人一样。她们不像巴黎女人的苗条，也不像伦敦女人的拘谨，却是自然得好。有人说她们太粗，可是有股劲儿。司勃来河横贯柏林市，河上有不少划船的人。往往一男一女对坐着，男的只穿着游泳衣，也许赤着膊只穿短裤子。看的人绝不奇怪而且有喝采的。曾亲见一个女大学生指着这样划着船的人说，"美啊！"赞美身体，赞美运动，已成了他们的道德。星期六星期日上水边野外看去，男男女女老老少少谁都带一点运动员风。再进一步，便是所谓"自然运动"。大家索性不要那捞什子衣服，那才真是自然生活了。这有一定地方，当然不会随处见着。但书籍杂志是容易买到的。也有这种电影。那些人运动的姿势很好看，很柔软，有点儿像太极拳。在长天大海的背景上来这一套，确是美的，和谐的。日前报上说德国当局要取缔他们，看来未免有些个多事。

柏林重要的博物院集中在司勃来河中一个小洲上。这就叫做博物院洲。虽然叫做洲，因为周围陆地太多，河道几乎挤得没有了，加上十六道桥，走上去毫不觉得身在洲中。洲上总共七个博物院，

名师注解

① 倪云林的画本：指明代吴从先撰写的一部艺术评论类散文《倪云林画论》。云林，元代画家倪瓒（1301－1374）的号，其画作特点为"写景遗兴，寓情寄概"。

六个是通连着的。最奇伟的是勃嘉蒙（Pergamon）与近东古迹两个。勃嘉蒙在小亚细亚，是希腊的重要城市，就是现在的贝加玛。柏林博物院团在那儿发掘，掘出一座大享殿，是祭大神宙斯用的。这座殿是二千二百年前造的，规模宏壮，雕刻精美。掘出的时候已经残破；经学者苦心研究，知道原来是什么样子，便照着修补起来，安放在一间特建的大屋子里。屋子之大，让人要怎么看这座殿都成。屋顶满是玻璃，让光从上面来，最均匀不过；墙是淡蓝色，衬出这座白石的殿越发有神儿。殿是方锁形，周围都是爱翁匿克式石柱，像是个廊子。当锁口的地方，是若干层的台阶儿。两头也有几层，上面各有殿基；殿基上，柱子下，便是那著名的“壁雕”。壁雕（Frieze）是希腊建筑里特别的装饰；在狭长的石条子上半深浅地雕刻着些故事，嵌在墙壁中间。这种壁雕颇有名作。如现存在不列颠博物院里的雅典巴昔农神殿的壁雕便是。这里的是一百三十二码长，有一部分已经移到殿对面的墙上去。所刻的故事是奥灵匹亚诸神与地之诸子巨人们的战争。其中人物精力饱满，历劫如生。另一间大屋里安放着罗马建筑的残迹。一是大三座门，上下两层，上层全为装饰用。两层各用六对哥林斯式的石柱，与门相间着，隔出略带曲折的廊子。上层三座门是实的，里面各安着一尊雕像，全体整齐秀美之至。一是小神殿。两样都在第二世纪的时候。

近东古迹院里的东西是十九世纪末二十世纪初年德国东方学会在巴比仑和亚述发掘出来的。中间巴比仑的以色他门（Ischtar Gateway）最为壮丽。门建筑在二千五百年前奈补卡德乃沙王第二的手里。门圈儿高三十九英尺，城垛儿四十九英尺，全用蓝色珐琅砖砌成。墙上浮雕着一对对的龙（与中国所谓龙不同）和牛，黄的白的相间着；上下两端和边上也是这两色的花纹。龙是巴比仑城隍马得的圣物，牛是大神亚达的圣物。这些动物的像稀疏地排列着，一面墙上只有两行，犄角上只有一行；形状也单纯划一。色彩在那蓝的地子上，却非常之鲜明。看上去真像大幅缂丝的图案似的。还有巴比仑王宫里正殿的面墙，是与以色他门同时做的，颜色鲜丽也一样，只不过以植物图案为主罢了。马得祭道两旁屈折的墙基也用蓝珐琅砖；上面却雕着向前走的狮子。这个祭道直通以色他门，现在也修补好了一小段，仍旧安在以色他门前面。另有一件模型，是整个儿的巴比仑城。这也可以慰情聊胜无了。亚述巴先宫的面墙放在以色他门的对面，当然也是修补起来的；周围正正的拱门，一层层又细又密的柱子，在许多直线里透出秀气。

新博物院第一层中央是一座厅。两道宽阔而华丽的楼梯仿佛占住了那间大屋子，但那间屋子还是照样地觉得大不可言。屋里什么都高大；迎着楼梯两座复制的大雕像，两边墙上大幅的历史壁画，一进门就让人觉得万千的气象。德意志人的魄力，真有他们的。楼上本是雕版陈列室，今年改作哥德展览会。有哥德和他朋友们的像，他的画，他的书的插图等等。《浮士德》的插图最多，同一件事各人画来趣味各别。楼下是埃及古物陈列室，大大小小的“木乃伊”都有；小孩的也有。有些在头部放着一块板，板上画着死者的面相；这是用熔蜡画的，画法已失传。这似乎是古人一件聪明的安排，让千秋万岁后，还能辨认他们的面影。另有人种学博物院在别一条街上，分两院。所藏既丰富，又多罕见的。第一院吐鲁番的壁画最多。那些完好的真是妙庄严相；那些零碎的也古色古香。中国、日本的东西不少，陈列得有系统极了，中日人自己动手，怕也不过如此。第二院藏的日本的漆器与画很好。史前的材料都收在这院里。有三间屋专陈列一八七一到一八九零希利曼（Heinrich Schliemann）发掘特罗衣（Troy）城所得的遗物。

名师点评

除了博物馆大厅的“万千的气象”，文中还有哪些描写体现了“德意志人的魄力”？

名师点评

细节描写使读者看到德国人的严谨。

故宫在博物院洲之北，一九二一年改为博物院，分历史的工艺的两部分。历史的部分都是王族用过的公私屋子。这些屋子每间一个样子；屋顶，墙壁，地板，颜色，陈设，各有各的格调。但辉煌精致，是异曲同工的。有一间屋顶作穹隆形状，蓝地金星，俨然夜天的光景。又一间张着一大块伞形的绸子，像在遮着太阳。又一间用了“古络钱”纹做全室的装饰。壁上或画画，或挂画。地板用细木头嵌成种种花样，光滑无比。外国的宫殿外观常不如中国的宏丽，但里边装饰的精美，我们却断乎不及。故宫西头是皇储旧邸。一九一九年因为国家画院的画拥挤不堪，便将近代的作品挪到这儿，陈列在前边的屋子里。大部分是印象派表现派，也有立体派。表现派是德国自己的画派。原始的精神，狂热的色调，粗野模糊的构图，

名师点评

表现派的画风表现了德国人的精神特质——重个性、重自然。

你像在大野里大风里大火里。有一件立体派的雕刻，是三个人像。虽然多是些三角形，直线，可是一个有一个的神气，彼此还互相照应，像真会说话一般。表现派的精神现在还多多少少存在：柏林魏坦公司六月间有所谓“民众艺术展览会”，出售小件用具和玩物。玩物里如小动物，孩子头之类，颇有些奇形怪状，别具风趣的。还有展览场六月间的展览里，有一部是剪贴画。用颜色纸或布拼凑成形，安排在一块地子上，一面加上些沙子等，教人有实体之感，一面却故意改变形体的比例与线条的曲直，力避写实的手法。有些现代人大约“是”要看了这种手艺才痛快的。

名师点评

作者用对比的手法展现柏林建筑的特点。

这一回展览里有好些小家屋的模型，有大有小。大概造起来省钱；屋子里空气，光，太阳都够现代人用。没有那些无用的装饰，只看见横竖的直线。用颜色，或用对照的颜色，教人看一所屋子是“整个儿”，不零碎，不琐屑。小家屋如此，“大厦”也如此。德国的建筑与荷兰不同。他们注重实用，以简单为美，有时候未免太朴素些。近年来柏林这种新房子造得不少。这已不是少数艺术家的试验而是一般人的需要了。“新西区”一带便都是的。那一带住屋小而巧，里面的装饰干净利落，不显一点板滞。“大厦”多在东头亚历山大场，似乎美观的少。有些满用横线，像夹沙糕，有些满用直线，这自然说的是窗子。用直线的据说是美国影响。但美国房屋高入云霄，用直线合式；柏林的低多了，又向横里伸张，用直线便大大地不谐和了。“大厦”之外还有“广场”，刚才说的展览场便是其一。这个广场有八座大展览厅，连附属的屋子共占地十八万二千平方英尺；空场子合计起来共占地六十五万平方英尺。乍走进去的时候，摸不着头脑，仿佛连自己也会丢掉似的。建筑都是新式。整个的场子若在空中看，是一幅图案，轻灵而不板重。德意志体育场，中央飞机场，也都是这一类新造的广场。前两个在西，后一个在南，自然都在市外。此外电影院跳舞场往往得风气之先，也有些新式样。如铁他尼亚宫电影院，那台，那灯，那花楼，不是用圆，用弧线，便是用与弧线相近的曲线，要的也是一个干净利落罢了。台上一圈儿一圈儿有些像排箫的是管风琴。管风琴安排起来最累赘，这儿的布置却新鲜悦目，也许电影管风琴简单些，才可以这么办。颜色用白银与淡黄对照，教人常常清醒。祖国舞场也是新式，但多用直线形；颜色似乎多一种黑。这里面有许多咖啡室。日本室便按日本式陈设，土耳其室便按土耳其式。还有莱茵室，在壁上画着莱茵河的风景，用好些小电灯点缀在天蓝的背景上，看去略得河上的夜的意思——自然，屋里别处是不用灯的。还有雷电室，壁上画着雷电的情景，用电光运转；电射雷鸣，与音乐应和着。爱热闹的人都上那儿去。

柏林西南有个波次丹（Potsdam），是佛来德列大帝的城。城外有个无愁园，园里有个无愁宫，便是大帝常住的地方。大帝迷法国，这座宫，这座园子都仿凡尔赛的样子。但规模小多了，神儿差远了。大帝和伏尔泰是好朋友，他请伏尔泰在宫里住过好些日子，那间屋便在宫西头。宫西边有一架大风车。据说大帝不喜欢那风车日夜转动的声音，派人跟那产主说要买它。出乎意外，产主愣不肯。大帝恼了，又派人去说，不卖便要拆。产主也恼了，说，他会拆，我会告他。大帝想不到乡下人这么倔强，大加赏识，那风车只好由它响了。因此现在便叫它做“历史的风车”。隔无愁宫没多少路，有一座新宫，里面有一间“贝厅”，墙上地上满嵌着美丽的贝壳和宝石，虽然奇诡，却以素雅胜。

名师点评：生动有趣的故事，增加了游记散文的趣味性。

一九三三年十二月二十二日作完

延伸思考

从朱自清的这篇散文中，我们可以看出德国人有着怎样的性格特征？

三家书店【精读】

名师导读

朱自清在这篇散文里主要记叙了他在英国留学期间去过的伦敦的三家书店——福也尔、彭勃思、诗籍铺。三家书店各有各的历史，各有各的特色。徜徉其间，你会感受到浓郁而温馨的历史气息。

伦敦卖旧书的铺子，集中在切林克拉斯路（Charing Cross Road）；那是热闹地方，顶容易找。路不宽，也不长，只这么弯弯的一段儿；两旁不短的是书，玻璃窗里齐整整排着的，门口摊儿上乱哄哄摆着的，都有。加上那徘徊在窗前的，围绕着摊儿的，看书的人，到处显得拥拥挤挤，看过去路便更窄了。摊儿上看最痛快，随你翻，用不着“劳驾”“多谢”；可是让风吹日晒的到底没什么好书，要看好的还得进铺子去。进去了有时也可随便看，随便翻，但用得着“劳驾”“多谢”的时候也有；不过爱买不买，决不至于遭白眼。说是旧书，新书可也有的是；只是来者多数为的旧书罢了。

名师点评：这一段句读停顿虽多，但思维致密、连贯，读来朗朗上口，连词的运用更精妙地体现了句子的结构。仔细阅读，感受作者深厚的语言功力。

最大的一家要算福也尔（Foyles），在路西；新旧大楼隔着一道小街相对着，共占七号门牌，都是四层，旧大楼还带地下室——可并不是地窨子。店里按着书的性质分二十五部；地下室里满是旧文学书。这爿店二十八年前本是一家小铺子，只用了一个店员；现在店员差不多到了二百人，藏书到了二百万种，伦敦的《晨报》称为“世界最大的新旧书店”。两边店门口也摆着书摊儿，可是比别家的大。我的一本《袖珍欧洲指南》，就在这儿从那穿了满染着书尘的工作衣的店员手里，用半价买到的。在摊儿上翻书的时候，往往看不见店员的影子；等到选好了书四面找他，他却从不知那一个角落里钻出来了。但最值得流连的还是那间地下室；那儿有好多排书架子，地上还东一堆西一堆的。乍进去，好像掉在书海里；慢慢地才找出道儿来。屋里不够亮，土又多，离窗户远些的地方，白日也得开灯。可是看得自在；他们是早七点到晚九点，你待个几点钟不在乎，一天去几趟也不在乎。只有一件，不可着急。你得像逛庙会逛小市那样，一半玩儿，一半当真，翻翻看看，看看翻翻；也许好几回碰不见一本合意的书，也许霎时间到手了不止一本。

名师点评

在这一部分，作者使用了反复、回环、对称等修辞格，短句、散句、整句、并列句交错的语式，传达给读者一种轻松安宁、自由自在的氛围。

开铺子少不了生意经，福也尔的却颇高雅。他们在旧大楼的四层上留出一间美术馆，不时地展览一些画。去看不花钱，还送展览目录；目录后面印着几行字，告诉你要买美术书可到馆旁艺术部去。展览的画也并不坏，有卖的，有不卖的。他们又常在馆里举行演讲会，讲的人和主席的人当中，不缺少知名的。听讲也不用花钱；只每季的演讲程序表下，“恭请你注意组织演讲会的福也尔书店”。还有所谓文学午餐会，记得也在馆里。他们请一两个小名人做主角，随便谁，纳了餐费便可加入；英国的午餐很简单，费不会多。假使有闲工夫，去领略领略那名隽的谈吐，倒也值得的，不过去的却并不怎样多。

牛津街是伦敦的东西通衢，繁华无比，街上呢绒店最多；但也有一家大书铺，叫做彭勃思（Bumpus）的便是。这铺子开设于一七九〇年左右，原在别处；一八五〇年在牛津街开了一个分店，十九世纪末便全挪到那边去了，维多利亚时代，店主多马斯·彭勃思很通声气，来往的有迭更斯，兰姆，麦考莱，威治威斯等人；铺子就在这时候出了名。店后来连着旧法院，有看守所，守卫室等，十几年来都让店里给买下了。这点古迹增加了人对于书店的趣味。法院的会议圆厅现在专作书籍展览会之用；守卫室陈列插图的书，看守所变成新书的货栈。但当日的光景还可从一些画里看出：如十八世纪罗兰生（Rowlandson）所画守卫室内部，是晚上各守卫提了灯准备去查监的情形，瞧着很忙碌的样子。再有一个图，画的是一七二九的一个守卫，神气够凶的。看守所也有一幅画，砖砌的一重重大拱门，石板铺的地，看守室的厚木板门严严锁着，只留下一个小方窗，还用十字形的铁条界着；真是铜墙铁壁，插翅也飞不出去。

这家铺子是五层大楼，却没有福也尔家地方大。下层卖新书，三楼卖儿童书，外国书，四楼五楼卖廉价书；二楼卖绝版书，难得的本子，精装的新书，还有《圣经》，祈祷书，书影等等，似乎是菁华所在。他们有初印本，精印本，著者自印本，著者签字本等目录，搜罗甚博，福也尔家所不及。新书用小牛皮或摩洛哥皮（山羊皮——羊皮也可仿制）装订，烫上金色或别种颜色的立体派图案；稀疏的几条平直线或弧线，还有“点儿”，错综着配置，透出干净，利落，平静，显豁，看了心目清朗。装订的书，数这儿讲究，别家书店里少见。书影是仿中世纪的抄本的一叶，大抵是祷文之类。中世纪钞本用黑色花体字，文首第一字母和叶边空处，常用蓝色金色画上各样花饰，典丽矞皇，穷极工巧，而又经久不变；仿本自然说不上这些，只取其也有一点古色古香罢了。

一九三一年里，这铺子举行过两回展览会，一回是剑桥书籍展览，一回是近代插图书籍展览，都在那“会议厅”里。重要的自然是第一回。牛津剑桥是英国最著名的大学；各有印刷所，也都著名。这里从前展览过牛津书籍，现在再展览剑桥的，可谓无遗憾了。这一年是剑桥目下的辟特印刷所（The Pitt Press）奠基百年纪念，展览会便为的庆祝这个。展览会由鼎鼎大名的斯密兹将军（General Smuts）开幕，到者有科学家詹姆士·金斯（James Jeans），亚特·爱丁顿（Arthur Eddington），还有别的人。展览分两部，现在出版的书约莫四千册是一类；另一类是历史部分。剑桥的书字型清晰，墨色匀称，行款合式，书扉和书衣上最见工夫；尤其擅长的是算学书，专门的科学书。这两种书需要极精密的技巧，极仔细的校对；剑桥是第一把手。但是这些东西，还有他们印的那些冷僻的外国语书，都卖得少，赚不了钱。除了是大学印刷所，别家大概很少愿意承印。剑桥又承印《圣经》；英国准印《圣经》的只剑桥牛津和王家印刷人。斯密兹说剑桥就靠《圣经》和教科书赚钱。可是《泰晤士报》社论中说现在印《圣经》的责任重大，认真地考究地印，也只能够本罢了。——一五八八年英国最早的《圣经》便是由剑桥承印的。

英国印第一本书，出于伦敦威廉·甲克司登（William Caxton）之手，那是一四七七年。到了一五二一，约翰·席勃齐（John Siberch）来到剑桥，一年内印了八本书；剑桥印刷事业才创始。八年之后，大学方面因为有一家书纸店与异端的新教派勾结，怕他们利用书籍宣传，便呈请政府，求英王核准在剑桥只许有三家书铺，让他们宣誓不卖未经大学检查员审定的书。那时英王是亨利第八；一五三四年颁给他们敕书，授权他们选三家书纸店兼印刷人，或书铺，“印行大学校长或他的代理人等所审定的各种书籍”。这便是剑桥印书的法律根据。不过直到一五八三年，他们才真正印起书来。那时伦敦各家书纸店有印书的专利权，任意抬高价钱。他们妒忌剑桥印书，更恨的是卖得贱。恰好一六二〇年剑桥翻印了他们一本文法书，他们就在法庭告了一状。剑桥师生老早不乐意他们抬价钱，这一来更愤愤不平；大学副校长第二年乘英王詹姆士第一上新市场去，半路上就递上一件呈子，附了一个比较价目表。这样小题大做，真有些书呆子气。王和诸大臣商议了一下，批道，我们现在事情很多，没工夫讨论大学与诸家书纸店的权益；但准大学印刷人出售那些文法书，以救济他的支绌。这算是碰了个软钉子，可也算是胜利。那呈子，那批，和上文说的那本《圣经》都在这一回展览中。席勒齐印的八本书也有两种在这里。此外还有一六二九年初印的定本《圣经》，书扉雕刻繁细，手艺精工之极。又密尔顿《力息达斯》（Lycidas）的初本也在展览着，那是经他亲手校改过的。

近代插图书籍展览，在圣诞节前不久，大约是让做父母的给孩子们多买点节礼吧。但在一个外国人，却也值得看看。展览的是七十年来的作品，虽没有什么系统，在这里却可以找着各种美，各种趋势。插图与装饰画不一样，得吟味原书的文字，透出自己的机锋。心要灵，手要熟，二者不可缺一。或实写，或想像，因原书情境，画人性习而异。——童话的插图却只得凭空着笔，想像更自由些；在不自由的成人看来，也许别有一种滋味。看过赵译《阿丽思漫游奇境记》里谭尼尔（John Tenniel）的插画的，当会有同感吧。——所展览的，幽默，秀美，粗豪，典重，各擅胜场，琳琅满目；有人称为“视觉的音乐”，颇为近之。最有味的，同一作家，各家插画所表现的却大不相同。譬如我默·伽亚谟（Omar Khayyam），莎士比亚，几乎在一个人手里一个样子；展览会里书多，比较着看方便，可以扩充眼界。插图有“黑白”的，有彩色的；“黑白”的多，为的省事省钱。就黑白画而论，从前是雕版，后来是照相；照相虽然精细，可是失掉了那种生力，只要拿原稿对看就会觉出。这儿也展览原稿，或是侯笔画，或是水彩画；不但可以“对看”，也可以让那些艺术家更和我们接近些。《观察报》记者记这回展览会，说插图的书，字往往印得特别大，意在和谐；却实在不便看。他主张书与图分开，字还照寻常大小印。他自然指大本子而言。但那种“和谐”其实也可爱；若说不便，这种书原是让你慢慢玩赏的，那能像读报一样目下数行呢？再说，将配好了的对儿生生拆开，不但大小不称，怕还要多花钱。

诗籍铺（The Poetry Bookshop）真是米米小，在一个大地方的一道小街上。“叫名”街，实在一条小胡同吧。门前不大见车马，不说；就是行人，一天也只寥寥几个。那道街斜对着无人不知的大英博物院；街口钉着小小的一块字号木牌。初次去时，人家教在博物院左近找。问院门口守卫，他不知道有这个铺子，问路上戴着常礼帽的老者，他想没有这么一个铺子；好容易才找着那块小木牌，真是“远在天边，近在眼前”。这铺子从前在另一处，那才冷僻，连裴歹克的地图上都没名字，据说那儿是一所老宅子，才真够诗味，挪到现在这样平常的地带，未免太可惜。那时候美国游客常去，一个原因许是美国看不见那样老宅子。

名师点评：寥寥数笔就勾勒出作者在伦敦街头寻找诗籍铺的情形。

诗人赫洛德·孟罗（Harold Monro）在一九一二年创办了这爿诗籍铺。用意在让诗与社会发生点切实的关系。孟罗是二十多年来伦敦文学生涯里一个要紧角色。从一九一一给诗社办《诗刊》（Poetry Review）起知名。在第一期里，他说，“诗与人生的关系得再认真讨论，用于别种艺术的标准也该用于诗”。他觉得能做诗的该做诗，有困难时该帮助他，让他能做下去；一般人也该念诗，受用诗。为了前一件，他要自办杂志，为了后一件，他要办读诗会；为了这两件，他办了诗籍铺。这铺子印行过《乔治诗选》（Georgian Poetry），乔治是现在英王的名字，意思就是当代诗选，所收的都是代表作家。第一册出版，一时风靡，买诗念诗的都多了起来；社会确乎大受影响。诗选共五册；出第五册时在一九二二，那时乔治诗人的诗兴却渐渐衰了。一九一九到二五年铺子里又印行《市本》月刊（The Chapbook）登载诗歌，评论，木刻等，颇多新进作家。

读诗会也在铺子里，星期四晚上准六点钟起，在一间小楼上。一年中也有些时候定好了没有。从创始以来，差不多没有间断过。前前后后著名的诗人几乎都在这儿读过诗：他们自己的诗，或他们喜欢的诗。入场券六便士，在英国算贱，合四五毛钱。在伦敦的时候，也去过两回。那时孟罗病了，不大能问事，铺子里颇为黯淡。两回都是他夫人爱立达·克莱曼答斯基（Alida Klemantaski）读，说是找不着别人。那间小楼也容得下四五十位子，两回去，人都不少；第二回满了座，而且几乎都是女人——还有挨着墙站着听的。屋内只读诗的人小桌上一盏蓝罩子的桌灯亮着，幽幽的。她读济兹和别人的诗，读得很好，口齿既清楚，又有顿挫，内行说，能表出原诗的情味。英国诗有两种读法，将每个重音咬得清清楚楚，顿挫的地方用力，和说话的调子不相像，约翰·德林瓦特（John Drinkwater）便主张这一种。他说，读诗若用说话的调子，太随便，诗会跑了。但是参用一点儿，像克莱曼答斯基女士那样，也似乎自然流利，别有味道。这怕要看什么样的诗，什么样的读诗人，不可一概而论。但英国读诗，除不吟而诵，与中国根本不同之外，还有一件：他们按着文气停顿，不按着行，也不一定按着韵脚。这因为他们的诗以轻重为节奏，文句组织又不同，往往一句跨两行三行，却非作一句读不可，韵脚便只得轻轻地滑过去。读诗是一种才能，但也需要训练；他们注重这个，训练的机会多，所以是诗人都能来一手。

铺子在楼下，只一间，可是和读诗那座楼远隔着一条甬道。屋子有点黑，四壁是书架，中间桌上放着些诗歌篇子（Sheets），木刻画。篇子有宽长两种，印着诗歌，加上些零星的彩画，是给大人和孩子玩儿的。犄角儿上一张账桌子，坐着一个戴近视眼镜的，和蔼可亲的，圆脸的中年妇人。桌前装着火炉，炉旁蹲着一只大白狮子猫，和女人一样胖。有时也遇见克莱曼答斯基女士，匆匆地来匆匆地去。孟罗死在一九三二年三月十五日。第二天晚上到铺子里去，看见两个年轻人在和那女人司账说话；说到诗，说到人生，都是哀悼孟罗的。话音很悲伤，却如清泉流泻，差不多句句像诗；女司账说不出什么，唯唯而已。孟罗在日最尽力于诗人文人的结合，他老让各色的才人聚在一块儿。又好客，家里炉旁（英国终年有用火炉的时候）常有许多人聚谈，到深夜才去。这两位青年的伤感不是偶然的。他的铺子可是赚不了钱；死后由他夫人接手，勉强张罗，现在许还开着。

一九三四年十月二十七日作

名师点评

从当年印行的诗集的一时风靡到如今铺子的勉强张罗，结语一句透露出作者些许怅然。

精华赏析

这篇散文是朱自清语言风格成熟的代表。对文中出现的人、事、物，作者都能用温煦的语言娓娓道来，精巧、错落的短句也使散文的可读性增强。此外，粗线条的勾勒、选材的精湛、剪裁的恰当、记叙的绝妙也是本篇散文的特点。

延伸思考

文中记叙了伦敦街头的哪三家书店？它们各有什么样的特点？

圣诞节

名师导读

朱自清在为期四个月的欧洲大陆游览结束后，前往英国继续留学。他在那里生活了七个月，他称这段生活是“旅程中最有意义的一段儿”。朱自清曾在他朋友的房东太太家过圣诞节，他把当时的见闻和体会就写在了这篇文章里。

十二月二十五日圣诞节。英国人过圣诞节，好像我们旧历年的味儿。习俗上宗教上，这一日简直就是“元旦”；据说七世纪时便已如此，十四世纪至十八世纪中叶，虽然将“元旦”改到三月二十五日，但是以后情形又照旧了。至于一月一日，不过名义上的岁首，他们向来是不大看重的。

这年头人们行乐的机会越过越多，不在乎等到逢年过节；所以年情节景一回回地淡下去，像从前那样热狂地期待着，热狂地受用着的事情，怕只在老年人的回忆，小孩子的想象中存在着罢了。大都市里特别是这样；在上海就看得出，不用说更繁华的伦敦了。再说这种不景气的日子，谁还有心肠认真找乐儿？所以虽然圣诞节，大家也只点缀点缀，应个景儿罢了。

可是邮差却忙坏了，成千成万的贺片经过他们的手。贺片之外还有月份牌。这种月份牌一点儿大，装在卡片上，也有画，也有吉语。花样也不少，却比贺片差远了。贺片分两种，一种填上姓名，一种印上姓名。交游广的用后一种，自然贵些；据说前些年也得勾心斗角地出花样，这一年却多半简简单单的，为的好省些钱。前一种却不同，各家书纸店得抢买主，所以花色比以先还多些。不过据说也没有十二分新鲜出奇的样子，这个究竟只是应景的玩意儿呀。但是在一个外国人眼里，五光十色，也就够瞧的。曾经到旧城一家大书纸店里看过，样本厚厚的四大册，足有三千种之多。

样本开头是皇家贺片：英王的是圣保罗堂图；王后的内外两幅画，其一是花园图；威尔士亲王的是候人图；约克公爵夫妇的是一六六〇年圣詹姆士公园冰戏图；马利公主的是行猎图。圣保罗堂庄严宏大，下临伦敦城；园里的花透着上帝的微笑；候人比喻好运气和欢乐在人生的大道上等着你；圣詹姆士公园（在圣詹姆士宫南）代表宫廷，溜冰和行猎代表英国人运动的嗜好。那幅溜冰图古色古香，而且十足神气。这些贺片原样很大，也有小号的，谁都可以买来填上自己名字寄给人。此外有全金色的，晶莹照眼；有“蝴蝶翅”的，闪闪的宝蓝光；有雕空嵌花纱的，玲珑剔透，如嚼冰雪。又有羊皮纸仿四折本的；嵌铜片小风车的；嵌彩玻璃片圣母像的；嵌剪纸的鸟的；在猫头鹰头上粘羊毛的：都为的教人有实体感。

太太们也忙得可以的，张罗着亲戚朋友丈夫孩子的礼物，张罗着装饰屋子，圣诞树，火鸡等等。节前一个礼拜，每天电灯初亮时上牛津街一带去看，步道上挨肩擦背匆匆来往的满是办年货的；不用说是太太们多。装饰屋子有两件东西不可没有，便是冬青和“苹果寄生”（mistletoe）的枝子。前者教堂里也用；后者却只用在人家里；大都插在高处。冬青取其青，有时还带着小红果儿；用以装饰圣诞节，由来已久，有人疑心是基督教徒从罗马风俗里捡来的。“苹果寄生”带着白色小浆果儿，却是英国土俗，至晚十七世纪初就用它了。从前在它底下，少年男人可以和任何女子接吻；但接吻后他得摘掉一粒果子。果子摘完了，就不准再在下面接吻了。

圣诞树也有种种装饰，树上挂着给孩子们的礼物，装饰的繁简大约看人家的情形。我在朋友的房东太太家看见的只是小小一株；据说从乌尔乌斯三六公司（货价只有三便士六便士两码）买来，才六便士，合四五毛钱。可是放在餐桌上，青青的，的里瓜拉挂着些耀眼的玻璃球儿，绕着树更安排些“哀斯基摩人”一类小玩意，也热热闹闹的凑趣儿。圣诞树的风俗是从德国来的；德国也许是从斯堪第那维亚传下来的。斯堪第那维亚神话里有所谓世界树，叫做“乙格抓西儿”（Yggdrasil），用根和枝子联系着天地幽冥三界。这是株枯树，可是滴着蜜。根下是诸德之泉；树中间坐着一只鹰，一只松鼠，四只公鹿；根旁一条毒蛇，老是啃着根。松鼠上下窜，在顶上的鹰与聪敏的毒蛇之间挑拨是非。树震动不得，震动了，地底下的妖魔便会起来捣乱。想着这段神话，现在的圣诞树真是更显得温暖可亲了。圣诞树和那些冬青，“苹果寄生”，到了来年六日一齐烧去；烧的时候，在场的都动手，为的是分点儿福气。

圣诞节的晚上，在朋友的房东太太家里。照例该吃火鸡，酸梅布丁；那位房东太太手头颇窘，却还卖了几件旧家具，买了一只二十二磅重的大火鸡来过节。可惜女仆不小心，烤枯了一点儿；老太太自个儿唠叨了几句，大节下，也就算了。可是火鸡味道也并不怎样特别似的。吃饭时候，大家一面扔纸球，一面扯花炮——两个人扯，有时只响一下，有时还夹着小纸片儿，多半是带着“爱”字儿的吉语。饭后做游戏，有音乐椅子（椅子数目比人少一个；乐声止时，众人抢着坐），掩目吹蜡烛，抓瞎，抢人（分队），抢气球等等，大家居然一团孩子气。最后还有跳舞。这一晚过去，第二天差不多什么都照旧了。

新年大家若无其事地过去；有些旧人家愿意上午第一个进门的是个头发深，气色黑些的人，说这样人带进新年是吉利的。朋友的房东太太那早晨特意通电话请一家熟买卖的掌柜上她家去；他正是这样的人。新年也卖历本；人家常用的是老摩尔历本（Old Moore’s Almanack），书纸店里买，价钱贱，只两便士。这一年的，面上印着“乔治王陛下登极第二十三年”；有一块小图，画着日月星地球，地球外一个圈儿，画着黄道十二宫的像，如“白羊”“金牛”“双子”等。古来星座的名字，取像于人物，也另有风味。历本前有一整幅观像图，题道，“将来怎样？”“老摩尔告诉你”。从图中看，老摩尔创于一千七百年，到现在已经二百多年了。每月一面，上栏可以说是“推背图”，但没有神秘气；下栏分日数，星期，大事记，日出没时间，月出没时间，伦敦潮汛，时事预测各项。此外还有月盈缺表，各港潮汛表，行星运行表，三岛集期表，邮政章程，大路规则，做点心法，养家禽法，家事常识。广告也不少，卖丸药的最多，满是给太太们预备的；因为这种历本原是给太太们预备的。

一九三四年十二月十五日至十七日作

延伸思考

在第二自然段中，作者这样写道：“再说这种不景气的日子，谁还有心肠认真找乐儿？所以虽然圣诞节，大家也只点缀点缀，应个景儿罢了。”请结合时代背景，分析“不景气的日子”指的是什么？

加尔东尼市场

名师导读

旅居英国的朱自清带着在北平时“逛庙会逛小市的趣味”，讲述了他在英国的加尔东尼旧货市场闲逛、购物时的乐趣。一些淘到的便宜好货，更是让家人爱不释手，这总是让“我忍不住要想，逛那么一趟加尔东尼，也算值得了”。此间的欣悦与满足不言而喻。

在北平住下来的人，总知道逛庙会逛小市的趣味。你来回踱着，这儿看看，那儿站站；有中意的东西，磋磨磋磨价钱，买点儿回去让人一看，说真好；再提价钱，说那有这么巧的。你这一乐，可没白辛苦一趟！要什么都没买成，那也不碍；就凭看中的一两件三四件东西，也够你讲讲说说的。再说在市上留连一会子，到底过了“蘑菇”的瘾，还有什么抱怨的？

伦敦人纷纷上加尔东尼市场（Caledonian Market），也正是这股劲儿。房东太太客厅里炉台儿上放着一个手榴弹壳，是盛烟灰用的。比甜瓜小一点，面上擦得精亮，方方的小块儿，界着又粗又深的黑道儿，就是蛮得好，傻得好。房东太太说还是她家先生在世时逛加尔东尼市场买回来的。她说这个市场卖旧货，可以还价，花样不少，有些是偷来的，倒也有好东西；去的人可真多。市场只在星期二星期五上午十时至下午四时开放，有些像庙会；市场外另有几家旧书旧货铺子，却似乎常做买卖，又有些像小市。

先到外头一家旧书铺。没窗没门。仰面灰蓬蓬的，土地，刚下完雨，门口还积着个小小水潭儿。从乱书堆中间进去，一看倒也分门别类的。“文学”在里间，空气变了味，扑鼻子一阵阵的——到如今三年了，不忘记，可也叫不出什么味。《圣经》最多，整整一箱子。不相干的小说左一堆右一堆；却也挑出了一本莎翁全集，几本正正经经诗选。莎翁全集当然是普通本子，可是只花了九便士，才合五六毛钱。铺子里还卖旧话匣片子，不住地开着让人

听，三五个男女伙计穿梭似地张罗着。别几家铺子没进去，外边瞧了瞧，也一团灰土气。

市场门口有小牌子写着开放日期，又有一块写着“谨防扒手”——伦敦别处倒没见过这玩意儿。地面大小和北平东安市场差不多，一半带屋顶，一半露天；干净整齐，却远不如东安市场。满是摊儿，屋里没有地摊儿，露天里有。

摆摊儿的，男女老少，色色俱全；还有缠着头的印度人。卖的是日用什物，布匹，小摆设；花样也不怎样多，多一半古旧过了头。有几件日本磁器，中国货色却不见。也有卖吃的，卖杂耍的。踱了半天，看见一个铜狮子镇纸，够重的，狮子颇有点威武；要价三先令（二元余），还了一先令，没买成。快散了，却瞥见地下大大的厚厚的一本册子，拿起来翻着，原来是书纸店里私家贺年片的样本。这些旧贺年片虽是废物，却印得很好看，又各不相同；问价钱才四便士，合两毛多，便马上买了。出门时又买了个擦皮鞋的绒卷儿，也贱——到现在还用着。这时正愁大册子夹着不便，抬头却见面前立着个卖硬纸口袋的，大小都有，买了东西的人，大概全得买上那么一只；这当口门外沿路一直到大街上，挨挨擦擦的，差不离尽是提纸口袋的。——我口袋里那册贺年片样本，回国来让太太小姐孩子们瞧，都爱不释手；让她们猜价儿，至少说四元钱。我忍不住要想，逛那么一趟加尔东尼，也算值得了。

一九三五年四月十一日作

延伸思考

想一想，写一写，你所在城市中的这样的小市场，与加尔东尼相比，特色是什么？

乞　丐

名师导读

“外国也有乞丐”，“但他们的丐道或丐术不大一样”，他们多才多艺。朱自清就在伦敦街头见过画丐和乐丐，这些人大多经历过由辉煌到落魄的人生转折。当然也有一些“无艺可卖”的乞丐，他们只能神情黯淡地靠卖物过活了。

“外国也有乞丐”，是的；但他们的丐道或丐术不大一样。近些年在上海常见的，马路旁水门汀上用粉笔写着一大堆困难情形，求人帮助，粉笔字一边就坐着那写字的人，——北平也见过这种乞丐，但路旁没有水门汀，便只能写在纸上或布上——却和外国乞丐相像；这办法不知是“来路货”呢，还是“此心同，此理同”呢？

伦敦乞丐在路旁画画的多，写字的却少。只在特拉伐加方场附近见过一个长须老者（外国长须的不多），在水门汀上端坐着，面前几行潦草的白粉字。说自己是大学出身，现在一寒至此，大学又有何用，这几句牢骚话似乎颇打动了一些来来往往的人，加上老者那炯炯的双眼，不露半星儿可怜相，也教人有点肃然。他右首放着一只小提箱，打开了，预备人往里扔钱。那地方本是四通八达的闹市，扔钱的果然不少。箱子内外都撒的铜子儿（便士）；别的乞丐却似乎没有这么好的运气。

画画的大半用各色粉笔，也有用颜料的。见到的有三种花样。或双钩To Live（求生）二字，每一个字母约一英尺见方，在双钩的轮廓里精细地作画。字母整齐匀净，通体一笔不苟。或双钩Good Luck（好运）二字，也有只用Luck（运气）一字的。——“求生”是自道；“好运”“运气”是为过客颂祷之辞。或画着四五方风景，每方大小也在一英尺左右。通常画者坐在画的一头，那一头将他那旧帽子翻过来放着，铜子儿就扔在里面。

这些画丐有些在艺术学校受过正式训练，有些平日爱画两笔，算是“玩艺儿”。到没了落儿，便只好在水门汀上动起手来了。一九三二年五月十日，这些人还来了一回展览会。那天的晚报（The Evening News）上选印了几幅，有两幅是彩绣的。绣的人诨名“牛津街开特尔老大”，拳乱时[①]做水手，来过中国，他还记得那时情形。这两幅画绣在帆布（画布）上，每幅下了八万针。他绣过英王爱德华像，据说颇为当今王后所赏识；那是他生平最得意的时候。现在却只在牛津街上浪荡着。

晚报上还记着一个人。他在杂戏馆（Halls）干过三十五年，名字常大书在海报上。三年前还领了一个杂戏班子游行各处，他扮演主要的角色。英伦三岛的城市都到过；大陆上到过百来处，美国也到过十来处。也认识贾波林[②]。可是时运不济，“老伦敦”却没一个子儿。他想起从前朋友们说过静物写生多么有意思，自己也曾学着玩儿；到了此时，说不得只好凭着这点“玩艺儿”在泰晤士河长堤上混混了。但是他怕认得他的人太多，老是背向着路中，用大帽檐遮了脸儿。他说在水门汀上作画颇不容易；最怕下雨，几分钟的雨也许毁了整天的工作。他说总想有朝一日再到戏台上去。

画丐外有乐丐。牛津街见过一个，开着话匣子，似乎是坐在三轮自行车上；记得颇有些堂哉皇也的神气。复活节星期五在冷街中却见过一群，似乎一人推着风琴，一人按着，一人高唱《颂圣歌》——那推琴的也和着。这群人样子却就狼狈了。据说话匣子等等都是赁来；他们大概总有得赚的。另一条冷街上见过一个男的带着两个女的，穿著得像刚从垃圾堆里出来似的。一个女的还抹着胭脂，简直是一块块红土！男的奏乐，女的乱七八糟的跳舞，在刚下完雨泥滑滑的马路上。这种女乞丐像很少。又见过一个拉小提琴的人，似乎很年轻，很文雅，向着步道上的过客站着。右手本来抱着个小猴儿；拉琴时先把它抱在左肩头蹲着。拉了没几弓子，猴儿尿了；他只若无其事，让衣服上淋淋漓漓的。

牛津街上还见过一个，那真狼狈不堪。他大概赁话匣子等等的力量都没有；只找了块板儿，三四尺长，五六寸宽，上面安上条弦子，用只玻璃水杯

名师注解

① 拳乱时：指义和团运动时。

② 贾波林：卓别林的旧译名。

将弦子绷起来。把板儿放在街沿下，便蹲着，两只手穿梭般弹奏着。那是明灯初上的时候，步道上人川流不息；一双双脚从他身边匆匆的跨过去，看见他的似乎不多。街上汽车声脚步声谈话声混成一片，他那独弦的细声细气，怕也不容易让人听见。可是他还是埋着头弹他那一手。

几年前一个朋友还见过背诵迭更斯小说的。大家正在戏园门口排着班等买票；这个人在旁背起《块肉余生述》① 来，一边念，一边还做着。这该能够多找几个子儿，因为比那些话匣子等等该有趣些。

警察禁止空手空口的乞丐，乞丐便都得变做卖艺人。若是无艺可卖，手里也得拿点东西，如火柴皮鞋带之类。路角落里常有男人或女人拿着这类东西默默站着，脸上大都是黯淡的。其实卖艺，卖物，大半也是幌子；不过到底教人知道自尊些，不许不做事白讨钱。只有瞎子，可以白讨钱。他们站着或坐着；胸前有时挂一面纸牌子，写着“盲人”。又有一种人，在乞丐非乞丐之间。有一回找一家杂耍场不着，请教路角上一个老者。他殷勤领着走，一面说刚失业，没钱花，要我帮个忙儿。给了五个便士（约合中国三毛钱），算是酬劳，他还争呢。其实只有二三百步路罢了。跟着走，诉苦，白讨钱的，只遇着一次；那里街灯很暗，没有警察，路上人也少，我又是外国人，他所以厚了脸皮，放了胆子——他自然不是瞎子。

一九三五年十月二十六日作

名师注解

①《块肉余生述》：狄更斯著名的小说，现通译《大卫·科波菲尔》。

“海阔天空”与“古今中外”①【精读】

名师导读

朱自清与同事闲谈时，发现两个新同事把人们常用的成语用出了新意。这一新鲜的用法，引发了作者本人对“生活的方法”的一些思考。在文中，作者广泛援引古今中外的文学，并阐发了自己独到的观点。

名师点评：朋友的自谦之语，说自己没什么好讲的，就随便讲了些内容，讲完了一节课。

名师点评：由同事对“古今中外”“海阔天空”两个词的活用，引出作者自己对生活的思索。

有一天，我和一位新同事闲谈。我偶然问道：“你第一次上课，讲些什么？”他笑着答我：“我古今中外了一点钟！”他这样说明事实，且示谦逊之意。我从来不曾想到“古今中外”一个兼词可以作动词用，并且可以加上“了”字表时间的过去；骤然听了，很觉新鲜，正如吃刚上市的广东蚕豆。隔了几日，我用同样的问题问另一位新同事。他却说道：“海阔天空！海阔天空！”我原晓得“海阔凭鱼跃，天空任鸟飞”的联语，——是在一位同学家的厅堂里常常看见的——但这样的用法，却又是第一次听到！我真高兴，得着两个新鲜的意思，让我对于生活的方法，能触类旁通的思索一回。

黄远生在《东方杂志》上曾写过一篇《国民之公毒》，说中国人思想笼统的弊病。他举小说里的例，文的必是琴棋书画无所不晓，武的必是十八般武艺件件精通！我想，他若举《野叟曝言》里的文素臣，《九尾龟》里的章秋谷，当更适宜，因为这两个都是文武全才！好一个文武“全”才！这“全”字儿竟成了“国民之公毒”！我们自古就有那“博学无所成名”的“大成至圣先师”，又有“一物不知，儒者之耻”的传统的教训，还有那“谈天雕龙”的邹衍之

名师注解

① 编者对原文内容进行了适当删减。

流，所以流风余韵，扇播至今；大家变本加厉，以为凡是大好老必“上知天文，下识地理”，而“中学为体，西学为用”便是这大好老的另一面。“笼统”固然是“全”，“沟通”“调和”也正是“全”呀！“全”来“全”去，“全”得乌烟瘴气，一塌糊涂！你瞧西洋人便聪明多了，他们悄悄地将“全知”“全能”送给上帝，决不想自居“全”名；所以处处“算帐”，刀刀见血，一点儿不含糊！——他们不懂得那八面玲珑的劲儿！

但是王尔德也说过一句话，貌似我们的公毒而实非；他要“吃尽地球花园里的果子”！他要享乐，他要尽量地享乐！他什么都不管！可是他是“人”，不像文素臣、章秋谷辈是妖怪；他是呆子，不像沟通中西者流是滑头。总之，他是反传统的。他的话虽不免夸大，但不如中国传统思想之甚；因为只说地而不说天。况且他只是“要”而不是“能”，和文素臣、辈又是有别；“要”在人情之中，“能”便出人情之外了！“全知”，“全能”，或者真只有上帝一个；但“全”的要求是谁都有权利的——有此要求，才成其为“人生”！——还有易卜生“全或无”的“全”，那却是一把锋利的钢刀；因为是另一方面的，不具论。

但王尔德的要求专属于感觉的世界，我总以为太单调了。人生如万花筒，因时地的殊异，变化不穷，我们要能多方面的了解，多方面的感受，多方面的参加，才有真趣可言；古人所谓“胸襟”，“襟怀”，“襟度”，略近乎此。但“多方面”只是概括的要求；究竟能有若干方面，却因人的才力而异——我们只希望多多益善而已！这与传统的“求全”不同，“便是暗中摸索，也可知道吧”。这种胸襟——用此二字所能有的最广义——若要具体地形容，我想最好不过是采用我那两位新同事所说的：“海阔天空”与“古今中外”！我将这两个兼词用在积极的意义上，或者更对得起它们些。——“古今中外”原是骂人的话，初见于《新青年》上，是钱玄同（？）先生造作的。后来周作人先生有一篇杂感，却用它的积极的意义，大概是论知识上的宽容的；但这是两三年前的事了，我于那篇文的内容已模糊了。

名师点评

朱自清主张散文写作应该写实，作家要深入观察，努力创新。他本人就身体力行，对所写的景物都经过了认真观察和体验。

法朗士在他的《灵魂之探险》里说：

> "人之永不能跳出己身以外，实一真理，而亦即吾人最大苦恼之一。苟能用一八方观察之苍蝇视线，观览宇宙，或能用一粗鲁而简单之猿猴的脑筋，领悟自然，虽仅一瞬，吾人何所惜而不为？乃于此而竟不能焉。……吾人被锢于一身之内，不啻被锢于永远监禁之中。"（据杨袁昌英[①]女士译文，见《太平洋》四卷四号）

蔼理斯在他的《感想录》中《自己中心》一则里也说：

> "我们显然都从自己中心的观点去看宇宙，看重我们自己所演的脚色。"（见《语丝》第十三期）

这两种"说数"，我们可总称为"我执"——却与佛法里的"我执"不同。一个人有他的身心，与众人各异；而身心所从来，又有遗传，时代，周围，教育等等，尤其五花八门，千差万别。这些合而织成一个"我"，正如密密的魔术的网一样；虽是无形，而实在是清清楚楚，不易或竟不可逾越的界。于是好的劣的，乖的蠢的，村的俏的，长的短的，肥的瘦的，各有各的样儿，都来了，都来了。"把戏人人会变，各有巧妙不同"；正因各人变各人的把戏，才有了这大千世界呀。说到各人只会变自己的一套把戏，而且只自以为巧妙，自然有些"可怜而可气"；"谓天盖高"，"谓地盖厚"，区区的"我"，真是何等区区呢！但是——哎呀，且住！亏得尚有"巧妙不同"一句注脚，还可上下其手一番；这"不同"二字正是灵丹妙药，千万不可忽略过去！我们的"我执"，是由命运所决定，其实无法挽回；只有一层，"我"决不是由一架机器铸出来的，决不是从一副印板刷下来的，这其间有种种的不同，上文已约略又约略地拈出了——现在再要拈出一种不同："我"之广狭是悬殊的！"我执"谁也免不了，也无须免得了，但所执有大有小，有深有浅，这其间却大有文章；所谓上下其手，正指此一关而言。

名师注解

① 杨袁昌英：即袁昌英（1894－1973），湖南醴陵人，剧作家。后专事于外国文学的研究与数学。代表剧作有《孔雀东南飞》《活诗人》等。

你想“顶天立地”是一套把戏，是一个“我”，“局天蹐地”，或说“局促如辕下驹”，如井底蛙，如磨坊里的驴子，也是一套把戏，也是一个“我”！这两者之间，相差有多少远呢？说得简截些，一是天，一是地；说得噜苏些，一是九霄，一是九渊；说得新鲜些，一是太阳，一是地球！世界上有些人读破万卷书，有些人游遍万里地，乃至达尔文之创进化说，恩斯坦之创相对原理；但也有些人伏处穷山僻壤，一生只关在家里，亲族邻里之外，不曾见过人，自己方言之外，不曾听过话——天球，地球，固然与他们无干，英国，德国，皇帝，总统，金镑，银洋，也与他们丝毫无涉！他们之所以异于磨坊的驴子者，真是“几希”！也只是蒙着眼，整天儿在屋里绕弯儿，日行千里，足不出户而已。你可以说，这两种人也只是一样，横直跳不出如来佛——“自己！”——的掌心；他们都坐在“自己”的监里，盘算着“自己”的重要呢！是的，但你知道这两种人决不会一样！你我跳不出如来佛的掌心，孙悟空也跳不出他老人家的掌心；但你我能翻十万八千里的筋斗么？若说不能，这就不一样了！“不能”尽管“不能”，“不同”仍旧“不同”呀。你想天地是怎样怎样的广大，怎样怎样的悠久！若用数字计算起来，只怕你画一整天的圈儿，也未必能将数目里所有的圈儿都画完哩！在这样的天地的全局里，地球已若一微尘，人更数不上了，只好算微尘之微尘吧！人是这样小，无怪乎只能在“自己”里绕圈儿。但是能知道“自己”的小，便是大了；最要紧是在小中求大！长子里的矮子到了矮子中，便是长子了，这便是小中之大。我们要做矮子中的长子，我们要尽其所能地扩大我们自己！我们还是变自己的把戏，但不仅自以为巧妙，还须自以为“比别人”巧妙；我们不但可在内地开一班小杂货铺，我们要到上海去开先施公司！

> 名师点评
> 朱自清用生动的比喻告诫年轻人不要局限于自己的世界里，而应该不断地丰富自己，努力“做矮子中的长子”。

“我”有两方面，深的和广的。“自己中心”可说是深的一面；哲学家说的“自知”（Knowest thyself），道德学家说的“自私”——“利己”，也都可算入这一面。如何使得我的身子好？如何使得我的脑子好？我懂得些什么？我喜爱些什么？我做出些什么？我要些什么？怎样得到我所要的？怎样使我成为他们之中一个最重要的角色？这一大串儿的疑问号，总可将深的“我”的面貌的轮廓说给你了；你再“自个儿”去内省一番，就有八九分数了。但你马上也就会发见，这深深的“我”并非独自个儿待着，它还有个亲亲儿的，热热儿的伴儿哩。它俩你搂着我，我搂着你；不知谁给它们缚上了两只脚！就像三足竞走一样，它俩这样永远地难解难分！你若要开玩笑，就说它俩“狼狈为奸”，它俩亦无法自辩的。——可又来！究竟这伴儿是谁呢？这就是那广的“我”呀！我不是说过么？知道世界之大，才知道自己之小！所以“自知”必先要“知他”。兵法有云：“知己知彼，百战百胜。”可以旁证此理。原来“我”即在世界中；世界是一张无大不大[①]的大网，“我”只是一个极微极微的结子；一发尚且会牵动全身，全网难道倒不能牵动一个细小的结子么？实际上，“我”是“极天下之赜”的！“自知”而不先“知他”，只是聚在方隅，老死不相往来的办法；只是“不可以语冰”的“夏虫”，井底蛙，磨坊里的驴子之流而已。能够“知他”，才真有“自知之明”；正如铁扇公主的扇子一样，要能放才能收呀。所知愈多，所接愈广；将“自己”散在天下，渗入事事物物之中看它的大小方圆，看它的轻重疏密，这才可以剖析毫芒地渐渐渐渐地认出“自己”的真面目呀。俗语说：“把你烧成了灰，我都认得你！”我们正要这样想：先将这个“我”一拳打碎了，碎得成了灰，然后随风飏举，或飘茵席之上，或堕溷厕之中[②]，或落在老鹰的背上，或跳在珊瑚树的梢上，或藏在爱人的鬓边，或沾在关云长的胡子里，……然后再收灰入掌，抟灰成形，自然便须眉毕现，光彩照人，不似初时“混沌初开”的情景了！所以深的“我”即在广的“我”中，而无深的“我”，广的“我”亦无从立脚；这是不做矮子，也不吹牛的道地老实话，所谓有限的无穷也。

在有限中求无穷，便是我们所能有的自由。这或者是“野马以被骑乘的自由为更多”[③]的自由，或者是“和猪有飞的自由一样”[④]；但自由总和不自由不同，管他是白的，是黑的！说“猪有飞的自由”，在半世纪前，正和说“人有飞的自由”一样。但半世纪后的我们，已可见着自由飞着的人了，虽然还是要在飞机或飞艇里。你或者冷笑着说，有所待而然！有所待而然！

名师注解

① 无大不大：这是一句土话，“极大”之意。

② 堕溷厕之中：范缜语，用在此处，与原意不尽相同。

③“野马以被骑乘的自由为更多”：见俞平伯《西还》。

④“和猪有飞的自由一样”：见《阿丽思漫游奇境记》译本。——作者注

至多仍旧是“被骑乘的自由”罢了！但这算什么呢？鸟也要靠翼翅的呀！况且还有将来呢，还有将来的将来呢！就如上文所引法朗士的话：“倘若我们能够一刹那间用了苍蝇的多面的眼睛去观察天地，……”①目下诚然是做不到的，但竟有人去企图了！我曾见过一册日本文的书——记得是《童谣の缀方》，卷首有一幅彩图，下面题着《苍蝇眼中的世界》（大意）。图中所有，极其光怪陆离；虽明知苍蝇眼中未必即是如此，而颇信其如此——自己仿佛飘飘然也成了一匹小小的苍蝇，陶醉在那奇异的世界中了！这样前去，谁能说法朗士的“倘若”永不会变成“果然”呢！——“语丝”拉得太长了，总而言之，统而言之，我们只是要变比别人巧妙的把戏，只是要到上海去开先施公司；这便是我们所能有的自由。“秀才不出门，能知天下事。”这种或者稍嫌旧式的了；那么，来个新的，“看世界面上”②，我们来做个“世界民”吧——“世界民”（Cosmopolitan）者，据我的字典里说，是“无定居之人”，又有“弥漫全世界”，“世界一家”等义；虽是极简单的解释，我想也就够用，恕不再翻那笨重的大字典了。

我“海阔天空”或“古今中外”了九张稿纸；尽绕着圈儿，你或者有些“头痛”吧？“只听楼板响，不见人下来！”你将疑心开宗明义第一节所说的“生活的方法”，我竟不曾“思索”过，只冤着你，“青山隐隐水迢迢”地逗着你玩儿！不！别着急，这就来了也。既说“海阔天空”与“古今中外”，又要说什么“方法”，实在有些儿像左手望外推，右手又赶着望里拉，岂不可笑！但古语说得好，“大丈夫能屈能伸”，我正可老着脸借此解嘲；况且一落言诠，总有边际，你又何苦斤斤较量呢？况且“方法”虽小，其中也未尝无大；这也是所谓“有限的无穷”也。说到“无穷”，真使我为难！方法也正是千头万绪，比“一部十七史”更难得多多；虽说“大处着眼，小处下手”，但究竟从何处下手，却着实费我踌

名师点评：将读者的思路拉回对“生活的方法”的思考，呼应前文。

名师注解

① “倘若我们能够一刹那间用了苍蝇的多面的眼睛去观察天地，……”：此处用周作人先生译文，见《自己的园地》。

② “看世界面上”：出自《金瓶梅》，此处只取其辞。

踌！——有了！我且学着那李逵，从黑松林里跳了出来，挥动板斧，随手劈他一番便了！我就是这个主意！李逵决非吴用；当然不足语于丝丝入扣的谨严的论理的！但我所说的方法，原非斗胆为大家开方案，只是将我所喜欢用的东西，献给大家看看而已。这只是我的“到自由之路”，自然只是从我的趣味中寻出来的；而在大宇长宙之中，无量数的“我”之内，区区的我，真是何等区区呢？而且我“本人”既在企图自己的放大，则他日之趣味，是否即今日之趣味，也殊未可知。所以此文也只是我姑妄言之，你姑妄听之；但倘若看了之后，能自己去思索一番，想出真个巧妙的方法，去做个“海阔天空”与“古今中外”的人，那时我虽觉着自己更是狭窄，非另打主意不可，然而总很高兴了；我将仰天大笑，到草帽从头上落下为止。

其实关于所谓“方法”，我已露过些口风了：“我们要能多方面的了解，多方面的感受，多方面的参加，才有真趣可言。”

名师点评

朱自清渴望生活能有所变化，能对生活有更多方面的了解，呼应了上文的“方法”。

我现在做着教书匠。我做了五年教书匠了，真个腻得慌！黑板总是那样黑，粉笔总是那样白，我总是那样的我！成天儿浑淘淘的，有时对于自己的活着，也会惊诧。我想我们这条生命原像一湾流水，可以随意变成种种的花样；现在却筑起了堰，截断它的流，使它怎能不变成浑淘淘呢？所以一个人老做一种职业，老只觉着是“一种”职业，那真是一条死路！说来可笑，我是常常在想改业的；正如未来派剧本说的“换个丈夫吧”①，我也不时地提着自己，“换个行当②吧！”我不想做官，但很想知道官是怎样做的。这不是一件容易事！《官场现形记》所形容的究竟太可笑了！况且现在又换了世界！《努力周刊》的记者在王内阁时代曾引汤尔和——当时的教育总长——的话：“你们所论的未尝无理；但我到政府里去看看，全不是那么一回事！”（大意）“全不是那么一回事！”可见不入虎穴，焉得虎子！我于是想做个秘书，去看看官到底是怎样做的？

名师注解

①“换个丈夫吧”：宋春舫译的《换个丈夫罢》，曾载《东方杂志》。——作者注

② 换个行当：换个职业。

因秘书而想到文书科科员：我想一个人赚了大钱，成了资本家，不知究竟是怎样活着的？最要紧，他是怎样想的？我们只晓得他有汽车，有高大的洋房，有姨太太，那是不够的。——由资本家而至于小伙计，他们又怎样度他们的岁月？银行的行员尽爱买马票，当铺的朝奉尽爱在夏天打赤膊——其余的，其余的我便有些茫茫了！我们初到上海，总要到大世界去一回。但上海有个五光十色的商世界，我们怎可不去逛逛呢？我于是想做个什么公司里的文书科科员，尝些商味儿。上海不但有个商世界，还有个新闻世界。我又想做个新闻记者，可以多看些稀奇古怪的人，稀奇古怪的事。此外我想做的事还多！戴着龌龊的便帽，穿着蓝布衫裤的工人；拖着黄泥腿，衔着旱烟管的农人；扛着枪的军人，我都想做做他们的生活看。可是谈何容易；我不是上帝，究竟是没有把握的！这些都是非分的妄想，岂不和癞蛤蟆想吃天鹅肉一样！——话虽如此；“不问收获，只问耕耘”，也未尝不是一种解嘲的办法。况且退一万步讲，能够这样想想，也未尝没有淡淡的味儿，和“加力克”香烟一样的味儿。况且我们的上帝万一真个吝惜他的机会，我也想过了：我从今日今时起，努力要在“黑白生涯”中找寻些味儿，不像往日随随便便地上课下课，想来也是可以的！意大利 Amicis[①] 的《爱的教育》里说有一位先生，在一个小学校里做了六十年的先生；年老退职之后，还时时追忆从前的事情：一闭了眼，就像有许多的孩子，许多的班级在眼前；偶然听到小孩的书声，便悲伤起来，说：“我已没有学校没有孩子了！”可见天下无难事，只怕有心人！但我一面羡慕这位可爱的先生，一面总还打不断那些妄想；我的心不是一条清静的荫道，而是十字街头呀！

我的妄想还可以减价；自己从不能做“诸色人等”，却可以结交“诸色人等”的朋友。从他们的生活里，我也可以分甘共苦，多领略些人味儿；虽然到底不如亲自出马的好。《爱的教育》里说：“只在一阶级中交际的人，恰和只读一册书籍的学生一样。”真是“有理呀有理”！现在的青年，都喜欢结识几个女朋友；一面固由于性的吸引，一面也正是要润泽这干枯而单调的生活。我的一位先生曾经和我们说：他有一位朋友，新从外国回到北京；

名师注解

① Amicis：亚米契斯（1846 － 1908），意大利作家。日记体小说《爱的教育》为其影响最大的儿童文学作品。

待了一个多月，总觉有一件事使他心里不舒畅，却又说不出是什么事。后来有一天，不知怎样，竟被他发见了：原来北京的街上太缺乏女人！他觉得这样的生活，实在干燥无味！但单是女朋友，我觉得还是不够；我又常想结识些小孩子，做我的小朋友。有人说和孩子们作伴，和孩子们共同生活，会使自己也变成一个孩子，一个大孩子；所以小学教师是不容易老的。这话颇有趣，使我相信。我去年上半年和一位有着童心的朋友，曾约了附近一所小学校的学生，开过几回同乐会；大家说笑话，讲故事，拍七，吃糖果，看画片，都很高兴的。后来暑假期到了，他们还抄了我们的地址，说要和我们通信呢。不但学龄儿童可以做我的朋友，便是幼稚园里的也可以的，而且更加有趣哩。且请看这一段：

> 终于，母亲逃出了庭间了。小孩们追到栏栅旁，脸挡住了栅缝，把小手伸出，纷纷地递出面包呀，苹果片呀，牛油块等东西来。一齐叫说：
>
> “再会，再会！明天再来，再请过来！”
>
> （见《爱的教育》译本第七卷内《幼儿院》）

倘若我有这样的小朋友，我情愿天天去呀！此外，农人，工人，也要相与些才好。我现在住在乡下，常和邻近的农人谈天，又曾和他们喝过酒，觉得另有些趣味。我又晓得在北京，上海的我的朋友的朋友，每天总找几个工人去谈天；我且不管他们谈的什么，只觉每天换几个人谈谈，是很使人新鲜的。若再能交结几个外国朋友，那是更别致了。从前上海中华世界语学会教人学世界语，说可以和各国人通信；后来有人非议他们，说世界语的价值岂就是如此的！非议诚然不错。但与各国人通信，到底是一件有趣的事呀！——还有一件，自己的妻和子女，若在别一方面作为朋友看时，也可得着新的启示的。不信么？试试看！

名师点评

朱自清反对等级观念，主张作家应该走到人民中间去，了解人民疾苦，只有这样才能有新鲜别致的收获。

若你以为阶级的障壁不容易打破，人心的隔膜不容易揭开；你于是皱着眉，咂着嘴，说：“要这样地交朋友，真是千难万难！”是的；但是——你太小看自己了，那里就这样地不济事！也罢，我还有一套便宜些的变给你瞧瞧；这就叫做“知人”呀。交不着朋友是没法的，但晓得些别人的“闲事”，总可以的；只须不尽着去自扫门前雪，而能多管些一般人所谓“闲事”，就行了。我所谓“多管闲事”，其实只是“参加”的别名。譬如前次上海日本纱厂工人大罢工，我以为是要去参加的；或者帮助他们，或者只看看那激昂的实况，都无不可。总之，多少知道了他们，使自己与他们间多少有了关系，这就得了。又如我的学生和报馆打官司，我便要到法庭里去听审；这样就可知道法官和被告是怎样的人了。又如吴稚晖先生，我本不认识的；但听过他的讲演，读过他的书，我便能约略晓得他了。——读书真是巧算盘！不但可以知今人，且可以知古人；不但可以知中国人，且可以知洋人。同样的巧算盘便是看报！看报可以遇着许多新鲜的问题，引起新鲜的思索，可以知道许多许多的把戏。

名师点评

比喻句，生动地体现了旅行对人的作用。

旅行也是刷新自己的一帖清凉剂。我曾做过一个设计：四川有三峡的幽峭，有栈道的蜿蜒，有峨嵋的雄伟，我是最向慕的！广东我也想去得长久了。乘了香港的上山电车，可以“上天”①；而广州的市政，长堤，珠江的繁华，也使我心痒痒的！由此而北，蒙古的风沙，的牛羊，的天幕，又在招邀着我！至于红墙黄土的北平，六朝烟水气的南京，先施公司的上海，我总算领略过了。这样游了中国以后，便跨出国门：到日本看她的樱花，看她的富士；到俄国看列宁的墓，看第三国际的开会；到德国访康德的故居，听《月光曲》的演奏；到美国瞻仰巍巍的自由神和世界第一的大望远镜。再到南美洲去看看那莽莽的大平原；到南非洲去看看那茫茫的大沙漠；到南洋群岛去看看那郁郁的大森林——于是浩然归国；若有机缘，再到北极去探一回险，看看冰天雪海，到底如何，那更妙了！梁绍文说得有理：

名师注解

①“上天”：刘半农《登香港太平山》诗中述他的“稚儿”的话：“今日阿爹，携我上天。”见《新青年》八卷二号。——作者注

"我们不赞成别人整世的关在一个地方而不出来和世界别一部分相接触，倘若如此，简直将数万里的地球缩小到数英里，关在那数英里的圈子内就算过了一生，这未免太不值得！所以我们主张：能够遍游全世界，将世界上的事事物物都放在脑筋里的炽炉中锻炼一过，然后才能成为一种正确的经验，才算有世界的眼光。"

（《南洋旅行漫记》上册二五三页）

但在一钱不名的穷措大如我辈者，这种设计恐终于只是"过屠门而大嚼"而已；又怎样办呢？我说正可学胡，梁二先生开国学书目的办法，不妨随时酌量核减；只看能力如何。便是真个不名一钱，也非全无法想。听说日本的谁，因无钱旅行，便在室中绕着圈儿，口里只是叫着，某站到啦，某埠到啦；这样也便过了瘾。这正和孩子们搀瞎子一样：一个蒙了眼做瞎子，一个在前面用竹棒引着他，在室中绕行；这引路的尽喊着到某处啦，到某处啦的口号，彼此便都满足。正是，精神一到，何事不成！这种人却决非磨坊里的驴子；他们的足虽不出户，他们的心尽会日行千里的！

说到心的旅行，我想到《文心雕龙·神思篇》说的：

古人云："形在江海之上，心存魏阙之下。"① 神思之谓也。……故寂然凝虑，思接千载；悄然动容，视通万里……

罗素论"哲学的价值"，也说：

保存宇宙内的思辨（玄想）之兴趣，……总是哲学事业的一部。

或者它的最要之价值，就是它所潜思的对象之伟大，结果，便解脱了偏狭的和个人的目的。

哲学的生活是幽静的，自由的。

名师注解

①"形在江海之上，心存魏阙之下"：见《庄子》。——作者注

本能利益的私世界是一个小的世界，搁在一个大而有力的世界中间，迟早必把我们私的世界，磨成粉碎。

我们若不扩大自己的利益，汇涵那外面的整个世界，就好像一个兵卒困在炮台里边，知道敌人不准逃跑，投降是不可避免的一样。

哲学的潜思就是逃脱的一种法门。

（摘抄黄凌霜译《哲学问题》第十五章）

所谓神思，所谓玄想之兴味，所谓潜思，我以为只是三位一体，只是大规模的心的旅行。心的旅行决不以现有的地球为限！到火星去的不是很多么？到太阳去的不也有么？到太阳系外，和我们隔着三十万光年[①]的星上去的不也有么？这三十万光年，是美国南加州威尔逊山绝顶上，口径百吋之最大反射望远镜所能观测的世界之最远距离。“换言之，现在吾人一目之下所望见之世界，不仅现在之世界而已，三十余万年之大过去以来，所有年代均同时见之。历史家尝谓吾人由书籍而知过去，直忘却吾人能直接而见过去耳。”[②]吾人固然能直接而见过去，由书籍而见过去，还能由岩石地层等而见过去，由骨殖化石等而见过去。目下我们所能见的过去，真是悠久，真是伟大！将现在和它相比，真是大海里一根针而已！姑举一例：德国的谁假定地球的历史为二十四点钟，而人类有历史的时期仅为十分钟；人类有历史已五千年了，一千年只等于二分钟而已！一百年只等于十二秒钟而已！十年只等于一又十分之二秒而已！这还是就区区的地球而论呢。若和全宇宙的历史（人能知道么？）相较量，那简直是不配！又怎样办呢？但毫不要紧！心尽可以旅行到未曾凝结的星云里，到大爬虫的中生代，到类人猿的脑筋里；心究竟是有些儿自由的。不过旅行要有向导；我觉《最近物理学概观》《科学大纲》《古生物学》《人的研究》等书都很能胜任的。

心的旅行又不以表面的物质世界为限！它用实实在在的一支钢笔，在实实在在的白瑞典纸簿上一张张写着日记；它马上就能看出钢笔与白纸只是若干若干的微点，叫做电子的——各电子间有许多的空隙，比各电子的总积还

名师注解

① 三十万光年：《最近物理学概观》44 － 45 页。——作者注

② “换言之……而见过去耳”：见罗素 The ABC of Atoms，P.1。——作者注

大。这正像一张“有结而无线的网”①，只是这么空空的；其实说不上什么“一支”与“一张张”的！这么看时，心便旅行到物质的内院，电子的世界了。而老的物质世界只有三根台柱子（三次元），现在新的却添上了一根（四次元）；心也要去逛逛的。心的旅行并且不以物质世界为限！精神世界是它的老家，不用说是常常光顾的。意识的河流里，它是常常驶着一只小船的。但这个年头儿，世界是越过越多了。用了坐标轴作地基，竖起方程式的柱子，架上方程式的梁，盖上几何形体的瓦，围上几何形体的墙，这是数学的世界。将各种“性质的共相”（如“白”“头”等概念）分门别类地陈列在一个极大的弯弯曲曲，层层叠叠的场上；在它们之间，再点缀着各种“关系的共相”（如“大”“类似”“等于”等概念）。这是论理的世界。将善人善事的模型和恶人恶事的分门别类陈列着的，是道德的世界。但所谓“模型”，却和城隍庙所塑“二十四孝”的像与十王殿的像绝不相同。模型又称规范，如“正义”“仁爱”“奸邪”等是——只是善恶的度量衡也；道德世界里，全摆着大大小小的这种度量衡。还是艺术的世界，东边是音乐的旋律，西边是跳舞的曲线，南边是绘画的形色，北边是诗歌的情韵。——心若是好奇的，它必像唐三藏经过三十六国②一样，一一经过这些国土的。

更进一步说，心的旅行也不以存在的世界为限！上帝的乐园，它是要去的；阎罗的十殿，它也是要去的。爱神的弓箭，它是要看看的；孙行者的金箍棒，它也要看看的。总之，神话的世界，它要穿上梦的鞋去走一趟。它从神话的世界回来时，便道又可游玩童话的世界。在那里有苍蝇目中的天地，有永远不去的春天；在那里鸟能唱歌，水也能唱歌，风也能唱歌；在那里有着靴的猫，有在背心里掏出表来的兔子；在那里有水晶的宫殿，有带着小白翼子的天使。童话的世界的那边，还有许多邻国，叫做乌托邦，它也可迂道一往观的。姑举一二给你看看。你知道吴稚晖先生是崇拜物质文明的，他的乌托邦自然也是物质文明的。他说，将来大同世界实现时，街上都该铺大红缎子。他在春晖中学校讲演时，曾指着“电灯开关”说：

名师注解

①“有结而无线的网”：见罗素 The ABC of Atoms,P.l。——作者注

② 唐三藏经过三十六国：据《大唐三藏取经诗话》。——作者注

> 科学发达了，我们讲完的时候，啴啼叭哒几声，要到房里去的就到了房里，要到宁波的就到了宁波，要到杭州的就到了杭州，这也算不来什么奇事。
>
> （见《春晖》二十九期）

呀！啴啼叭哒几声，心已到了铺着大红缎子的街上了！——若容我借了法朗士的话来说，这些正是“灵魂的冒险”呀。

名师点评

承上启下句。

上面说的都是“大头天话”，现在要说些小玩意儿，新新耳目，所谓能放能收也。我曾说书籍可作心的旅行的向导，现在就谈读书吧。周作人先生说他目下只想无事时喝点茶，读点新书。喝茶我是无可无不可，读新书却很高兴！读新书有如幼时看西洋景[①]，一页一页都有活鲜鲜的意思；又如到一个新地方，见一个新朋友。读新出版的杂志，也正是如此，或者更闹热些。读新书如吃时鲜鲥鱼，读新杂志如到惠罗公司去看新到的货色。我还喜欢读冷僻的书。冷僻的书因为冷僻的缘故，在我觉着和新书一样；仿佛旁人都不熟悉，只我有此眼福，便高兴了。我之所以喜欢搜阅各种笔记，就是这个缘故。尺牍，日记等，也是我所爱读的；因为原是随随便便，老老实实地写来，不露咬牙切齿的样子，便更加亲切，不知不觉将人招了入内。同样的理由，我爱读野史和逸事；在它们里，我见着活泼泼的真实的人。——它们所记，虽只一言一动之微，却包蕴着全个的性格；最要紧的，包蕴着与众不同的趣味。旧有的《世说新语》，新出的《欧美逸话》，都曾给我满足。我又爱读游记；这也是穷措大替代旅行之一法，从前的雅人叫做“卧游”的便是。从游记里，至少可以“知道”些异域的风土人情；好一些，还可以培养些异域的情调。前年在温州师范学校图书馆中，翻看《小方壶斋舆地丛钞》的目录，里面全（？）是游记，虽然已是过时货，却颇引起我的向

名师注解

① 西洋景：拉洋片的别称，是一种民间文娱活动。在特制的木箱中挂着各种画片，表演者一边拉换画片，一边说唱画片的内容。观赏者通过木箱所镶嵌的透镜可以观看放大的画片。画片内容最初为西湖美景，称为“西湖景”，后来又更新为国外风景，故有“西洋景”这个别称。

往之诚。“这许多好东西哟！”尽这般地想着；但终于没有勇气去借来细看，真是很可恨的！后来《徐霞客游记》石印出版，我的朋友买了一部，我又欲读不能！近顷《南洋旅行漫记》和《山野掇拾》出来了，我便赶紧买得，复仇似地读完，这才舒服了。我因为好奇，看报看杂志，也有特别的脾气。看报我总是先看封面广告的。一面是要找些新书，一面是要找些新闻；广告里的新闻，虽然是不正式的，或者算不得新闻，也未可知，但都是第一身第二身的，有时比第三身的正文还值得注意呢。譬如那回中华制糖公司董事的互讦，我看得真是热闹煞了！又如“印送安士全书”的广告，“读报至此，请念三声阿弥陀佛”的广告，真是“好聪明的糊涂法子”！看杂志我是先查补白，好寻着些轻松而隽永的东西：或名人的趣语，或当世的珍闻，零金碎玉，更见异彩！——请看“二千年前玉门关外一封情书”“时新旦角戏”等标题①，便知分晓。

我不是曾恭维看报么？假如要参加种种趣味的聚会，那也非看报不可。譬如前一两星期，报上登着世界短跑家要在上海试跑；我若在上海，一定要去看看跑是如何短法？又如本月十六日上海北四川路有洋狗展览会，说有四百头之多；想到那高低不齐的个儿，松密互映，纯驳争辉的毛片，或嘤嘤或呜呜或汪汪的吠声，我也极愿意去的。又我记得在《上海七日刊》（？）上见过一幅法国儿童同乐会的摄影。摄影中济济一堂的满是儿童——这其间自然还有些抱着的母亲，领着的父亲，但不过二三人，容我用了四舍五入法，将他们略去吧。那前面的几个，丰腴圆润的宠儿，覆额的短发，精赤的小腿，我现在还记着呢。最可笑的，高高的房子，塞满了这些儿童，还空着大半截，大半截；若塞满了我们，空气一定是没有那么舒服的，便宜了空气了！这种聚会不用说是极使我高兴的！只是我便在上海，也未必能去；说来可恨恨！这里却要引起我别的感慨，我不说了。此外如音乐会，绘画展览会，我都乐于赴会的。四年前秋天的一个晚上，我曾到上海市政厅去听“中西音乐大会”；那几支广东小调唱得真入神，靡靡是靡靡到了极点，令人欢喜赞叹！而歌者隐身幕内，不露一丝色相，尤动人无穷之思！绘画展览会，我在北京，上海也曾看过几回。但都像走马看花似的，不能自知冷暖——我真是太外行

名师注解

①“二千年前玉门关外一封情书”“时新旦角戏”等标题：《我们的六月》中补白的标题。——作者注

了，只好慢慢来吧。我却最爱看跳舞。五六年前的正月初三的夜里，我看了一个意大利女子的跳舞：黄昏的电灯光映着她裸露的微红的两臂，和游泳衣似的粉红的舞装；那腰真软得可怜，和麦粉搓成的一般。她两手擎着小小的钹，钱孔里拖着深红布的提头；她舞时两臂不住地向各方扇动，两足不住地来往跳跃，钹声便不住地清脆地响着——她舞得如飞一样，全身的曲线真是瞬息万变，转转不穷，如闪电吐舌，如星星眨眼；使人目眩心摇，不能自主。我看过了，恍然若失！从此我便喜欢跳舞。前年暑假时，我到上海，刚碰着卡尔登影戏院开演跳舞片的末一晚，我没有能去一看。次日写信去“特烦”，却如泥牛入海；至今引为憾事！我在北京读书时，又颇爱听旧戏；因为究竟是“外江”人，更爱听旦角戏，尤爱听尚小云的戏，——但你别疑猜，我却不曾用这支笔去捧过谁。我并不懂戏词，甚至连情节也不甚仔细，只爱那宛转凄凉的音调和楚楚可怜的情韵。我在理论上也左袒新戏，但那时的北京实在没有可称为新戏的新戏给我看；我的心也就渐渐冷了。南归以后，新戏固然和北京是“一丘之貉”，旧戏也就每况愈下，毫无足观。我也看过一回机关戏，但只足以广见闻，无深长的趣味可言。直到去年，上海戏剧协社演《少奶奶的扇子》，朋友们都说颇有些意思——在所曾寓目的新戏中，这是得未曾有的。又实验剧社演《葡萄仙子》，也极负时誉；黎明晖女士所唱“可怜的秋香”一句，真是脍炙人口——便是不曾看过这戏的我，听人说了此句，也会有“一种薄醉似的感觉，超乎平常所谓舒适以上”①。——《少奶奶的扇子》，我也还无一面之缘——真非到上海去开先施公司不可！上海的朋友们又常向我称述影戏；但我之于影戏，还是“猪八戒吃人参果”②呢！也只好慢慢来吧。说起先施公司，我总想起惠罗公司。我常在报纸的后幅看见他家的广告，满幅画着新货色的图样，真是日本书店里所谓“诱惑状”③了。我想若常去看看新货色，也是一乐。最好能让我自由地鉴赏地看一回；心爱的也不一定买来，只须多多地，重重地看上几眼，便可权当占有了——朋友有新东西的时候，我常常把玩不肯释手，便是这个主意。

若目下不能到上海去开先施公司，或到上海而无本钱去开先施公司，则还有个经济的办法，我现在正用着呢。不过这种办法，便是开先施公司，也

名师注解

①“一种薄醉似的感觉，超乎平常所谓舒适以上”：见叶圣陶《泪的徘徊》中。——作者注

②“猪八戒吃人参果”：食而不知其味也。——作者注

③“诱惑状”：新到书籍广告。——作者注

可同时采用的；因为我们原希望“多多益善”呀。现在我所在的地方，是没有绘画展览会；但我和人家借了左一册右一册的摄影集，画片集[①]，也可使我的眼睛饱餐一顿。我看见“群羊”[②]，在那淡远的旷原中，披着乳一样白，丝一样软的羽衣的小东西，真和浮在浅浅的梦里的仙女一般。我看见“夕云”[③]，地上是疏疏的树木，偃蹇欹侧作势，仿佛和天上的乱云负固似的；那云是层层叠叠的，错错落落的，斑斑驳驳的，使我觉得天是这样厚，这样厚的！我看见“五月雨”[④]，是那般蒙蒙密密的一片，三个模糊的日本女子，正各张着有一道白圈儿的纸伞，在台阶上走着，走上一个什么坛去呢；那边还有两个人，却只剩了影儿！我看见“现在与未来”[⑤]，这是一个人坐着，左手托着一个骷髅，两眼凝视着，右手正支颐默想着。这还是摄影呢，画片更是美不胜收了！弥爱的《晚祷》是世界的名作，不用说了。意大利 Gino 的名画《跳舞》[⑥]，满是跃着的腿儿，牵着的臂儿，并着的脸儿；红的，黄的，白的，蓝的，黑的，一片片地飞舞着——那边还攒动着无数的头呢。是夜的繁华哟！是肉的薰蒸哟！还有日本中泽弘光的《夕潮》[⑦]：红红的落照轻轻地涂在玲珑的水阁上；阁之前浅蓝的潮里，伫立着白衣编发的少女，伴着两只夭矫的白鹤；她们因水光的映射，这时都微微地蓝了；她只扭转头凝视那斜阳的颜色。又椎冢猪知雄的《花》[⑧]，三个样式不同，花色互异的精巧的瓶子，分插着红白各色的，大的小的鲜花，都丰丰满满的。另有一个细长的和一个荸荠样的瓶子，放在三个大瓶之前和之间；一高一矮，甚是别致，也都插着鲜花，只一瓶是小朵的，一瓶是大朵的。我说的已多了——还有图案画，有时带着野蛮人和儿童的风味，也是我所爱的。书籍中的插画，偶然也有很好的；如什么书里有一幅画，显示惠士敏斯特大寺的里面，那是很伟大的——

名师注解

① 摄影集，画片集：摄影集，画片集中的作品，都是复制的。——作者注

②“群羊”：见《大风集》。——作者注

③“夕云”：《夕云》，见日本写真杂志 Camera 第一卷，1921 年。——作者注

④“五月雨”：《五月雨》，见日本写真杂志 Camera 第一卷，1921 年。——作者注

⑤“现在与未来”：见日本《写真界》6 卷 6 号。——作者注

⑥“跳舞”：《东方》19 卷 3 号。——作者注

⑦“夕潮”：平和纪念东京博览会美术馆出品。——作者注

⑧“花”：日本第八回“二科展览会”出品。——作者注

正如我在灵隐寺的高深的大殿里一般。而房龙《人类的故事》中的插画，尤其别有心思，马上可以引人到他所画的天地中去。

我所在的地方，也没有音乐会。幸而有留声机，机片里中外歌曲乃至国语唱歌都有；我的双耳尚不至大寂寞的。我或向人借来自开自听，或到别人寓处去听，这也是“揩油”之一道了。大约借留声机，借画片，借书，总还算是雅事，不致像借钱一样，要看人家脸孔的（虽然也不免有例外）；所以有时竟可大大方方地揩油。自然，自己的油有时也当大大方方地被别人揩的。关于留声机，北平有零卖一法。一个人背了话匣子（即留声机）和唱片，沿街叫卖；若要买的，就喊他进屋里，让他开唱几片，照定价给他铜子——唱完了，他仍旧将那话匣子等用蓝布包起，背了出门去。我们做学生时，每当冬夜无聊，常常破费几个铜子，买他几曲听听：虽然没有佳片，却也算消寒之一法。听说南方也有做这项生意的人。——我所在的地方，宁波是其一。宁波S中学现有无线电话收音机，我很想去听听大陆报馆的音乐。这比留声机又好了！不但声音更是亲切，且花样日日翻新；二者相差，何可以道里计呢！除此以外，朋友们的箫声与笛韵，也是很可过瘾的；但这看似易得而实难，因为好手甚少。我从前有一位朋友，吹箫极悲酸幽抑之致，我最不能忘怀！现在他从外国回来，我们久不见面，也未写信，不知他还能来一点儿否？

内地虽没有惠罗公司，却总有古董店，尽可以对付一气。我们看看古瓷的细润秀美，古泉币的陆离斑驳，古玉的丰腴有泽，古印的肃肃有仪，胸襟也可豁然开朗。况内地更有好处，为五方杂处，众目具瞻的上海等处所不及的；如花木的趣味，盆栽的趣味便是。上海的匆忙使一般人想不到白鸽笼外还有天地；花是怎样美丽，树是怎样青青，他们似乎早已忘怀了！这是我的朋友郢君所常常不平的。“暮春三月，江南草长，杂花生树，群莺乱飞。”——这在上海人怕只是一场春梦吧！像我所在的乡间：芊芊的碧草踏在脚上软软的，正像吃樱花糖；花是只管开着，来了又去，来了又去——杨贵妃一般的木笔，红着脸的桃花，白着脸的绣球……好一个“香遍满，色遍满的花儿的都”[①]呀！上海是不容易有的！我所以虽向慕上海式的繁华，但也不舍我所在的白马湖的幽静。我爱白马湖的花木，我爱S家的盆栽——这其

名师注解

①“香遍满，色遍满的花儿的都”：俞平伯诗。——作者注

间有诗有画，我且说给你。一盆是小小的竹子，栽在方的小白石盆里；细细的干子疏疏地隔着，疏疏的叶子淡淡地撇着，更点缀上两三块小石头；颇有静远之意。上灯时，影子写在壁上，尤其清隽可亲。另一盆是棕竹，瘦削的干子亭亭地立着；下部是绿绿的，上部颇劲健地坼着几片长长的叶子，叶根有细极细极的棕丝网着。这像一个丰神俊朗而蓄着微须的少年。这种淡白的趣味，也自是天地间不可少的。

天地间还有一种不可少的趣味，也是简便易得到的，这是“谈天”。——普通话叫做“闲谈”；但我以“谈天”二字，更能说出那“闲旷”的味儿！傅孟真先生在《心气薄弱之中国人》一评里，引顾宁人的话，说南方之学者，“群居终日，言不及义”；北方之学者，“饱食终日，无所用心”。他说“到了现在已经二百多年了，这评语仍然是活泼泼的”①。“谈天”大概也只能算“不及义”的言；纵有“及义”的时候，也只是偶然碰到，并非立意如此。若立意要“及义”，那便不是“谈天”而是“讲茶”②了。“讲茶”也有“讲茶”的意思，但非我所要说。“终日言不及义”，诚哉是无益之事；而且岂不疲倦？“舌敝唇焦”，也未免“穷斯滥矣”！不过偶尔“茶余酒后”，“月白风清”，约两个密友，吸着烟卷儿，尝着时新果子，促膝谈心，随兴趣之所至。时而上天，时而入地，时而论书，时而评画，时而纵谈时局，品鉴人伦，时而剖析玄理，密诉衷曲……等到兴尽意阑，便各自回去睡觉；明早一觉醒来，再各奔前程，修持“胜业”，想也不致耽误的。或当公私交集，身心俱倦之后，约几个相知到公园里散散步，不愿散步时，便到绿荫下长椅上坐着；这时作无定向的谈话，也是极有意味的。至于“‘辟克匿克’来江边”，那更非“谈天”不可！我想这种“谈天”，无论如何，总不能算是大过吧。人家说清淡亡了晋朝，我觉得这未免是栽赃的办法。请问晋人的清谈，谁为为之？孰令致之？——这且不说，我单觉得清谈也正是一种“生活之艺术”，只要有节制。有的如针尖的微触，有的如剪刀的一断；恰像吹皱一池春水，你的心便会这般这般了。“谈天”本不想求其有用，但有时也有大用；英哲洛克（Loeke）的名著《人间悟性论》中述他著书之由——说有一日，与

名师注解

①“到了现在已经二百多年了，这评语仍然是活泼泼的”：见《新潮》1卷2号。——作者注

②“讲茶”：在茶店中评理也。——作者注

朋友们谈天，端绪愈引而愈远，不知所从来，也不知所届；他忽然惊异：人知的界限在何处呢？这便是他的大作最初的启示了。——这是我的一位先生亲口告诉我的。

我说海说天，上下古今谈了一番，自然仍不曾跳出我佛世尊——自己——的掌心，现在我还是偃旗息鼓，"回到自己的灵魂"①吧。自己有今日的自己，有昨日的自己，有北京时的自己，有南京时的自己，有在父母怀抱中的自己……乃至一分钟有一个自己，一秒钟有一个自己。每一个自己无论大的，小的，都各提挈着一个世界，正如旅客带着一只手提箱一样。各个世界，各个自己之不相同，正如旅客手提箱里所装的东西之不同一样。各个自己与它所提挈的世界是一个大大的联环，决不能拆开的。譬如去年十月，我正仆仆于轮船火车之中。我现在回想那时的我，第一不能忘记的，是江浙战争；第二便是国庆。因战争而写来的父亲的岳父的信，一页页在眼前翻过；因战争而搬家的人，一阵阵在面前走过；眼看学校一日日挨下去，直到关门为止。念头忽然转弯：林纾死了，法朗士死了；国际联盟第五届大会也闭幕了！……正如水的涟漪一样，一圈一圈地尽管晕开去，可以至于非常之多。只区区一个月的我，所提挈的已这样多，则积了三百几十个月的我，所提挈的当有无穷！要算起账来，倒是"大笔头"②呢！若有那样细心，再把月化为日，日化为时，时化为分秒，我的世界当更不了不了！这其间有吃的，有睡的，有玩的，有笑的，有哭的，有糊涂的，有聪明的……若能将它们陈列起来，必大有意思；若能影戏片似地将它们摇过去，那更有意思了！人总有念旧之情的。我的一个朋友回到母校作教师的时候，偶然在故纸堆中翻到他十四岁时投考该校的一张相片，便爱它如儿子。我们对于过去的自己，大都像嚼橄榄一样，总有些儿甜的。我们依着时光老人的导引，一步步去温寻已失的自己；这走的便是"忆之路"。在"忆之路"上，愈走得远，愈是有味；因苦味渐已蒸散而甜味却还留着的缘故。最远的地方是"儿时"，在那里只有一味极淡极淡的甜；所以许多人都惦记着那里。这"忆之路"是颇长的，也是世界上一条大路。要成为一个自由的"世界民"，这条路不可不走走的。

名师注解

①"回到自己的灵魂"：也是法朗士的话。——作者注

②"大笔头"：此是宁波方言，本系记账术语，"多"也，引申作"甚"之意。这里用作双关语。——作者注

我的把戏变完了——咳！多么贫呢！我总之羡慕齐天大圣；他虽也跳不出佛爷的掌心，但到底能翻十万八千里的筋斗，又有七十二变化的！

一九二五年五月九日作

延伸思考

1. 作者反复提到“生活的方法”，它具体指什么？
2. 作者认为旅行有什么样的作用？

论无话可说【精读】

名师导读

朱自清一直主张散文“要说自己的话”，感叹“真正有自己的话要说的是不多的几个人”。他认为矫饰弄假的散文完全是画蛇添足。

十年前我写过诗；后来不写诗了，写散文；入中年以后，散文也不大写得出了——现在是，比散文还要“散”的无话可说！许多人苦于有话说不出，另有许多人苦于有话无处说；他们的苦还在话中，我这无话可说的苦却在话外。我觉得自己是一张枯叶，一张烂纸，在这个大时代里。

名师点评：开篇点出“无话可说”的缘由：在这个大时代里，不是有话说不出，也不是有话无处说，而是有话不想说。

在别处说过，我的“忆的路”是“平如砥”“直如矢”的；我永远不曾有过惊心动魄的生活，即使在别人想来最风华的少年时代。我的颜色永远是灰的。我的职业是三个教书；我的朋友永远是那么几个，我的女人永远是那么一个。有些人生活太丰富了，太复杂了，会忘记自己，看不清楚自己，我是什么时候都“了了玲玲地”知道，记住，自己是怎样简单的一个人。

但是为什么还会写出诗文呢？——虽然都是些废话。这是时代为之！十年前正是五四运动的时期，大伙儿蓬蓬勃勃的朝气，紧逼着我这个年轻的学生；于是乎跟着人家的脚印，也说说什么自然，什么人生。但这只是些范畴而已。我是个懒人，平心而论，又不曾遭过怎样了不得的逆境；既不深思力索，又未亲自体验，范畴终于只是范畴，此外也只是廉价的，新瓶里装旧酒的感伤。当时芝麻黄豆大的事，都不惜郑重地写出来，现在看看，苦笑而已。

名师点评：作者用过来人的口吻反思过去，认为自己年轻时的诗文只不过是凭着年轻和朝气所抒发的对时代的感悟，缺乏深思和体验。

先驱者告诉我们说自己的话。不幸这些自己往往是简单的，说来说去是那一套；终于说的听的都腻了。——我便是其中的一个。这些人自己其实并没有什么话，只是说些中外贤哲说过的和并世少年将说的话。真正有自己的话要说的是不多的几个人；因为真正一面生活一面吟味那生活的只有不多的几个人。一般人只是生活，按着不同的程度照例生活。

这点简单的意思也还是到中年才觉出的；少年时多少有些热气，想不到这里。中年人无论怎样不好，但看事看得清楚，看得开，却是可取的。这时候眼前没有雾，顶上没有云彩，有的只是自己的路。他负着经验的担子，一步步踏上这条无尽的然而实在的路。他回看少年人那些情感的玩意，觉得一种轻松的意味。他乐意分析他背上的经验，不止是少年时的那些；他不愿远远地捉摸，而愿剥开来细细地看。也知道剥开后便没了那跳跃着的力量，但他不在乎这个，他明白在冷静中有他所需要的。这时候他若偶然说话，决不会是感伤的或印象的，他要告诉你怎样走着他的路，不然就是，所剥开的是些什么玩意。但中年人是很胆小的；他听别人的话渐渐多了，说了的他不说，说得好的他不说。所以终于往往无话可说——特别是一个寻常的人像我。但沉默又是寻常的人所难堪的，我说苦在话外，以此。

名师点评

不想重复别人但又害怕表白自己，“终于往往无话可说”。

中年人若还打着少年人的调子，——姑不论调子的好坏——原也未尝不可，只总觉“像煞有介事”。他要用很大的力量去写出那冒着热气或流着眼泪的话；一个神经敏锐的人对于这个是不容易忍耐的，无论在自己在别人。这好比上了年纪的太太小姐们还涂脂抹粉地到大庭广众里去卖弄一般，是殊可不必的了。

其实这些都可以说是废话，只要想一想咱们这年头。这年头要的是“代言人”，而且将一切说话的都看作“代言人”；压根儿就无所谓自己的话。这样一来，如我辈者，倒可以将从前狂妄之罪减轻，而现在是更无话可说了。

但近来在戴译《唯物史观的文学论》里看到，法国俗语“无话可说”竟与“一切皆好”同意。呜呼，这是多么损的一句话，对于我，对于我的时代！

名师点评

作者自嘲之句。“呜呼”一词，表现了生活在当时那个时代的人的悲哀以及人对那个时代的激愤。

一九三一年三月

精华赏析

在这篇哲理散文中，朱自清并没有直接阐述大道理，而是通过一个中年人的形象抒发了自己的苦闷、矛盾、不满，甚至激愤的情感。作者处在一个真理被封存的时代，有话说不出、有话无处说或许是压抑的、痛苦的，但对于作者来说，更大的痛苦在于有话而不想说。而不想说的缘由则是现在的自己既不想像年轻时那样“人云亦云”，又惧怕表达自己。这样的矛盾令作者“现在是更无话可说了”。

延伸思考

结合本文写作的时代背景，分析“这年头要的是‘代言人’，而且将一切说话的都看作‘代言人’；压根儿就无所谓自己的话”一句。

你 我

名师导读

朱自清在阅读马建忠的《马氏文通》、杨遇夫的《高等国文法》、刘半农的《中国文法讲话》、胡适之《文存》里的《尔汝篇》时，对于人称代词的使用有些不成系统的意见，于是就稍加整理，写成此文。但文章所说只限于现代汉语的口语，成文写作和阅读古文多不在此列。

现在受过新式教育的人，见了无论生熟朋友，往往喜欢你我相称。这不是旧来的习惯而是外国语与翻译品的影响。这风气并未十分通行；一般社会还不愿意采纳这种办法——所谓粗人一向你呀我的，却当别论。有一位中等学校校长告诉人，一个旧学生去看他，左一个“你”，右一个“你”，仿佛用指头点着他鼻子，真有些受不了。在他想，只有长辈该称他“你”，只有太太和老朋友配称他“你”。够不上这个份儿，也来“你”呀“你”的，倒像对当差老妈子说话一般，岂不可恼！可不是，从前小说里“弟兄相呼，你我相称”，也得够上那份儿交情才成。而俗语说的“你我不错”“你我还这样那样”，也是托熟的口气，指出彼此的依赖与信任。

同辈你我相称，言下只有你我两个，旁若无人；虽然十目所视，十手所指，视他们的，指他们的，管不着。杨震在你我相对的时候，会想到你我之外的“天知地知”，真是一个玄远的托辞，亏他想得出。常人说话称你我，却只是你说给我，我说给你；别人听见也罢，不听见也罢，反正说话的一点儿没有想着他们那些不相干的。自然也有时候“取瑟而歌”，也有时候“指桑骂槐”，但那是话外的话或话里的话，论口气却只对着那一个“你”。这么着，一说你我，你我便从一群人里除外，单独地相对着。离群是可怕又可怜的，只要想想大野里的独行，黑夜里的独处就明白。你我既甘心离群，彼此便非难解难分不可；否则岂不要吃亏？难解难分就是亲昵；骨肉是亲昵，结交也是个亲昵，所以说只有长辈该称“你”，只有太太和老朋友配称“你”。你我相称者，你我相亲而已。然而我们对家里当差老妈子也称“你”，对街上的洋车夫也称“你”，却不是一个味儿。古来以“尔汝”为轻贱之称；就指的这一类。但轻贱与亲昵有时候也难分，譬如叫孩子为“狗儿”，叫情人为“心肝”，明明将人比物，却正是亲昵之至。而长辈称晚辈为“你”，也夹杂着这两种味道——那些亲谊疏远的称“你”，有时候简直毫无亲昵的意思，只显得辈分高罢了。大概轻贱与亲昵有一点相同；就是，都可以随随便便，甚至于动手动脚。

生人相见不称“你”。通称是“先生”，有带姓不带姓之分；不带姓好像来者是自己老师，特别客气，用得少些。北平人称“某爷”，“某几爷”，如“冯爷”，“吴二爷”，也是通称，可比“某先生”亲昵些。但不能单称“爷”，与“先生”不同。“先生”原是老师，“爷”却是“父亲”；尊人为师犹之可，尊人为父未免吃亏太甚。（听说前清的太监有称人为“爷”的时候，那是刑余之人，只算例外。）至于“老爷”，多一个“老”字，就不会与父亲相混，所以仆役用以单称他的主人，旧式太太用以单称她的丈夫。女的通称“小姐”，“太太”，“师母”，却都带姓；“太太”，“师母”更其如此。因为单称“太太”，自己似乎就是老爷，单称“师母”，自己似乎就是门生，所以非带姓不可。“太太”是北方的通称，南方人却嫌官僚气；“师母”是南方的通称，北方人却嫌头巾气。女人麻烦多，真是无法奈何。比“先生”亲近些是“某某先生”，“某某兄”，“某某”是号或名字；称“兄”取其仿佛一家人。再进一步就以号相称，同时也可称“你”。在正式的聚会里，有时候得称职衔，如“张部长”，“王经理”；也可以不带姓，和“先生”一样；偶尔还得加上一个“贵”字，如“贵公使”。下属对上司也得称职衔。但像科员等小脚色却不便称衔，只好屈居在“先生”一辈里。

仆役对主人称“老爷”，“太太”，或“先生”，“师母”；与同辈分别的，一律不带姓。他们在同一时期内大概只有一个老爷，太太，或先生，师母，是他们衣食的靠山；不带姓正所以表示只有这一对儿才是他们的主人。对于主人的客，却得一律带姓；即便主人的本家，也得带上号码儿，如“三老爷”，“五太太”。——大家庭用的人或两家合用的人例外。“先生”本可不带姓，“老爷”本是下对上的称呼，也常不带姓；女仆称“老爷”，虽和旧式太太称丈夫一样，但身分声调既然各别，也就不要紧。仆役称“师母”，决无门生之嫌，不怕尊敬过分；女仆称“太太”，毫无疑义，男仆称“太太”，与女仆称“老爷”同例。晚辈称长辈，有“爸爸”，“妈妈”，“伯伯”，“叔叔”等称。自家人和近亲不带姓，但有时候带号码儿；远亲和父执，母执，都带姓；干亲带“干”字，如“干娘”；父亲的盟兄弟，母亲的盟姊妹，有些人也以自家人论。

这种种称呼，按刘半农先生说，是“名词替代代词”，但也可说是他称替代对称。不称“你”而称“某先生”，是将分明对面的你变成一个别人；于是乎对你说的话，都不过是关于“他”的。这么着，你我间就有了适当的距离，彼此好提防着；生人间说话提防着些，没有错儿。再则一般人都可以称你“某先生”，我也跟着称“某先生”，正见得和他们一块儿，并没有单独挨近你身边去。所以“某先生”一来，就对面无你，旁边有人。这种替代法的效用，因所代的他称广狭而转移。譬如“某先生”，谁对谁都可称，用以代“你”，是十分“敬而远之”；又如“某部长”，只是僚属对同官与长官之称，“老爷”只是仆役对主人之称，敬意过于前者，远意却不及；至于“爸爸”“妈妈”，只是弟兄姊妹对父母的称，不像前几个名字可以移用在别人身上，所以虽不用“你”，还觉得亲昵，但敬远的意味总免不了有一些；在老人家前头要像在太太或老朋友前头那么自由自在，到底是办不到的。

北方话里有个“您”字，是“你”的尊称，不论亲疏贵贱全可用，方便之至。这个字比那拐弯抹角的替代法干脆多了，只是南方人听不进去，他们觉得和“你”也差不多少。这个字本是闭口音，指众数；“你们”两字就从此出。南方人多用“你们”代“你”。用众数表尊称，原是语言常例。指的既非一个，你旁边便仿佛还有些别人和你亲近的，与说话的相对着；说话的天然不敢侵犯你，也不敢妄想亲近你。这也还是个“敬而远之”。湖北人尊称人为“你家”，“家”字也表众数，如“人家”，“大家”可见。

此外还有个方便的法子，就是利用呼位，将他称与对称拉在一块儿。说话的时候先叫声“某先生”或别的，接着再说“你怎样怎样”；这么着好像“你”字儿都是对你以外的“某先生”说的，你自己就不会觉得唐突了。这个办法上下一律通行。在上海，有些不三不四的人问路，常叫一声“朋友”，再说“你”；北平老妈子彼此说话，也常叫声“某姐”，再“你”下去——她们觉得这么称呼倒比说“您”亲昵些。但若说“这是兄弟你的事”，“这是他爸爸你的责任”，“兄弟”，“你”，“他爸爸”，“你”简直连成一串儿，与用呼位的大不一样。这种口气只能用于亲近的人。第一例的他称意在加重全句的力量，表示虽与你亲如弟兄，这件事却得你自己办，不能推给别人。第二例因“他”而及“你”，用他称意在提醒你的身分，也是加重那个句子；好像说你我虽亲近，这件事却该由做他爸爸的你，而不由做自己的朋友的你负责任；所以也不能推给别人。又有对称在前他称在后的；但除了“你先生”，“你老兄”还有敬远之意以外，别的如“你太太”，“你小姐”，“你张三”，“你这个人”，“你这家伙”，“你这位先生”，“你这该死的”，“你这没良心的东西”，却都是些亲口埋怨或破口大骂的话。“你先生”，“你老兄”的“你”不重读，别的“你”都是重读的。“你张三”直呼姓名，好像听话的是个远哉遥遥的生人，因为只有毫无关系的人，才能直呼姓名；可是加上“你”字，却变了亲昵与轻贱两可之间。近指形容词“这”，加上量词“个”成为“这个”，都兼指人与物；说“这个人”和说“这个碟子”，一样地带些无视的神气在指点着。加上“该死的”，“没良心的”，“家伙”，“东西”，无视的神气更足。只有“你这位先生”稍稍客气些；不但因为那“先生”，并且因为那量词“位”字。“位”指“地位”，用以称人，指那有某种地位的，就与常人有别。至于“你老”“你老人家”，“老人家”是众数，“老”是敬辞——老人常受人尊重。但“你老”用得少些。

最后还有省去对称的办法，却并不如文法书里所说，只限于祈使语气，也不限于上辈对下辈的问语或答语，或熟人间偶然的问答语：如“去吗”“不去”之类。有人曾遇见一位颇有名望的省议会议长，随意谈天儿。那议长的说话老是这样的：

> 去过北京吗？
>
> 在哪儿住？
>
> 觉得北京怎么样？
>
> 几时回来的？

始终没有用一个对称，也没有用一个呼位的他称，仿佛说到一个不知是谁的人。那听话的觉得自己没有了，只看见俨然的议长。可是偶然要敷衍一两句话，而忘了对面人的姓，单称“先生”又觉不值得的时候，这么办却也可以救眼前之急。

生人相见也不多称“我”。但是单称“我”只不过傲慢，仿佛有点儿瞧不起人，却没有那过分亲昵的味儿，与称你我的时候不一样。所以自称比对称麻烦少些。若是不随便称“你”，“我”字尽可麻麻糊糊[①]通用；不过要留心声调与姿态，别显出拍胸脯指鼻尖的神儿。若是还要谨慎些，在北方可以说“咱”，说“俺”，在南方可以说“我们”；“咱”和“俺”原来也都是闭口音，与“我们”同是众数。自称用众数，表示听话的也在内，“我”说话，像是你和我或你我他联合宣言；这么着，我的责任就有人分担，谁也不能说我自以为是了。也有说“自己”的，如“只怪自己不好”，“自己没主意，怨谁！”但同样的句子用来指你我也成。至于说“我自己”，那却是加重的语气，与这个不同。又有说“某人”，“某某人”的，如张三说，“他们老疑心这是某人做的，其实我一点也不知道。”这个“某人”就是张三，但得随手用“我”字点明。若说“张某人岂是那样的人！”却容易明白。又有说“人”，“别人”，“人家”，“别人家”的；如，“这可叫人怎么办？”“也不管人家死活。”指你我也成。这些都是用他称（单数与众数）替代自称，将自己说成别人；但都不是明确的替代，要靠上下文，加上声调姿态，才能显出作用，不像替代对称那样。而其中如“自己”，“某人”，能替代“我”的时候也不多，可见自称在我的关系多，在人的关系少，老老实实用“我”字也无妨；所以历来并不十分费心思去找替代的名词。

演说称“兄弟”，“鄙人”，“个人”或自己名字，会议称“本席”，也是他称替代自称，却一听就明白。因为这几个名词，除“兄弟”代“我”，平常谈话里还偶然用得着之外，别的差不多都已成了向公众说话专用的自称。“兄弟”，“鄙人”全是谦词，“兄弟”亲昵些；“个人”就是“自己”；称名字不带姓，好像对尊长说话。——称名字的还有仆役与幼儿。仆役称名字兼带姓，如“张顺不敢”。幼儿自称乳名，却因为自我观念还未十分发达，听见人家称自己乳名，也就如法炮制。可教大人听着乐，为的是“像煞有介事”。——“本席”指“本席的人”，原来也该是谦称；但以此自称的人往往有一种诡诡然的声调姿态，所以反觉得傲慢了。这大约是“本”字作怪，

名师注解

① 麻麻糊糊：即“马马虎虎”。

从“本总司令”到“本县长”，虽也是以他称替代自称，可都是告诫下属的口气，意在显出自己的身分，让他们知所敬畏。这种自称用的机会却不多。对同辈也偶然有要自称职衔的时候，可不用“本”字而用“敝”字。但“司令”可“敝”，“县长”可“敝”，“人”却“敝”不得；“敝人”是凉薄之人，自己骂得未免太苦了些。同辈间也可用“本”字，是在开玩笑的当儿，如“本科员”，“本书记”，“本教员”，取其气昂昂的，有俯视一切的样子。

他称比“我”更显得傲慢的还有；如“老子”，“咱老子”，“大爷我”，“我某几爷”，“我某某某”。老子本非同辈相称之词，虽然加上众数的“咱”，似乎只是壮声威，并不为的分责任。“大爷”，“某几爷”也都是尊称，加在“我”上，是增加“我”的气焰的。对同辈自称姓名，表示自己完全是个无关系的陌生人；本不如此，偏取了如此态度，将听话的远远地推开去，再加上“我”，更是神气。这些“我”字都是重读的。但除了“我某某某”，那几个别的称呼大概是丘八流氓用得多。他称也有比“我”显得亲昵的。如对儿女自称“爸爸”，“妈”，说“爸爸疼你”，“妈在这儿，别害怕”。对他们称“我”的太多了，对他们称“爸爸”，“妈”的却只有两个人，他们最亲昵的两个人。所以他们听起来，“爸爸”，“妈”比“我”鲜明得多。幼儿更是这样；他们既然还不甚懂得什么是“我”，用“爸爸”，“妈”就更要鲜明些。听了这两个名字，不用捉摸，立刻知道是谁而得着安慰；特别在他们正专心一件事或者快要睡觉的时候。若加上“你”，说“你爸爸”，“你妈”，没有“我”，只有“你的”，让大些的孩子听了，亲昵的意味更多。对同辈自称“老某”，如“老张”，或“兄弟我”，如“交给兄弟我办罢，没错儿”，也是亲昵的口气。“老某”本是称人之词。单称姓，表示彼此非常之熟，一提到姓就会想起你，再不用别的；同姓的虽然无数，而提到这一姓，却偏偏只想起你。“老”字本是敬辞，但平常说笑惯了的人，忽然敬他一下，只是惊他以取乐罢了；姓上加“老”字，原来怕不过是个玩笑，正和“你老先生”，“你老人家”有时候用作滑稽的敬语一样。日子久了，不觉得，反变成“熟得很”的意思。于是自称“老张”，就是“你熟得很的张”，不用说，顶亲昵的。“我”在“兄弟”之下，指的是做兄弟的“我”，当然比平常的“我”客气些；但既有他称，还用自称，特别着重那个“我”，多少免不了自负的味儿。这个“我”字也是重读的。用“兄弟我”的也以江湖气的人为多。自称常可省去；或因叙述的方便，或因答语的方便，或因避免那傲慢的字。

“他”字也须因人而施，不能随便用。先得看“他”在不在旁边儿。还得看“他”与说话的和听话的关系如何——是长辈，同辈，晚辈，还是不相干的，不相识的？北平有个“您”字，用以指在旁边的别人与不在旁边的尊长；别人既在旁边听着，用个敬词，自然合式些。这个字本来也是闭口音，与“您”字同是众数，是“他们”所从出。可是不常听见人说；常说的还是“某先生”。也有称职衔，行业，身分，行次，姓名号的。“他”和“你”“我”情形不同，在旁边的还可指认，不在旁边的必得有个前词才明白。前词也不外乎这五样儿。职衔如“部长”，“经理”。行业如店主叫“掌柜的”，手艺人叫“某师傅”，是通称；做衣服的叫“裁缝”，做饭的叫“厨子”，是特称。身分如妻称夫为“六斤的爸爸”，洋车夫称坐车人为“坐儿”，主人称女仆为“张妈”，“李嫂”。——“妈”，“嫂”，“师傅”都是尊长之称，却用于既非尊长，又非同辈的人，也许称“张妈”是借用自己孩子们的口气，称“师傅”是借用他徒弟的口气，只有称“嫂”才是自己的口气，用意都是要亲昵些。借用别人口气表示亲昵的，如媳妇跟着他孩子称婆婆为“奶奶”，自己矮下一辈儿；又如跟着熟朋友用同样的称呼称他亲戚，如“舅母”，“外婆”等，自己近走一步儿；只有“爸爸”，“妈”，假借得极少。对于地位同的既可如此假借，对于地位低的当然更可随便些；反正谁也明白，这些不过说得好听罢了。——行次如称朋友或儿女用“老大”，“老二”；称男仆也常用“张二”，“李三”。称号在亲子间，夫妇间，朋友间最多，近亲与师长也常这么称。称姓名往往是不相干的人。有一回政府不让报上直称当局姓名，说应该称衔带姓，想来就是恨这个不相干的劲儿。又有指点似地说“这个人”，“那个人”的，本是疏远或轻贱之称。可是有时候不愿，不便，或不好意思说出一个人的身分或姓名，也用“那个人”；这里头却有很亲昵的，如要好的男人或女人，都可称“那个人”。至于“这东西”，“这家伙”，“那小子”，是更进一步；爱憎同辞，只看怎么说出。又有用泛称的，如“别怪人”，“别怪人家”，“一个人别太不知足”，“人到底是人”。但既是泛称，指你我也未尝不可。又有用虚称的，如“他说某人不好，某人不好”；“某人”虽确有其人，却不定是谁，而两个“某人”所指也非一人。还有“有人”就是“或人”。用这个称呼有四种意思：一是不知其人，如“听说有人译这本书”。二是知其人而不愿明言，如“有人说怎样怎样”，这个人许是个大人物，自己不愿举出他的名字，以免矜夸之嫌。这个人许是个不甚知名的脚色，提起来听话的未必知道，乐得不提省事。又如“有人说你的闲话”，却大大不同。三是知其人而不屑明言，如“有人在一家报纸上骂我。”四是其人或他的关系人就在一旁，故意“使子闻之”，如“有人不乐意，我知道。”“我知道，有人恨我，我不怕。”——这么着简直是挑战的态度了。又有前词与“他”字连文的，如“你爸爸他辛苦了一辈子，真是何苦来？”是加重的语气。

亲近的及不在旁边的人才用“他”字；但这个字可带有指点的神儿，仿佛说到的就在眼前一样。自然有些古怪，在眼前的尽管用“您”或别的向远处推；不在的却又向近处拉。其实推是为说到的人听着痛快；他既在一旁，听话的当然看得亲切，口头上虽向远处推无妨。拉却是为听话人听着亲切，让他听而如见。因此“他”字虽指你我以外的别人，也有亲昵与轻贱两种情调，并不含含糊糊地“等量齐观”。最亲昵的“他”，用不着前词；如流行甚广的“看见她”歌谣里的“她”字——一个多情多义的“她”字。这还是在眼前的。新婚少妇谈到不在眼前的丈夫，也往往没头没脑地说“他如何如何”，一面还红着脸儿。但如“管他，你走你的好了”“他——他只比死人多口气”，就是轻贱的“他”了。不过这种轻贱的神儿若“他”不在一旁却只能从上下文看出；不像说“你”的时候永远可以从听话的一边直接看出。“他”字除人以外，也能用在别的生物及无生物身上；但只在孩子们的话里如此。指猫指狗用“他”是常事；指桌椅指树木也有用“他”的时候。譬如孩子让椅子绊了一跤，哇的哭了；大人可以将椅子打一下，说“别哭。是他不好。我打他”。孩子真会相信，回嗔作喜，甚至于也捏着小拳头帮着捶两下。孩子想着什么都是活的，所以随随便便地“他”呀“他”的，大人可就不成。大人说“他”，十回九回指人；别的只称名字，或说“这个”，“那个”，“这东西”，“这件事”，“那种道理”。但也有例外，像“听他去罢”，“管他成不成，我就是这么办。”这种“他”有时候指事不指人。还有个“彼”字，口语里已废而不用，除了说“不分彼此”，“彼此都是一样”。这个“彼”字不是“他”而是与“这个”相对的“那个”，已经在“人称”之外。“他”字不能省略，一省就与你我相混；只除了在直截的答语里。

代词的三称都可用名词替代，三称的单数都可用众数替代，作用是“敬而远之”。但三称还可互代；如“大难临头，不分你我”，“他们你看我，我看你，一句话不说”，“你”“我”就是“彼”“此”。又如“此公人弃我取”，“我”是“自己”。又如论别人，“其实你去不去与人无干，我们只是尽朋友之道罢了。”“你”实指“他”而言。因为要说得活灵活现，才将三人间变为二人间，让听话的更觉得亲切些。意思既指别人，所以直呼“你”“我”，无需避忌。这都以自称对称替代他称。又如自己责备自己说：“咳，你真糊涂！”这是化一身为两人。又如批评别人，“凭你说干了嘴唇皮，他听你一句才怪！”“你”就是“我”，是让你设身处地替自己想。又如“你只管不动声色地干下去，他们知道我怎么办？”“我”就是“你”；是自己设身处地替对面人想。这都是着急的口气：我的事要你设想，让你同情我；你的事我代设想，让你亲信我。可不一定亲昵，只在说话当时见得彼此十二分关切就是了。只有“他”字，却不能替代“你”“我”，因为那么着反把话说远了。

众数指的是一人与一人，一人与众人，或众人与众人，彼此间距离本远，避忌较少。但是也有分别；名词替代，还用得着。如“各位”，“诸位”，“诸位先生”，都是“你们”的敬词；“各位”是逐指，虽非众数而作用相同。代词名词连文，也用得着。如“你们这些人”，“你们这班东西”，轻重不一样，却都是责备的口吻。又如发牢骚的时候不说“我们”而说“这些人”，“我们这些人”，表示多多少少，是与众不同的人。但替代“我们”的名词似乎没有。又如不说“他们”而说“人家”，“那些位”，“这班东西”，“那班东西”，或“他们这些人”。三称众数的对峙，不像单数那样明白的鼎足而三。“我们”，“你们”，“他们”相对的时候并不多；说“我们”，常只与“你们”，“他们”二者之一相对着。这儿的“你们”包括“他们”，“他们”也包括“你们”；所以说“我们”的时候，实在只有两边儿。所谓“你们”，有时候不必全都对面，只是与对面的在某些点上相似的人；所谓“我们”，也不一定全在身旁，只是与说话的在某些点上相似的人。所以“你们”，“我们”之中，都有“他们”在内。“他们”之近于“你们”的，就收编在“你们”里；“他们”之近于“我们”的，就收编在“我们”里；于是“他们”就没有了。“我们”与“你们”也有相似的时候，“我们”可以包括“你们”，“你们”就没有了；只剩下“他们”和“我们”相对着。演说的时候，对听众可以说“你们”，也可以说“我们”。说“你们”显得自己高出他们之上，在教训着；说“我们”，自己就只在他们之中，在彼此勉励着。听众无疑地是愿意听“我们”的。只有“我们”，永远存在，不会让人家收编了去；因为没有“我们”，就没有了说话的人。“我们”包罗最广，可以指全人类，而与一切生物无生物对待着。“你们”，“他们”都只能指人类的一部分；而“他们”除了特别情形，只能指不在眼前的人，所以更狭窄些。

北平自称的众数有“咱们”，“我们”两个。第一个发见这两个自称的分别的是赵元任先生。他在《阿丽思漫游奇境记》的凡例里说：

> “咱们”是对他们说的，听话的人也在内的。
>
> “我们”是对你们或他们说的，听话的人不在内的。

赵先生的意思也许说，“我们”是对你们或（你们和）他们说的。这么着“咱们”就收编了“你们”，“我们”就收编了“他们”——不能收编的时候，“我们”就与“你们”，“他们”成鼎足之势。这个分别并非必需，但有了也好玩儿；因为说“咱们”亲昵些，说“我们”疏远些，又多一个花样。北平还有个“俩”字，只指两个，“咱们俩”，“你们俩”，“他们俩”，无非显得两个人更亲昵些；不带“们”字也成。还有“大家”是同辈相称或上称下之词，可用在“我们”，“你们”，“他们”之下。单用是所有相关的人都在内；加“我们”拉得近些，加“你们”推得远些，加“他们”更远些。至于“诸位大家”，当然是个笑话。

代词三称的领位，也不能随随便便的。生人间还是得用替代，如称自己丈夫为“我们老爷”，称朋友夫人为“你们太太”，称别人父亲为“某先生的父亲”。但向来还有一种简便的尊称与谦称，如“令尊”，“令堂”，“尊夫人”，“令弟”，“令郎”，以及“家父”，“家母”，“内人”，“舍弟”，“小儿”等等。“令”字用得最广，不拘哪一辈儿都加得上，“尊”字太重，用处就少；“家”字只用于长辈同辈，“舍”字，“小”字只用于晚辈。熟人也有用通称而省去领位的，如自称父母为“老人家”，——长辈对晚辈说他父母，也这么称——称朋友家里人为“老太爷”，“老太太”，“太太”，“少爷”，“小姐”，可是没有称人家丈夫为“老爷”或“先生”的，只能称“某先生”，“你们先生”。此外有称“老伯”，“伯母”，“尊夫人”的，为的亲昵些；所省去的却非“你的”而是“我的”。更熟的人可称"我父亲"，"我弟弟"，"你学生"，"你姑娘"，却并不大用"的"字。"我的"往往只用于呼位；如"我的妈呀！""我的儿呀！""我的天呀！"被领位若不是人而是事物，却可随便些。"的"字还用于独用的领位，如"你的就是我的"，"去他的"。领位有了"的"字，显得特别亲昵似的。也许"的"字是齐齿音，听了觉得挨挤着，紧缩着，才有此感。平常领位，所领的若是人，而也用"的"字，就好像有些过火；"我的朋友"差不多成了一句嘲讽的话，一半怕就是为了那个"的"字。众数的领位也少用"的"字。其实真正众数的领位用的机会也少；用的大多是替代单数的。"我家"，"你家"，"他家"有时候也可当众数的领位用，如"你家孩子真懂事"，"你家厨子走了"，"我家运气不好。"北平还有一种特别称呼，也是关于自称领位的。譬如女的向人说："你兄弟这样长那样短。""你兄弟"却是她丈夫；男的向人说："你侄儿这样短，那样长。""你侄儿"却是他儿子。这也算对称替代自称，可是大规模的；用意可以说是"敬而近之"。因为"近"，才直称"你"。被领位若是事物，领位除可用替代外，也有用"尊"字的，如"尊行（行次）"，"尊寓"，但少极；带滑稽味而上"尊"号的却多，如"尊口"，"尊须"，"尊靴"，"尊帽"等等。

外国的影响引我们抄近路，只用"你"，"我"，"他"，"我们"，"你们"，"他们"，倒也是干脆的办法；好在声调姿态变化是无穷的。"他"分为三，在纸上也还有用，口头上却用不着；读"她"为"丨"，"它"或"牠"为"ㄊㄜ"，大可不必，也行不开去。"它"或"牠"用得也太洋味儿，真别扭，有些实在可用"这个""那个"。再说代词用得太多，好些重复是不必要的；而领位"的"字也用得太滥点儿。

一九三三年八月二十五日作

延伸思考

仔细阅读全文，整理文中所介绍的人称代词的使用方法。

论吃饭

名师导读

民主运动的热潮，使朱自清的态度和创作基调发生了变化。他开始自觉地站在人民的立场上关注现实问题。在《论吃饭》一文中，作者说古论今，旁征博引，论证了“吃饭第一”这个被历史验证了的真理。他肯定了农民“吃大户”的正义举动，赞扬了他们敢于反抗的集体意识。

我们有自古流传的两句话：一是“衣食足则知荣辱”，见于《管子·牧民》篇，一是“民以食为天”，是汉朝郦食其说的。这些都是从实际政治上认出了民食的基本性，也就是说从人民方面看，吃饭第一。另一方面，告子说，“食色，性也”，是从人生哲学上肯定了食是生活的两大基本要求之一。《礼记·礼运》篇也说到“饮食男女，人之大欲存焉”，这更明白。照后面这两句话，吃饭和性欲是同等重要的，可是照这两句话里的次序，“食”或“饮食”都在前头，所以还是吃饭第一。

这吃饭第一的道理，一般社会似乎也都默认。虽然历史上没有明白的记载，但是近代的情形，据我们的耳闻目见，似乎足以教我们相信从古如此。例如苏北的饥民群到江南就食，差不多年年有。最近天津《大公报》登载的费孝通先生的《不是崩溃是瘫痪》一文中就提到这个。这些难民虽然让人们讨厌，可是得给他们饭吃。给他们饭吃固然也有一二成出于慈善心，就是恻隐心，但是八九成是怕他们，怕他们铤而走险，“小人穷斯滥矣”，什么事做不出来！给他们吃饭，江南人算是认了。

可是法律管不着他们吗？官儿管不着他们吗？干吗要怕要认呢？可是法律不外乎人情，没饭吃要吃饭是人情，人情不是法律和官儿压得下的。没饭吃会饿死，严刑峻罚大不了也只是个死，这是一群人，群就是力量：谁怕谁！在怕的倒是那些有饭吃的人们，他们没奈何只得认点儿。所谓人情，就是自然的需求，就是基本的欲望，其实也就是基本的权利。但是饥民群还不自觉有这种权利，一般社会也还不会认清他们有这种权利；饥民群只是冲动的要吃饭，而一般社会给他们饭吃，也只是默认了他们的道理，这道理就是吃饭第一。

三十年夏天笔者在成都住家，知道了所谓“吃大户”的情形。那正是青黄不接的时候，天又干，米粮大涨价，并且不容易买到手。于是乎一群一群的贫民一面抢米仓，一面“吃大户”。他们开进大户人家，让他们煮出饭来吃了就走。这叫做“吃大户”。“吃大户”是和平的手段，照惯例是不能拒绝的，虽然被吃的人家不乐意。当然真正有势力的尤其有枪杆的大户，穷人们也识相，是不敢去吃的。敢去吃的那些大户，被吃了也只好认了。那回一直这样吃了两三天，地面上一面赶办平粜，一面严令禁止，才打住了。据说这“吃大户”是古风；那么上文说的饥民就食，该更是古风吧。

但是儒家对于吃饭却另有标准。孔子认为政治的信用比民食更重，孟子倒是以民食为仁政的根本；这因为春秋时代不必争取人民，战国时代就非争取人民不可。然而他们论到士人，却都将吃饭看做一个不足重轻的项目。孔子说，“君子固穷”，说吃粗饭，喝冷水，“乐在其中”，又称赞颜回吃喝不够，“不改其乐”。道学家称这种乐处为“孔颜乐处”①，他们教人“寻孔颜乐处”，学习这种为理想而忍饥挨饿的精神。这理想就是孟子说的“穷则独善其身，达则兼善天下”，也就是所谓“节”和“道”。孟子一方面不赞成告子说的“食，色，性也”，一方面在论“大丈夫”的时候列入了“贫贱不能移”一个条件。战国时代的“大丈夫”，相当于春秋时的“君子”，都是治人的劳心的人。这些人虽然也有饿饭的时候，但是一朝得了时，吃饭是不成问题的，不像小民往往一辈子为了吃饭而挣扎着。因此士人就不难将道

名师注解

①“孔颜乐处”：出自《论语·述而》：“饭蔬食饮水，曲肱而枕之，乐亦在其中矣。不义而富且贵，于我如浮云。”孔子说自己吃粗粮，饮白水，枕在弯着的胳膊上面休憩，快乐也充满其中，而用不义的手段得到的富贵，对于他而言就像浮云一样无足轻重。“贤哉，回也！一箪食，一瓢饮，在陋巷，人不堪其忧，回也不改其乐。贤哉，回也！”这是孔子在夸赞颜回。颜回用非常简陋的竹器吃饭，用瓢饮水，住在陋巷，别人根本受不了这种困苦，而颜回却丝毫不改变其乐观的态度。这两句是说孔子、颜回的“乐”，不是在物质层面的享受，而是在精神层面的追求。

和节放在第一，而认为吃饭好像是一个不足重轻的项目了。

伯夷、叔齐①据说反对周武王伐纣，认为以臣伐君，因此不食周粟，饿死在首阳山。这也是只顾理想的节而不顾吃饭的。配合着儒家的理论，伯夷、叔齐成为士人立身的一种特殊的标准。所谓特殊的标准就是理想的最高的标准；士人虽然不一定人人都要做到这地步，但是能够做到这地步最好。

经过宋朝道学家的提倡，这标准更成了一般的标准，士人连妇女都要做到这地步。这就是所谓“饿死事小，失节事大”。这句话原来是论妇女的，后来却扩而充之普遍应用起来，造成了无数的残酷的愚蠢的殉节事件。这正是“吃人的礼教”。人不吃饭，礼教吃人，到了这地步总是不合理的。

士人对于吃饭却还有另一种实际的看法。北宋的宋郊、宋祁兄弟俩都做了大官，住宅挨着。宋祁那边常常宴会歌舞，宋郊听不下去，教人和他弟弟说，问他还记得当年在和尚庙里咬菜根否？宋祁却答得妙：请问当年咬菜根是为什么来着！这正是所谓“吃得苦中苦，方为人上人”。做了“人上人”，吃得好，穿得好，玩儿得好；“兼善天下”于是成了个幌子。照这个看法，忍饥挨饿或者吃粗饭、喝冷水，只是为了有朝一日可以大吃大喝，痛快的玩儿。吃饭第一原是人情，大多数士人恐怕正是这么在想。不过宋郊、宋祁的时代，道学刚起头，所以宋祁还敢公然表示他的享乐主义；后来士人的地位增进，责任加重，道学的严格的标准掩护着也约束着在治者地位的士人，他们大多数心里尽管那么在想，嘴里却就不敢说出。嘴里虽然不敢说出，可是实际上往往还是在享乐着。于是他们多吃多喝，就有了少吃少喝的人；这少吃少喝的自然是被治的广大的民众。

民众，尤其农民，大多数是听天由命安分守己的，他们惯于忍饥挨饿，几千年来都如此。除非到了最后关头，他们是不会行动的。他们到别处就食，抢米，吃大户，甚至于造反，都是被逼得无路可走才如此。这里可以注意的是他们不说话；“不得了”就行动，忍得住就沉默。他们要饭吃，却不知道自己应该有饭吃；他们行动，却觉得这种行动是不合法的，所以就索性不说

名师注解

① 伯夷、叔齐：商末孤竹君的儿子。孤竹国是商的附属国，孤竹君生前立三子叔齐为继承人。孤竹君去世后，叔齐让位给兄长伯夷，但伯夷不愿要王位。后来两人投奔周文王。他们到周时，周文王已经去世，武王去伐纣，他们极力劝谏。最终劝谏不成，二人便誓死不做周的臣民，不吃周的粮草，隐居在首阳山，直到饿死。

什么话。说话的还是士人。他们由于印刷的发明和教育的发展等等，人数加多了，吃饭的机会可并不加多，于是许多人也感到吃饭难了。这就有了“世上无如吃饭难”的慨叹。虽然难，比起小民来还是容易。因为他们究竟属于治者，“百足之虫，死而不僵”，有的是做官的本家和亲戚朋友，总得给口饭吃；这饭并且总比小民吃的好。孟子说做官可以让“所识穷乏者得我”，自古以来做了官就有引用穷本家穷亲戚穷朋友的义务。到了民国，黎元洪[①]总统更提出了“有饭大家吃”的话。这真是“菩萨”心肠，可是当时只当作笑话。原来这句话说在一位总统嘴里，就是贤愚不分，赏罚不明，就是糊涂。然而到了那时候，这句话却已经藏在差不多每一个士人的心里。难得的倒是这糊涂！

第一次世界大战加上五四运动，带来了一连串的变化，中华民国在一颠一拐的走着之字路，走向现代化了。我们有了知识阶级，也有了劳动阶级，有了索薪，也有了罢工，这些都在要求“有饭大家吃”。知识阶级改变了士人的面目，劳动阶级改变了小民的面目，他们开始了集体的行动；他们不能再安贫乐道了，也不能再安分守己了，他们认出了吃饭是天赋人权，公开的要饭吃，不是大吃大喝，是够吃够喝，甚至于只要有吃有喝。然而这还只是刚起头。到了这次世界大战当中，罗斯福总统提出了四大自由[②]，第四项是“免于匮乏的自由”。“匮乏”自然以没饭吃为首，人们至少该有免于没饭吃的自由。这就加强了人民的吃饭权，也肯定了人民的吃饭的要求；这也是“有饭大家吃”，但是着眼在平民，在全民，意义大不同了。

抗战胜利后的中国，想不到吃饭更难，没饭吃的也更多了。到了今天一般人民真是不得了，再也忍不住了，吃不饱甚至没饭吃，什么礼义什么文化都说不上。这日子就是不知道吃饭权也会起来行动了，知道了吃饭权的，更怎么能够不起来行动，要求这种“免于匮乏的自由”呢？于是学生写出“饥饿事大，读书事小”的标语，工人喊出“我们要吃饭”的口号。这是我们历史上第一回一般人民公开的承认了吃饭第一。这其实比闷在心里糊涂的骚动好得多；这是集体的要求，集体是有组织的，有组织就不容易大乱了。可是

名师注解

① 黎元洪（1864 — 1928）：湖北黄陂人，辛亥革命武昌起义胜利后被革命党人推为湖北军政府都督，中华民国北京政府时期曾两次任总统。

② “四大自由”：即言论的自由、信仰的自由、免于恐惧的自由、免于匮乏的自由。

有组织也不容易散；人情加上人权，这集体的行动是压不下也打不散的，直到大家有饭吃的那一天。

一九四七年六月二十一日作

延伸思考

你怎样看待儒家对“吃饭”的那套标准？

论书生的酸气

名师导读

这是朱自清对知识分子的一场痛快淋漓的解剖，也是对“旧我”的一次否定。他认为“自己是在人民之中”，所以不能“自命不凡”，只有这样，才能“看清楚了自己”，丢掉那种装腔作势和自视清高的作风。

读书人又称书生。这固然是个可以骄傲的名字，如说“一介书生”“书生本色”，都含有清高的意味。但是正因为清高，和现实脱了节，所以书生也是嘲讽的对象。人们常说“书呆子”“迂夫子”“腐儒”“学究”等，都是嘲讽书生的。“呆”是不明利害，“迂”是绕大弯儿，“腐”是顽固守旧，“学究”是指一孔之见。总之，都是知古不知今，知书不知人，食而不化的读死书或死读书，所以在现实生活里老是吃亏，误事，闹笑话。总之，书生的被嘲笑是在他们对于书的过分的执着上；过分的执着书，书就成了话柄了。

但是还有“寒酸”一个话语，也是形容书生的。“寒”是“寒素”，对“膏粱”而言。是魏晋南北朝分别门第的用语。“寒门”或“寒人”并不限于书生，武人也在里头；“寒士”才指书生。这“寒”指生活情形，指家世出身，并不关涉到书；单这个字也不含嘲讽的意味。加上“酸”字成为连语，就不同了，好像一副可怜相活现在眼前似的。“寒酸”似乎原作“酸寒”。韩愈《荐士》诗，“酸寒溧阳尉”，指的是孟郊。后来说“郊寒岛瘦”，孟郊和贾岛都是失意的人，作的也是失意诗。“寒”和“瘦”映衬起来，够可怜相的，但是韩愈说“酸寒”，似乎“酸”比“寒”重。可怜别人说“酸寒”，可怜自己也说“酸寒”，所以苏轼有“故人留饮慰酸寒”的诗句。陆游有“书生老瘦转酸寒”的诗句。“老瘦”固然可怜相，感激“故人留饮”也不免有点儿。范成大说“酸”是“书生气味”，但是他要“洗尽书生气味酸”，那大概是所谓“大丈夫不受人怜”罢？

为什么“酸”是“书生气味”呢？怎么样才是“酸”呢？话柄似乎还是在书上。我想这个“酸”原是指读书的声调说的。晋以来的清谈很注重说话的声调和读书的声调。说话注重音调和辞气，以朗畅为好。读书注重声调，从《世说新语·文学》篇所记殷仲堪的话可见；他说，“三日不读《道德经》，便觉舌本闲强”，说到舌头，可见注重发音，注重发音也就是注重声调。《任诞》篇又记王孝伯说：“名士不必须奇才，但使常得无事，痛饮酒，熟读《离骚》，便可称名士。”这“熟读《离骚》”该也是高声朗诵，更可见当时风气。《豪爽》篇记“王司州（胡之）在谢公（安）坐，咏《离骚》《九歌》‘入不言兮出不辞，乘回风兮载云旗’，语人云，‘当尔时，觉一坐无人。’”正是这种名士气的好例。读古人的书注重声调，读自己的诗自然更注重声调。《文学》篇记着袁宏的故事：

> 袁虎（宏小名虎）少贫，尝为人佣载运租。谢镇西经船行，其夜清风朗月，闻江渚间估客船上有咏诗声，甚有情致，所诵五言，又其所未尝闻，叹美不能已。即遣委曲讯问，乃是袁自咏其所作咏史诗。因此相要，大相赏得。

从此袁宏名誉大盛，可见朗诵关系之大。此外《世说新语》里记着“吟啸”，“啸咏”，“讽咏”，“讽诵”的还很多，大概也都是在朗诵古人的或自己的作品罢。

这里最可注意的是所谓“洛下书生咏”或简称“洛生咏”。《晋书·谢安传》说：

> 安本能为洛下书生咏。有鼻疾，故其音浊。名流爱其咏而弗能及，或手掩鼻以效之。

《世说新语·轻诋》篇却记着：

> 人问顾长康“何以不作洛生咏？”答曰，“何至作老婢声！”

刘孝标注，“洛下书生咏音重浊，故云‘老婢声’。”所谓“重浊”，似乎就是过分悲凉的意思。当时诵读的声调似乎以悲凉为主。王孝伯说“熟读《离骚》，便可称名士”，王胡之在谢安坐上咏的也是《离骚》《九歌》，都是《楚辞》。当时诵读《楚辞》，大概还知道用楚声楚调，乐府曲调里也正有楚调。而楚声楚调向来是以悲凉为主的。当时的诵读大概受到和尚的梵诵或梵唱的影响很大，梵诵或梵唱主要的是长吟，就是所谓“咏”。《楚辞》本多长句，楚声楚调配合那长吟的梵调，相得益彰，更可以“咏”出悲凉的“情致”来。袁宏的咏史诗现存两首，第一首开始就是“周昌梗概臣”一句，“梗概”就是“慷慨”“感慨”；“慷慨悲歌”也是一种“书生本色”。沈约《宋书·谢灵运传》论所举的五言诗名句，钟嵘《诗品·序》里所举的五言诗名句和名篇，差不多都是些“慷慨悲歌”。《晋书》里还有一个故事。晋朝曹摅的《感旧诗》有“富贵他人合，贫贱亲戚离”两句。后来殷浩被废为老百姓，送他的心爱的外甥回朝，朗诵这两句，引起了身世之感，不觉泪下。这是悲凉的朗诵的确例。但是自己若是并无真实的悲哀，只去学时髦，捏着鼻子学那悲哀的“老婢声”的“洛生咏”，那就过了分，那也就是赵宋以来所谓“酸”了。

唐朝韩愈有《八月十五夜赠张功曹》诗，开头是：

纤云四卷天无河，
清风吹空月舒波，
沙平水息声影绝，
一杯相属君当歌。

接着说：

君歌声酸辞且苦，
不能听终泪如雨。

接着就是那“酸”而“苦”的歌辞：

洞庭连天九疑高，
蛟龙出没猩鼯号。

十生九死到官所，
幽居默默如藏逃。
下床畏蛇食畏药，
海气湿蛰熏腥臊。
昨者州前槌大鼓，
嗣皇继圣登夔皋。
赦书一日行万里，
罪从大辟皆除死。
迁者追回流者还，
涤瑕荡垢朝清班。
州家申名使家抑，
坎坷只得移荆蛮。
判司卑官不堪说，
未免捶楚尘埃间。
同时辈流多上道，
天路幽险难追攀！

张功曹是张署，和韩愈同被贬到边远的南方，顺宗即位。只奉命调到近一些的江陵做个小官儿，还不得回到长安去，因此有了这一番冤苦的话。这是张署的话，也是韩愈的话。但是诗里却接着说：

君歌且休听我歌，
我歌今与君殊科。

韩愈自己的歌只有三句：

一年明月今宵多，
人生由命非由他，
有酒不饮奈明何！

他说认命算了，还是喝酒赏月罢。这种达观其实只是苦情的伪装而已。前一段“歌”虽然辞苦声酸，倒是货真价实，并无过分之处，由那“声酸”知道吟诗的确有一种悲凉的声调，而所谓“歌”其实只是讽咏。大概汉朝以来不像春秋时代一样，士大夫已经不会唱歌，他们大多数是书生出身，就用讽咏或吟诵来代替唱歌。他们——尤其是失意的书生——的苦情就发泄在这种吟诵或朗诵里。

战国以来，唱歌似乎就以悲哀为主，这反映着动乱的时代。《列子·汤问》篇记秦青“抚节悲歌，声振林木，响遏行云”，又引秦青的话，说韩娥在齐国雍门地方“曼声哀哭，一里老幼悲愁垂涕相对，三日不食”，后来又“曼声长歌，一里老幼，善跃抃舞，弗能自禁”。这里说韩娥虽然能唱悲哀的歌，也能唱快乐的歌，但是和秦青自己独擅悲歌的故事合看，就知道还是悲歌为主。再加上齐国杞梁的妻子哭倒了城的故事，就是现在还在流行的孟姜女哭倒长城的故事，悲歌更为动人，是显然的。书生吟诵，声酸辞苦，正和悲歌一脉相传。但是声酸必须辞苦，辞苦又必须情苦；若是并无苦情，只有苦辞，甚至连苦辞也没有，只有那供人酸鼻的声调，那就过了分，不但不能动人，反要遭人嘲弄了。书生往往自命不凡，得意的自然有，却只是少数，失意的可太多了。所以总是叹老嗟卑，长歌当哭，哭丧着脸一副可怜相。朱子在《楚辞辨证》里说汉人那些模仿的作品“诗意平缓，意不深切，如无所疾痛而强为呻吟者”。“无所疾痛而强为呻吟”就是所谓“无病呻吟”。后来的叹老嗟卑也正是无病呻吟。有病呻吟是紧张的，可以得人同情，甚至叫人酸鼻，无病呻吟，病是装的，假的，呻吟也是装的，假的，假装可以酸鼻的呻吟，酸而不苦像是丑角扮戏，自然只能逗人笑了。

苏东坡有《赠诗僧道通》的诗：

> 雄豪而妙苦而腴，
> 只有琴聪与蜜殊。
> 语带烟霞从古少，
> 气含蔬笋到公无。……

查慎行注引叶梦得《石林诗话》说：

> 近世僧学诗者极多，皆无超然自得之趣，往往掇拾摹仿士大夫

> 所残弃，又自作一种体，格律尤俗，谓之“酸馅气”。子瞻……尝语人云，“颇解‘蔬笋’语否？无为‘酸馅气’也。”闻者无不失笑。

东坡说道通的诗没有“蔬笋”气，也就没有“酸馅气”，和尚修苦行，吃素，没有油水，可能比书生更“寒”更“瘦”；一味反映这种生活的诗，好像酸了的菜馒头的馅儿，干酸，吃不得，闻也闻不得，东坡好像是说，苦不妨苦，只要“苦而腴”，有点儿油水，就不至于那么扑鼻酸了。这酸气的“酸”还是从“声酸”来的。而所谓“书生气味酸”该就是指的这种“酸馅气”。和尚虽苦，出家人原可“超然自得”，却要学吟诗，就染上书生的酸气了。书生失意的固然多，可是叹老嗟卑的未必真的穷苦到他们嗟叹的那地步；倒是“常得无事”，就是“有闲”，有闲就无聊，无聊就作成他们的“无病呻吟”了。宋初西昆体的领袖杨亿讥笑杜甫是“村夫子”，大概就是嫌他叹老嗟卑的太多。但是杜甫“窃比稷与契”，嗟叹的其实是天下之大，决不止于自己的鸡虫得失。杨亿是个得意的人，未免忘其所以，才说出这样不公道的话。可是像陈师道的诗，叹老嗟卑，吟来吟去，只关一己，的确叫人腻味。这就落了套子，落了套子就不免有些“无病呻吟”，也就是有些“酸”了。

道学的兴起表示书生的地位加高，责任加重，他们更其自命不凡了，自嗟自叹也更多了。就是眼光如豆的真正的“村夫子”或“三家村学究”，也要哼哼唧唧的在人面前卖弄那背得的几句死书，来嗟叹一切，好搭起自己的读书人的空架子。鲁迅先生笔下的“孔乙己”，似乎是个更破落的读书人，然而“他对人说话，总是满口之乎者也，教人半懂不懂的。”人家说他偷书，他却争辩着，“窃书不能算偷……窃书！……读书人的事，能算偷么？”“接连便是难懂的话，什么‘君子固穷’，什么‘者乎’之类，引得众人都哄笑起来”。孩子们看着他的茴香豆的碟子。

> 孔乙己着了慌，伸开五指将碟子罩住，弯腰下去说道，“不多了，我已经不多了。”直起身又看一看豆，自己摇头说，“不多不多！多乎哉？不多也。”于是这一群孩子都在笑声里走散了。

破落到这个地步，却还只能“满口之乎者也”，和现实的人民隔得老远的，

“酸”到这地步真是可笑又可怜了。“书生本色”虽然有时是可敬的，然而他的酸气总是可笑又可怜的。最足以表现这种酸气的典型，似乎是戏台上的文小生，尤其是昆曲里的文小生，那哼哼唧唧、扭扭捏捏、摇摇摆摆的调调儿，真够“酸”的！这种典型自然不免夸张些，可是许差不离儿罢。

向来说“寒酸”“穷酸”，似乎酸气老聚在失意的书生身上。得意之后，见多识广，加上“一行作吏，此事便废”，那时就会不再执着在书上，至少不至于过分的执着在书上，那“酸气味”是可以多多少少“洗”掉的。而失意的书生也并非都有酸气。他们可以看得开些，所谓达观，但是达观也不易，往往只是伪装。他们可以看远大些，“梗概而多气”是雄风豪气，不是酸气。至于近代的知识分子，让时代逼得不能读死书或死读书，因此也就不再执着那些古书。文言渐渐改了白话，吟诵用不上了；代替吟诵的是又分又合的朗诵和唱歌。最重要的是他们看清楚了自己，自己是在人民之中，不能再自命不凡了。他们虽然还有些闲，可是要“常得无事”却也不易。他们渐渐丢了那空架子，脚踏实地向前走去。早些时还不免带着感伤的气氛，自爱自怜，一把眼泪一把鼻涕的；这也算是酸气，虽然念诵的不是古书而是洋书。可是这几年时代逼得更紧了，大家只得抹干了鼻涕眼泪走上前去。这才真是“洗尽书生气味酸”了。

一九四七年十一月十五日作

精华赏析

朱自清在文中否定了自己那种习惯于克制、平和中正、沉思默想、内向封闭的“书生酸气”，他主张知识分子应该在勇敢的自我否定中向人民靠拢，要坚决与旧哲学、旧思想、旧意识决裂，用崭新的革命思想意识武装自己，从而重新肯定自己。

名家心得

朱自清虽则是一个诗人，可是他的散文仍能贮满那一种诗意。文学研究会的散文作家中，除冰心女士外，文章之美，要算他了。

——郁达夫

朱自清的成功之处是，善于通过精确的观察，细腻地抒写出对自然景色的内心感受。

——林非

谈到文体的完美，文字的全写口语，朱先生该是首先被提及的。

每回重读佩弦兄的散文，我就回想起倾听他的闲谈的乐趣，古今中外，海阔天空，不故作高深而情趣盎然。我常常想，他这样的经验，他这样的想头，不是我也有过的吗？在我只不过一闪而逝，他却紧紧抓住了。他还能表达得恰如其分，或浓或淡，味道极正而且醇厚。

——叶圣陶

朱自清的散文是很讲究语言的，哪怕是一个字两个字的问题也绝不放松。可是他的注重语言，绝不是堆砌辞藻。

——朱德熙

自清先生是旧时代知识分子中的典型人物，他曾经是自由主义者，他不大喜欢参加政治活动，特别是比较激烈、斗争性较强的政治活动。但是，他具有正义感，随着国民党和美帝国主义对中国人民奴役、压迫的加强，和向中国人民的武装挑衅、屠杀、镇压，他毕竟忍受不住了。他说话了，行动了，通过文化生活、朗诵诗歌和扭秧歌，表明了他的态度。

他明辨是非，爱憎分明，在衰病的晚年，终于有了明确的立场，抬起头来，挺起脊梁，宁肯饿死，坚决拒绝敌人的“救济”，这种品德，这种气节，是值得我们今天学习的。

——吴晗

读者感悟

读朱自清散文有感

河北 王静璇

写文章、搞创作要和做人一样，追求真实，不虚伪，不做作。朱自清是一位诗人和散文家，他的散文蕴含了美的神韵。这份神韵就来自于他对真实的追求。

从思想内容说，朱自清散文的核心就是一个“真”字。他用真实的情感描写真实的故事，记写真实的景物，发表真实的议论。他主张散文创作要写实，这就要求作家要深入生活，体察生活，“于一言一动之微，一沙一石之细，都不轻轻放过”。这一点从《荷塘月色》中就能看出来。若不是经过仔细的观察和反复的推敲，那个夏夜的美景是不会如此真实、如此美丽地呈现在读者面前的。

他的散文还真实记录了一些家庭琐事，淡香疏影似的寥寥几笔，却能把人物形象真实地勾勒出来，将他那真诚的灵魂展现出来。如《背影》所写的事件不过是父亲在车站为自己送行，但是通过他对细节的真实描写，我们从父亲的背影中看到了父亲的慈爱。正是这一描写，感染了无数的读者。

朱自清散文对环境、景物的描写总能带给人美的享受，如《桨声灯影里的秦淮河》《荷塘月色》《春》等。除了这位艺术大师善于运用比喻、拟人、通感等修辞手法外，更离不开他对这些景致细心的观察。

读过朱自清散文的人，都能从他的抒情中体味到一些哲理，又在哲理中感受到一些激情。他的散文真实自然，让人百读不厌。真实的思想、真实的情感、真实的自我，让我们看到了一个真实的朱自清。

延伸阅读

朱自清与乞丐的故事

朱自清在西南联大任教时，生活十分艰难。有一次，他外出时被一个乞丐跟上了。为了甩掉乞丐，他转头对那个乞丐说了一句：“老弟，我是教授！”话音刚落，只见乞丐转身就走了。

真题演练

一、填空题

1. 朱自清，现代著名作家、学者、________，出生于________年 11 月 22 日，________年 8 月 12 日病逝。原名自华，号________，字________，后改名为自清。

2. 1928 年出版散文集________，这使他成为当时负有盛名的散文作家。

3. 朱自清的散文有以抨击社会生活、社会现实为主要内容的，代表作品如《生命的价格——七毛钱》、______________，以及________、《论吃饭》等；有的则以描写个人和家庭生活为主，代表作品如________、《儿女》、________等；还有一些重在描写自然景物，借景抒情，代表作品如________、《绿》、________等。

4. 朱自清的名字是和中国________的历史写在一起的。

二、简答题

1.《春》的文章结构有什么特点？

2.《背影》一文中，作者着重写父亲的背影是在哪一处？运用了什么手法？

3. 举例说明朱自清早期散文的语言特点。

参考答案

一、填空题：

1. 民主战士 1898 1948 秋实 佩弦

2.《背影》

3.《航船中的文明》《白种人——上帝的骄子！》《背影》《给亡妇》《荷塘月色》《春》

4. 现代散文

二、简答题：

1.《春》的结构严谨，作者先总写春天，继而又分四个方面细致描绘，最后又总写，以收束全文，画龙点睛。文章以“脚步近了”始，以“领着我们上前去”终，起于拟人，结于拟人，其构思布局、修辞润色，颇具匠心。至于语言的秀雅清新、朴实隽永，则更能令人感受到那“味道极正而且醇厚”的情致。

2. 在站台上，父亲为儿子买橘子，作者着重描写了父亲攀爬时的背影。这里运用了肖像和行为的描写，重点描写了衣着和动作。

3. 写景散文，语言凝练明净，细腻典雅，巧妙运用比喻、叠字、通感等手法，追求逼真的艺术效果，语言简朴、口语化等；叙事散文，用平易的语言，在朴素的叙述中寄寓真挚深沉的情愫，质朴自然。（结合具体实例分析，言之有理即可。）

写作出击

通感的妙用

通感，也叫移觉。在文学创作中，人们在描述客观事物时，为了突出事物某方面的特征，或突出表现某种情感，常常运用联想和想象，用形象的语言把人的感觉转移，即把某个感官上的感觉移植到另一个感官上，这就是通感。用钱锺书先生的话说，它就是“一种感觉超越了本身的局限而领会到属于另一种感觉的印象”。“通感”作为一种语言艺术，可用来渲染并深化诗文的意境，增强诗文在表情达意上的魅力。因此，它得到了中外文学史上不少文学家的青睐。

我国古代诗文中就有这样的例子，如古诗中的“红杏枝头春意闹”，以听觉表现视觉，一个“闹”字就赋予了静态的红杏以动态感。朱自清先生更是对通感艺术“情有独钟”，他的散文中多处使用了通感这一手法，例如《荷塘月色》中，“微风过处，送来缕缕清香，仿佛远处高楼上渺茫的歌声似的。”“清香”本属于嗅觉，似乎与“歌声”无缘，但作者却找到二者的相通之处——时断时续、若有若无，将嗅觉上的“清香”转化成听觉上的“渺茫的歌声”，从而给人以嗅觉和听觉上的双重享受，更烘托出了花的优雅和宁静。《威尼斯》一文中，“海水那么绿，那么酽，会带你到梦中去”，是视觉向味觉的借移。

通感可以把人的五感借联想进行相互转移，“以感觉写感觉”，各种官能可以互通，不分界限。但是具体使用时，还要注意通感与比喻的区别。通感是感觉的自然转移，甲与乙之间没有相似点（非相通点），而使用比喻时，则要求本体和喻体之间要有一定的相似之处。

现在就试着用通感这一艺术手法造几个句子吧，熟练掌握了这种手法之后，将它们应用于你的作文中，必定能使你的作文熠熠生辉。

“爱阅读”文库

首批推出

1.《红楼梦》	22.《在人间》
2.《三国演义》	23.《钢铁是怎样炼成的》
3.《水浒传》	24.《爱的教育》
4.《西游记》	25.《海底两万里》
5.《朝花夕拾·呐喊》	26.《简·爱》
6.《鲁迅杂文集》	27.《茶花女》
7.《朱自清散文》	28.《木偶奇遇记》
8.《论语通译》	29.《红与黑》
9.《孟子选注》	30.《假如给我三天光明》
10.《庄子选注》	31.《小王子》
11.《女神》	32.《八十天环游地球》
12.《茶馆》	33.《格列佛游记》
13.《骆驼祥子》	34.《昆虫记》
14.《呼兰河传》	35.《汤姆叔叔的小屋》
15.《小学生古诗文阅读》	36.《呼啸山庄》
16.《初中生古诗文阅读》	37.《少年维特之烦恼》
17.《高中生古诗文阅读》	38.《名人传》
18.《羊脂球》	39.《鲁滨孙漂流记》
19.《巴黎圣母院》	40.《莫泊桑短篇小说选》
20.《童年》	41.《傲慢与偏见》
21.《我的大学》	42.《爱丽丝漫游奇境记》

读者反馈卡

“爱阅读”文库作为课外阅读的必选藏书，内容广泛，知识实用，针对性强，对全面提高中小学生的语文素质，大力推进新型的学习方式具有重要作用。我们相信本套书一定能够成为中小学生的良师益友，同时我们也热忱地期盼您的反馈意见，快快写信、打电话、发邮件给我们吧！

您的信息

姓名：__________ 性别：__________ 年龄：__________

学校：__________ 班级：__________ 电话：__________

通信地址：______________________________

购书时间：______________________________

您的评价

本书的优点：______________________________

本书的缺点：______________________________

阅读本书的收获：______________________________

____

您在本书中发现的错误：______________________________

____

您对本书的改进建议：______________________________

____

我们的联系方式

邮箱：shuxiangwenya@126.com

爱阅读